Antonio Franchini

Il fuoco che ti porti dentro

Marsilio

Pubblicato in accordo con Grandi & Associati, Milano

I versi citati alle pp. 189, 190 e 218 sono tratti dalla poesia *Lettera alla madre*, contenuta in: Salvatore Quasimodo, *Tutte le poesie*.

I versi citati a p. 218 sono tratti dalla poesia *La madre*, contenuta in: Giuseppe Ungaretti, *Vita d'un uomo*.

Prima edizione: febbraio 2024
Quarta edizione: giugno 2024
ISBN 978-88-297-1902-0
www.marsilioeditori.it

IL FUOCO
CHE TI PORTI DENTRO

Si fumme e si nun fumme, fai rummore
È 'o ffuoco ca te puorte
Dint' 'o core.

I ZEZI DI POMIGLIANO D'ARCO, *Vesuvio*

Benché da molti sia considerata una bella donna, mia madre puzza.

Tra noi se ne parla senza allusioni.

«Pare 'e trasì dint' 'a grotta d' 'o cane» dice mio padre uscendo dalla camera da letto alla fine del loro riposo pomeridiano.

Si riferisce a un passaggio sotterraneo nella solfatara di Pozzuoli, dove i miasmi di anidride carbonica ristagnano al di sotto del metro di altezza lasciando indenne l'essere umano ma soffocando il cane che s'avventuri incauto per quel budello.

Forse è la vasta cicatrice slabbrata, che come un cratere di carne devasta il suo ventre operato poco dopo la mia nascita, a giustificare il marciume che le fermenta dentro ed esala il fetore inconfondibile che rende vana l'ultima risorsa di chi scorreggia: addossare la colpa a un altro.

Lei del resto neppure ci prova, e a ogni sfiato, che l'allerta familiare immediatamente rimarca con risate e schiamazzi, fa sempre seguire una smorfia di rivendicazione soddisfatta il cui significato è: di questa putredine io mi sono liberata, adesso respiratevela voi.

Ma nessuno di noi sente imbarazzo, nessuno prova vergogna. Il corpo umano puzza e lo testimoniano le filastrocche che mia nonna, sua madre, ci insegna:

Fieto fieto fietillo,
chi l'ha fatto? L'ha fatto chillo,
e l'ha fatto don Ciccillo,
come puzza lu malandrino...

O un'altra in cui si parla di una bambina, una certa Luciella, che ha fatto «na cazz' 'e loffa» e mette in fuga il poeta che versifica in un astruso dialetto campano, irriconoscibile ai più e adeguato allo squallore della situazione: «Uh, come puzzanne! Io fuietti fore...»

E così si dimostra una verità senza scampo: al mondo puzzano tutti, anche i bambini, anzi i bambini più degli altri.

Mi rendo conto che l'odore materno è complesso e ha tante sfumature e i figli piccoli lo cercano su cuscini e vestiti, e crescendo ancora lo riconoscono, affievolito dal tempo, sugli abiti vecchi e negli armadi stipati della biancheria dei genitori defunti, e mi chiedo quanto abbia pesato su di me che l'odore di mia madre fosse una puzza e quanto abbia contribuito a un'avversione che dura da sempre.

Ai miei occhi, alla luce di tutto ciò in cui ho creduto, lei che adesso sta chiusa in casa e aspetta la morte ha avuto una vita di merda.

E pur essendo giusto che i miei giudizi non contino niente e lei possa benissimo essere convinta di aver avuto una vita meravigliosa, resta il fatto che adesso sta chiusa in casa e aspetta la morte e non ha altro con cui distrarsi se non rimuginare il passato, rimasticare, come ha sempre fatto, le scorie della sua esistenza, compitare con monotonia selvaggia quell'inesauribile odio che la nutre da quando è nata.

Mia madre si chiama Angela e tra le infinite cose che non ama la prima è il suo nome.

Quando qualcuno la chiama «Angela» spesso reagisce aggiungendo, con tono infastidito: «Carmela Candida!», ovvero declinando il suo secondo e il terzo nome. Come a significare due cose, che anche gli altri nomi con i quali è stata identificata all'anagrafe le fanno schifo e che la cosa migliore che il suo prossimo possa fare è lasciarla perdere, non chiamarla affatto, se non a proprio rischio e pericolo.

Da quindici anni si è trasferita al Nord e abita al pianoterra in un appartamento che confina col mio. È un monolocale dal quale è certa che io voglia cacciarla per chiuderla in un istituto, convinzione non priva di fondamento.

Sono andato via di casa a diciannove anni per non vederla più, ho vissuto lontano decenni per mantenere, a distanza, un rapporto formalmente decoroso, poi il destino, che ha spesso il talento di predisporre le cose nel modo peggiore, ci ha riunito.

Del Nord non ha visto molto oltre il giardino condominiale, ma le basta per schifarlo, anche se è stata lei a volerci venire.

Concorde in questo con lo spirito del nostro tempo, non solo non teme la contraddizione ma disprezza la coerenza.

La detesto da sempre, da quando la mia vita ha cominciato a staccarsi dalla sua e si è aperta sul mondo, perché ci ho messo poco a capire che il mondo giusto – quel luogo inesistente che i giovani sognano e alcuni adulti idealisti si impegnano a fargli credere che esista – faceva, diceva, pensava tutto ciò che mia madre non faceva, non diceva, non pensava.

Mi ha dato un'educazione a rovescio: i valori ai quali si ispira o li esprime in una forma riprovevole o sono disvalori veri e propri.

Detestare è il verbo più preciso. Non so se la odio, anche se spesso ho pensato di odiarla, ma forse erano sentimenti più miseri e meno radicali quelli che mi ispirava:

irritazione, o rabbia. La detesto, neanche l'aborro, nel verbo aborrire c'è un'idea di fiera opposizione della quale il mediocre orrore che lei mi suscita non è degno. Nel detestare è invece implicita una presa di distanza, da un essere umano come da un'idea, e il desiderio di non volerci avere a che fare, di volersi spostare da ogni possibile linea di collisione. Un movimento evasivo facile, se la persona da tenere lontana non è la propria madre.

È infatti la sua concezione della vita che mi ha sempre fatto schifo; ma qualche sera fa, non so perché, forse la sentivo silenziosa da troppo tempo, mi sono issato alle inferriate della sua finestra e le ho guardato dentro casa.

Era stesa di traverso sul letto – ormai è ridotta a un nido di ossa e quando giace rannicchiata occupa poco spazio –, assopita o quasi, mentre il televisore andava, buttata là come un oggetto che, lasciato cadere, ha trovato una sistemazione sbilenca ma non può che rimanere dove sta, e non si è accorta che la fissavo.

Per una volta, scoprendola nella sua postura di cosa abbandonata, mi sono reso conto che è mia madre e che sta morendo e che tutto ciò contro cui ho lottato per tutta la vita si dissolverà con lei, nel vuoto, in un niente.

Non ha mai avuto una sola amica.

Non ha mai sentito in nessun modo questa mancanza.

Ha sempre creduto che gli amici ti invidiano, rubano il tuo tempo, in fondo vogliono il tuo male. Il primo insegnamento che avrebbe voluto passarmi è: gli amici non ti servono.

Sostiene che l'amicizia tra donne non può esistere, tanto meno quella tra maschi e femmine, perché i maschi dalle femmine vogliono una cosa sola.

Le amiche delle mie sorelle sono approfittatrici o puttane, i miei scostumati o stronzi. A meno che non siano figlie o figli di quelli che definisce «professionisti»: medici, ingegneri, avvocati, o commercialisti come mio padre. In questi casi ritiene che la frequentazione – perché sempre di «frequentazione» si dovrebbe, più propriamente, parlare – possa addirittura esigere un tributo. Di quale genere non è chiaro, ma ama citare anche lei un detto che ha sentito da sua madre: «Fattélla cu chi è meglio 'e te e facci le spese!»

Questa specie di darwinismo sociale non vale in assoluto perché, quando la cronaca nera degli anni Sessanta e Settanta rivela i segreti più torbidi delle classi dominanti, è pronta a sfoderare un'altra legge che sia lei sia sua madre conoscono fin da bambine: «Chiù ricchi so', chiù so' fetienti.»

Ricchi e fetenti come signor Nobile.

Signor Nobile si chiama Nobile Aristodemo. Gli piacciono i cani. E le femmine puttane.

Era un industriale tessile ma, forse anche per il nome che portava, mia nonna ne parlava sempre e solo come di un *rentier*.

Negli anni della guerra, la famiglia di mio nonno si trasferisce a Napoli dalle montagne del Sannio. Marito, moglie e due figlie piccole vanno a vivere nei pressi della fabbrica, lui con mansioni tra il ragioniere e l'uomo di fiducia, lei a tenere la casa come domestica e aiuto cuoca.

Mio nonno è tubercolotico e muore nel '43, lasciando le tre donne a cercare di sopravvivere in tempi difficili.

Signor Nobile è una presenza ricorrente nei racconti di mia nonna, certo anche per via di quel nome che evoca non soltanto ricchezza materiale, ma un rango, una condizione dello spirito che poi, come quasi sempre in casi simili, non solo non corrispondono a nessuna idea di vera nobiltà, ma anzi ne rappresentano la negazione più radicale.

Bastava che sentissi nominare «signor Nobile» e immaginavo un individuo con tuba e bastone da passeggio, una figura ottocentesca, simile all'uomo in frac di una canzone che avrebbe cantato Modugno nel dopoguerra.

Anche signor Nobile ha il vizio del gioco, ma a differenza del personaggio della canzone, che elegantemente si va a suicidare dopo aver perso tutto, lui di solito vince. La villa in cui vive l'ha vinta alle carte, e grazie a questa opulenza che in tempi di miseria risalta ancora di più, gestisce un certo numero di amanti, donne che mia nonna, di volta in volta e a seconda dei momenti, vede come creature pallide, piene di gioielli, settentrionali, ammalate, puttane. Tra i suoi compiti c'è quello di accompagnarle alla stazione quando signor Nobile si è stancato di loro.

Lui le dice: «Michelina, l'hai messa sul treno? Sei proprio sicura?»

Lei non solidarizza con quelle donne, non ha mai avuto mezza parola di pietà per loro, anzi, è fiera del suo ruolo di cane da guardia.

Ripetendo quel «Sei proprio sicura?», quell'interrogativo con il quale signor Nobile intende sottolineare la sua fiducia per il ruolo delicato che le ha affidato, esprime ammirazione per il maschio che sa scrollarsi di dosso il giogo della soggezione alla donna, e nel fatto che non lo faccia lui in prima persona ma il ruolo di carnefice lo demandi a lei non vede un segno di vigliaccheria ma di eleganza, quella presupposta dal cognome e ribadita dal censo.

Ha sempre temuto che io potessi, come la maggioranza degli uomini deboli, cadere vittima del potere delle donne, e ha confidato che prima o poi apprendessi a liberarmene, con lo stesso stile di signor Nobile.

Le donne come mia nonna e mia madre, che venivano dalle campagne, da paesi dimenticati e da una miseria ostentata come un certificato di garanzia, tutti gli esseri femminili della mia famiglia materna hanno disprezzato l'amore prima di qualunque altro sentimento, la gentilezza più di qualunque altra virtù, le altre donne assai più di qualsiasi maschio.

La cuoca che mia nonna dovrebbe aiutare, del resto, le assegna solo i lavori di fatica, ma quando si tratta di entrare nelle fasi vere dell'arte la costringe a uscire perché è gelosa delle sue ricette e non vuole che le impari.

Però il giorno che la custode dei segreti della cucina si ammala e signor Nobile ha ospiti a cena, a lei tocca sostituirla.

Crede di aver fatto una schifezza, ma il piatto che ha preparato assecondando il suo istinto e integrandolo con le poche tecniche che con i suoi occhi ladri ha carpito alla cerbera viene molto apprezzato dagli ospiti di signor Nobile.

Racconta il plauso ricevuto dalle sue zucchine ripiene di carne ogni volta che le serve in tavola per noi, mezzo secolo dopo. È uno dei successi più memorabili della sua vita intera.

Angela, invece, mettendo in ordine la biancheria di signor Nobile scopre una serie di immagini pornografiche di fattura francese, riprodotte su supporti di ceramica.

Non ho mai capito se si trattasse di semplici nudi o addirittura di amplessi. Nella sua memoria di bambina traumatizzata il contenuto reale delle immagini si confonde. Conta quello che impara, e in ciò che impara, ancora una volta, di nobile non c'è niente.

Angela cresce ora nel sospetto ora nella certezza che gli uomini facciano schifo, una scoperta che nella vita le sarà d'aiuto. Ma anche nella convinzione che le donne non siano migliori. Dipende. Da che cosa? Certo non da come veramente sono le donne di cui si parla – il dubbio che gli esseri umani e gli accadimenti del mondo possano anche essere diversi da come lei se li è immaginati non l'ha mai sfiorata –, ma da quale carica elettrica è infuocato il fulmine che le attraversa la mente nel momento in cui apre bocca e giudica. O dall'opinione che sostiene la persona che il caso le ha messo di fronte, perché la sua, per principio, sarà contraria.

E allora non aver avuto amicizie ma solo conoscenze potrebbe essere una conseguenza indiretta delle cose brutte che la vita le ha servito, assai più numerose dei regali che le ha fatto.

Ogni tanto frequenta qualcuno per qualche tempo, litigandoci, inevitabilmente, alla fine.

La parola "conoscenza" in napoletano ha uno spostamento ortografico minimo rispetto all'italiano, si dice *canoscenza*, e in quella "a" al posto della "o" c'è già una sfumatura di derisione.

«Mi conoscete?» si dice dunque «Mi canoscete?». O, meglio ancora, «Mi accanoscete?». E nel raddoppiamento iniziale si annida come una duplice beffa: del concetto che la parola definisce e della vaga ufficialità sottintesa, come se conoscere qualcuno avesse più implicazioni anagrafiche che esistenziali e non rimandasse tanto a sentimenti quanto alla burocrazia della testimonianza, al potere inquisitorio dello stato, magari alla complicità in un reato o in qualcosa di sanzionabile.

Angela non ha amici, ma i parenti e le conoscenze inevitabili: le donne del palazzo in cui abita; esseri umani che, come i parenti, non si possono scegliere.

La signora Cimmino del terzo piano è una vecchia grigia, storta e tenace. Viene a trovarci tutti i giorni, alla stessa ora del pomeriggio, per il caffè. Apri la porta e te la trovi davanti, secca ma con una panzella protrusa sulla quale appoggia le mani congiunte e quasi inerti, come un paio di guanti dimenticati su un ripiano. Dice: «Posso trasire?»

Di lei ad Angela danno fastidio due cose.

La prima è quell'esordio che non cambia mai, quel «Posso trasire» che presto deve apparirle come una formula ineluttabile o che tale rende la visita quotidiana: un appuntamento col destino, una formalità alonata di malasorte.

Poi la irrita che la vecchia pretenda il caffè sempre fresco, perché una volta che gliel'ha servito riscaldato se lo è visto restituire con fastidio, quasi con ribrezzo.

Quel rifiuto lo rievoca all'infinito nei suoi monologhi e nelle conversazioni con sua madre, come ogni minima cosa che le capita e a entrambe sembra carica di significati premonitori evidenti solamente a loro: la signora Cimmino che allontana la tazza (accentua nell'imitazione l'espressione di disgusto) e lei che ribatte: «Ah, vuie 'o ccafé 'o vvulite sempe cu 'e tre "c", comme cazzo coce, eh!»

Però per due gesti che ha fatto – uno da giovane e l'altro da vecchia – Angela ha molto apprezzato la Cimmino, e anche quelle due prodezze ama raccontarle spesso.

Il marito della Cimmino è un anziano azzimato e baffuto, porta occhiali dalla montatura di metallo di quelli che a Napoli conferiscono subito ai borghesi un'aria da coglione e a certi popolani l'aspetto equivoco di chi pretende di camuffarsi nella persona perbene che non è, il lupo con gli occhiali della nonna sul muso. Una faccia cerimoniosa, quasi impiegatizia, e che però non può nascondere una smorfia crudele da camorrista di rango più elevato, uno come don Raffaele Cutolo, per esempio, *'o Professore.*

Il signor Cimmino quando entra nell'ascensore è preceduto da una nube spessa di vapori di colonia che ristagna a lungo dopo che ne è uscito e quasi si fonde dentro le liste di legno dell'abitacolo.

Ha mantenuto per anni un'amante al Vasto, un'amante ufficiale, la *comara.* Poi si sono lasciati, ma per l'età, per esaurimento, non per un gesto di volontà da parte sua, non perché alla fine abbia preferito la moglie.

Per marcare il disappunto verso questa situazione che le convenzioni del suo ambiente le impongono di accettare, la Cimmino ha fatto due cose eclatanti. Da giovane, ha scagliato in faccia al marito un gatto. Da vecchia, ha commentato il ritorno dell'uomo tutto a se stessa con queste parole: «Chella s'ha magnato 'a carne, io m'aggia spuzzulià l'ossa!»

Anche se non tollera il lamentoso «Posso trasire» e il monotono rito quotidiano delle sue visite, di quei due gesti della Cimmino Angela ha intuito la grandezza, perché li racconta con ammirazione. Soprattutto si riconosce nel lancio del gatto.

Maggiore confidenza ce l'ha con le figlie della donna, che commerciano in abiti e appagano un'altra sua ossessione, quella di fare affari o, meglio, di godere della forma privilegiata di acquisto che salta i negozi e quindi deve per forza essere più vantaggiosa.

Sono più o meno sue coetanee e portano capelli artificialmente lisci come drappi di seta e di un nero corvino e lucido che non esiste in natura; fisicamente sono piccole, quasi insignificanti, ma talmente rielaborate con tacchi, pizzi, bistro e rossetto da assomigliare a quelle vaporose bambole che nei bassi vengono piazzate al centro del talamo. Poi indossano un intimo, rivela, che non lo portano neppure le zoccole *'e mmiez' 'a via*, e lo vendono. È una lingerie che all'inizio degli anni Settanta non si trova facilmente.

Fanno le zoccole dei mariti, dice.

Interpretare la parte della zoccola per il legittimo consorte, se non proprio encomiabile, lo considera meno grave.

Una delle due ha anche trovato il modo per metterla a disagio perché, di punto in bianco, mentre le fa provare quelle *parure* scandalose, le chiede: «Angela, ma a te mariteto te vatte?»

Tuo marito ti picchia?

E mentre lei mormora un no confuso, quell'altra ribadisce: «E allora vò dicere ca nun te vò bene!»

Significa che non ti ama.

Angela riferisce la battuta come un'enormità, ne vede l'assurdo, ma il tono con cui racconta il fatto tradisce un lampo d'invidia verso chi è l'oggetto di questa passione violenta. Solamente in casi simili, rispetto ai costumi ferini della plebe, la sfiora un vago senso di estraneità, e tuttavia è una distanza che non marca una differenza di civiltà ma la fa sentire inferiore, una versione meno intensa dell'essere femmina, più fiacca, edulcorata, resa meno autentica da uno sforzo di contegno, di educazione, un modello borghese che, d'istinto, percepisce come altrettanto alieno.

Allora prova imbarazzo, come con la Luciana del secondo piano.

Quella addirittura non ha bisogno neanche del nome, perché Luciana non è un nome proprio ma significa abitante del quartiere di Santa Lucia, sul mare. Pescatori: l'aristocrazia dei popolani, un'élite soprattutto femminile, perché sono le donne a essere famose, più ancora dei loro uomini, per l'indole fiera e una bellezza arrogante.

La Luciana possiede un posto a Porta Capuana, *'o Capitano*, un ristorante popolare che serve zuppa di cozze e brodo di purpo, ragion per cui nel palazzo la si vede poco e si può incontrarla solo all'alba, quando rincasa, e quasi è un'apparizione, con la sua capigliatura spagnolesca, elaborata e tenuta su dalla pettinessa, e gli orecchini d'oro, carica di gioielli come una formidabile Madonna stanca.

Angela ha sempre amato ripetere una serie di episodi di nessuna importanza, ma che a lei apparivano fatali, e tra questi c'è il ricordo della volta in cui la Luciana l'ha salvata da una brutta figura con ospiti di riguardo arrivati all'improvviso quando aveva il frigo vuoto. Avventura inusitata, perché a casa nostra di ospiti non ne vengono mai, e tanto meno inaspettati, e meno ancora di riguardo.

La Luciana comunque in quel frangente ha mandato due ceste colme di tutto, compresi i piatti scintillanti e i tovaglioli candidi, e la zuppa di pesce e il purpo e le cozze, mostrando non solo grandi capacità culinarie, ma arte dell'accoglienza, e facendole fare bellissima figura.

Orgogliosamente estranea alle beghe di un palazzo di impiegati, la Luciana chiede a lei di rappresentarla nelle assemblee di condominio e stabilisce: «Pe' me va buono chello ca dice 'a signora Franchina.»

Il suo cognome acquisito Angela non tollera di vederlo storpiare, e s'infuria quando la chiamano «signora Tranchini», che a Napoli ne è la versione più comune, nonché l'insegna di una macelleria che lei considera di qualità dozzinale; ma dalla Luciana lo accetta e, anzi, il solo fatto che lei pronunci il suo nome, come che sia, conferisce uno stato superiore a quella mediocre dignità da ceto medio che gli spetterebbe.

Dalla mia camera da letto a Napoli si vedeva, verticale lungo lo spigolo di un palazzo in fondo a via Casanova, quasi a Porta Capuana, l'insegna di *'o Capitano* rifulgere nella notte, a intermittenza, le lettere sulle tessere illuminate e la sagoma di un marinaio che vi si arrampicava, come a evocare un pennone nella rada del porto.

Chissà se quella scritta, che a me viene incontro incorniciata dal chiarore di certe sere primaverili o estive, qualche volta non è tornata in mente anche a lei, nel buio delle sue lunghissime notti a Milano, perché ha cominciato ad abbassare le serrande sempre più presto, quasi fosse una forma di protesta contro il vicinato e il mondo, e adesso le tira giù alle sei del pomeriggio sprangandosi dentro come in un avello precoce, per comunicare il suo rifiuto al cortile dove durante il giorno stazionano anziani ciarlieri che cercano di vivere un decoroso scampolo di esistenza, che lei odia, e vecchi su sedie a rotelle sospinte da badanti di varia nazionalità, che lei disprezza, in blocco: i vecchi, le badanti e i familiari che li affidano alle badanti.

La signora Cimmino, le sue figlie acchittate, la Luciana, questi lacerti di un'altra vita che già arrivano a me smembrati dalla risacca del tempo, chissà in quale forma giungono a lei, con l'urto di quale nostalgia insopportabile, relitti del naufragio della sua vita felice di una volta sbattuta nel frigido altrove in cui si sveglia adesso, disorientata, nel perenne allarme che strapazza i sensi dei vecchi...

Nel suo antico condominio napoletano la signora del quinto piano sarebbe stata quella più vicina a lei per età, origine e condizione sociale. È un'altra provinciale, dell'avellinese, mentre Angela proviene dal beneventano.

E però Angela la considera una cafona, ne deride l'inflessione dialettale. È una maestra e lei la reputa una cretina in base all'assioma, ribadito lungo la sua intera esistenza, che tutte le maestre siano da considerarsi cretine. Forse perché è l'unico lavoro femminile alternativo alla casalinga, e dal momento che lei è una casalinga ma ha fatto il liceo classico e frequentato l'università, sente sempre il bisogno di rivendicare che fare la casalinga è comunque meglio che fare la maestra.

Anche il marito, il professor Pasquale Lione, è stato maestro, ma poi si è laureato e di colpo, con un balzo repentino e, secondo Angela, disdicevole, dalle elementari è passato a insegnare al liceo.

Per anni, per tutto il tempo in cui, quasi di nascosto, al fine di non scoprire le sue carte, ha studiato all'università, non ha messo vicino al campanello la targhetta col nome ma un biglietto di cartone scritto a penna e fermato col nastro adesivo, finché un giorno non è comparso, piazzato sul legno della porta, un ovale di ottone dorato con l'incisione svolazzante PROF. PASQUALE LIONE, come si faceva una volta, quando gli usci delle abitazioni inalberavano i nomi delle stirpi e la professione del capofamiglia con l'ostentazione che oggi si riserva a società per azioni e studi professionali.

Quell'innocente vanità del Lione, che a chiunque sarebbe sfuggita se non altro perché conforme al comportamento di tutti, viene subito rimarcata da Angela, che vi legge i segni della volontà cocciuta, tenace, tipica del cafone, di migliorare il proprio stato attraverso un piano premeditato nell'ombra, in un silenzio scaramantico, una macchinazione segreta che la indispone particolarmente, come se lei, figlia di un muratore inurbato, non fosse la copia conforme dei Lione ma l'ultima rappresentante di un'aristocrazia esangue minacciata nella sua finezza da una plebe volgare e tuttavia forte e smaniosa.

Angela odia sia per differenza sia per affinità, e per affinità, come è in genere naturale che accada, odia ancora più intensamente.

Non concede mai al vento della sua avversione un rifugio in cui placarsi, ma gli lascia davanti una prateria dove soffiare senza requie: ha bisogno di odiare come di respirare, sente di non esistere se non si contrappone.

Questo senso di appartenenza a una classe più rispettabile di altre le viene da sua madre, che ama ripetere come la loro famiglia sia «artigianato», casta senza dubbio superiore ai contadini dai quali proviene Pascale *'o Lione*, come ormai viene chiamato in casa nostra, con una definizione volta a sottolineare la natura animale del cognome e a sminuire, allo stesso tempo, l'intrinseca nobiltà di una bestia selvatica e superba, araldica, appaiandola piuttosto, grazie anche a quella "i" dialettale che la sfigura, a creature più modeste e assai meno regali.

Suo padre era un muratore, ma lei precisa subito che un manovale di allora aveva le stesse competenze di un architetto di oggi. Poi fece il carabiniere, lavoro che, per essere ottenuto, obbliga a una ricognizione attenta della moralità della famiglia di ogni candidato con indagini che risalgono per i rami e che la minima macchia interrompe traducendosi in veto inappellabile.

Sposatosi prima dell'età consentita, abbandonò l'Arma trasferendosi a Napoli e impiegandosi nella ditta dove fece l'uomo di fiducia e tutti lo chiamavano ragioniere anche se non lo era.

I suoi quarti di nobiltà sono questi.

Però aveva la tubercolosi, come l'avranno lei e sua sorella, che è bellissima e ne muore a venticinque anni.

Un altro particolare che accomuna la famiglia di Angela a un'idea letteraria di nobiltà è quell'essere segnati dall'ombra di una fine precoce.

Quando suo padre muore durante la guerra, lei ha dieci anni. Racconta di averlo visto squartato sul tavolo dell'obitorio. È il verbo che usa sempre, «squartato», ogni volta che ne parla, forse perché lo scempio del corpo di chi l'ha generata esalta la sua sofferenza di figlia.

È segnata dalla condizione di orfana di padre.

Sua madre è esattamente come lei, odia molti e disprezza tutti, ma sa essere più ipocrita e godersi meglio la vita. È maligna ma aspira al godimento, a una condizione di tranquillità, mentre la figlia si macera nel conflitto permanente. Una madre cattiva e razionale con una figlia dolce e malata e un'altra irrequieta e rabbiosa.

Queste tre donne, rimaste a Napoli senza marito e senza padre durante la guerra e poi nella ricostruzione, devono farcela. Sopravvivere è il loro unico fine.

Sono unite contro due mondi. Uno che spintonandosi fugge dalla distruzione e l'altro che accalcandosi insegue il benessere. Tre donne: un groviglio di risentimenti e meccanismi biologici sincronizzati dal legame di sangue e coalizzati contro altre donne e uomini pronti a tutto in mezzo ai quali non si salva nessuno, neppure i preti, come quello che, interpellato una volta da mia nonna per consiglio, ha messo subito in chiaro che cosa le chiede in cambio.

La signora Rosanna Lione racconta quanto le succede in classe. Ha un alunno difficile che si chiama Mautone.

Negli anni Sessanta non c'è una sensibilità spiccata verso i bambini problematici, ma la signora Lione deve averne un barlume, perché questo Mautone dal rendimento modesto e dal carattere ribelle prende a controllarlo e, in qualche modo, a proteggerlo nel modo più scontato in uso allora, tenendoselo vicino: lo mette in un banco nei pressi della cattedra.

E un giorno Mautone viene accusato di aver rubato dalla cattedra un giocattolo sequestrato, ma la maestra Lione è là vicina e insorge. Ribadisce: «Nun è stato Mautone, nisciuno l'ha muuto 'o giocattolo 'a ccà 'ncoppa!»

Quel participio passato «muuto» per «mosso», ignoto al napoletano e irto di "u" esattamente come ci si aspetterebbe nella più scontata mimesi di una parlata cafona, quasi più muggito che parola, colpisce Angela al cuore, neanche fosse la sintesi suprema di ogni rozzezza e mancanza di stile, fatta apposta per ferire lei, depositaria della purezza della lingua.

Angela ripete a chiunque il racconto della Lione che sfocia nel «muuto» come nell'oceano della più irredimibile ignoranza. Come se bastasse un participio incongruo a svergognare tutte le donne che si muovono dalla provincia per arrivare in città, sposarsi, fare figli, mutare la propria condizione andando a vivere in un condominio decoroso in un quartiere di semicentro, cioè esattamente le donne come lei, le sue simili, le sue sorelle.

Non ha mai avuto amiche, ma con la signora Verde del settimo piano ci arriva vicino.

È un rapporto tardivo nel senso che per i primi anni

quasi non si salutavano perché comunque, per qualche ragione, un litigio condominiale l'avevano avuto, ma da quando cominciano a frequentarsi non hanno altre occasioni di scontro e questo è un fatto unico. Come è unico il fatto che di lei Angela parli bene.

La signora Verde è una sarta e accorcia i pantaloni di mio padre, che è stato un uomo alto ma con gli anni si sta *arrognando*.

Lui glieli passa aggiungendo, ogni volta che l'orlo già rimboccato dev'essere ancora ridotto, parole di scusa, come se si vergognasse della vecchiaia che, impercettibilmente ma in maniera insopportabile per un uomo come lui che è stato elegante e forte, gli rode gli arti e lo riporta indietro negli anni, rimpicciolendolo.

La signora Verde accoglie le richieste con il sorriso comprensivo che sa accendere il volto di alcune donne non belle di una grazia luminosa preclusa a molte bellissime. Limitandosi a un'increspatura delle labbra resa particolare dai suoi incisivi distanziati, sembra dire: perché vi vergognate, è la vita che è così, vi riduce, poi vi cancella, come ha fatto con mio marito, io so come va.

Anche lei ha due figlie femmine e un maschio al quale si riferisce chiamandolo «'o guaglione mio».

Anche questa espressione, in sé, non ha niente di straordinario, è il modo più comune per riferirsi al proprio figlio, ma come il «nisciuno l'ha muuto» della signora Lione ha offeso le sue orecchie nella maniera più negativa immaginabile, così quest'apostrofe di ordinaria tenerezza la folgora in positivo, perché dalla prima volta che l'ha sentita, nei rari casi in cui intende rivolgersi a me con dolcezza, mi indica dicendo: «Comme diceva 'a signora Verde? 'O guaglione mio...»

L'*auctoritas* della signora Verde o precede o segue l'invocazione, ma non viene mai omessa, come per ribadire che quella forma elementare dell'amore materno non possa essere la sua, le sia vietata per chissà quale ragione e solo in quella scontata formula lei abbia percepito la nostalgia di una perdita, il senso vago di un dono che le è stato negato, quello di un'affettività semplice che approda a un senso di contenuto possesso, blando ma costante, senza rabbia.

La tenerezza che le è preclusa lei però sa riconoscerla nella signora Verde del settimo piano, la vedova, la sarta che rimodella i panni sui corpi che cambiano, la donna dagli incisivi distanziati alla quale basta dire «'o guaglione mio» perché le splendano gli occhi di una luce che lei, Angela, non ha mai conosciuto.

Credo che sia Angela sia sua madre Michela vedessero nell'amicizia una forma di dipendenza, un indebolimento della personalità.

Entrambe ripetono: «Io nun vaco a' casa 'e nisciuno», non vado a casa di nessuno, come a dire che non hanno bisogno del prossimo e nessuno può costringerle a fare la cosa che più gli ripugna: confrontarsi con altri esseri umani. Come si evince da un'altra delle loro massime favorite: «Io non voglio essere paragonata a nisciuno!»

Quando abitiamo al piano alto di una casa al Vomero, il nostro terrazzo confina con quello di una famiglia con tre figli maschi, tutti più grandi, ma di un'età tale da poter ancora giocare con me. Uno di questi bambini si chiama Silvio e pare che io lo invochi sempre appena esco sul balcone.

Pare perché ho ben presente quella casa, quel terrazzo, i soldatini che quei bambini possiedono, e ricordo che uno di loro si chiamava Silvio, ma non di essermi mai rivolto a lui nel modo parodiato da mia nonna per deridermi. O meglio, se l'ho fatto, se ho implorato l'attenzione di qualcuno, non mi sembra un gesto così umiliante, una colpa tanto riprovevole.

Mia nonna intona un «Silvioooo!» querulo, nell'imitazione che le risale cavernosa dal fondo delle fauci, come se in quel guaito di bestiola derelitta si potessero già leggere le stimmate di un carattere fragile e, ancora peggio, lo spirito infido di un traditore che andasse a cercare affetto fuori dalla famiglia, perché è più o meno allora che comincio a sentire le due frasi che per tutta la nostra infanzia e adolescenza le due donne rivolgono a me e alle mie sorelle: «Che t'adda dà, Silvio? La menna?»

La *menna*, le *minne*, il seno. Al posto di Silvio avrebbero poi messo qualunque altro nome la vita potesse proporci come affetto alternativo al loro possesso.

L'altra massima era: chi ti vuole più bene di mamma t'inganna.

Certo, anche lei è stata giovane, ed è andata a scuola facendo il classico in anni in cui non è facile che una ragazza orfana di padre e di condizione umile vada al liceo. Non ha dunque avuto amiche neppure nel periodo della vita in cui è impossibile non averne?

Storie di scuola e di professori, di successi e di impreparazioni, piccole scene memorabili di giovinezza ne ha come tutti e le racconta, sempre le stesse, ma sembrano non avere più alcuna relazione con la sua vita attuale, come se quel periodo della sua esistenza fosse sigillato con una colla definitiva.

Di quelle studentesse ce n'è una che non ha la "r" e dice: «Evaclito eva un filosofo oscuvo.»

E un'altra che è figlia di un magistrato e le offre a merenda panini dolci imburrati che Angela non ha mai visto e il suo gusto ne rimane folgorato per sempre: sono il cibo del benessere, dell'opulenza, ma ricorda più quel sapore che quella compagna.

Non vede, non sente più nessuna delle ragazze che sono state giovani con lei. In effetti, questa è la norma, allora. Ci si sposa, si mette su famiglia e finisce tutto, non esiste l'idea di una svagatezza giovanile protratta all'infinito ma il precipizio di una precoce, cupa maturità. Le porte della vita, quando si chiudono, si chiudono per sempre.

Restano episodi e frasi a galleggiare in un vuoto esemplare, come se le giovani che un tempo le hanno pronunciate non appartengano più a questa terra: «Evaclito eva un filosofo oscuvo...»

Ma forse una sì, un'amica dei tempi della scuola le è rimasta, si chiama Rita Capece.

L'ho vista due volte, una a casa sua a Fuorigrotta e l'altra quando è venuta a trovarci al mare, ma è più un nome che una presenza, perché ogni volta che Angela mi nega un permesso, mi fa saltare un gioco o una festa, le rinfaccio: «Tu però la vedi la tua amica Rita Capece!»

La verità è che non la vede mai e solo il nome, per le imperscrutabili ragioni racchiuse nel mistero del suono delle sue sillabe, mi è rimasto impresso e infiamma il mio primo, confuso risentimento.

Ho un ricordo incerto della casa di Fuorigrotta e uno appena più nitido dei due soli giorni d'estate che passa con noi al mare. Mi viene incontro una figura malinconica, con le labbra sottili disegnate a forza dal rossetto, i capelli crespi. Non si è sposata quando non sposarsi per una donna, se non una vergogna, è uno smacco silente.

Non verrà mai più, non la vedrò mai più, mai saprò che cosa fosse successo tra loro. Con ogni probabilità, per una rara volta, nulla.

Nulla, solo un naturale oblio, tra Angela e la sua amica Rita Capece, la nemica immaginaria creata dal mio astio infantile soltanto per come fastidiosamente riecheggiano dentro di me le lettere del suo nome.

Le sono sempre piaciute le lingue classiche, il greco e il latino. È affascinata dalle sopravvivenze del greco e del latino nel napoletano.

«"Scafarea", da dove viene? Da *skupto*, scavare... E "nennella"? Da *neanìa*, la pupilla dell'occhio. E "'o votta votta" dentro alla folla? Da *oteo*, spingere. "'O paccaro"? *Pas pasa pan*, tutto, e *keir keiròs*, la mano... Tutta la mano in faccia! E "isso" non viene da *is ea id*? E "chillo" non è *ille illa illud*?»

Anche se non c'entra niente con l'etimologia le piace ricordare come il nominativo plurale dell'articolo *oi ai tà* riecheggi nel suono il modo di rivolgersi ad alta voce a qualcuno che si chiama Gaetano, come se ciò bastasse ad attribuirvi un'origine ellenica, e recita una filastrocca mnemotecnica sugli imperativi irregolari *dic duc fac* e *fer* conclusa con il distico «si nun fosse pe' fio fis, t'accidess' a te e a iss'», un'imprecazione finale che le si addice.

Dell'intera cultura classica le è rimasto un solo concetto che non sia grammaticale ma rimandi a una condizione dell'esistenza, a un'anomalia dei sentimenti indagata per la prima volta dagli antichi.

È quello che lei chiama «un rapporto di amore-odio».

Non lo lega mai direttamente a Catullo né ad altri poeti, è un'idea che galleggia in un vuoto, nell'assenza totale di pulsioni simili o vagamente affini e proprio per questo sembra assumere in lei una rilevanza abnorme, assoluta.

A «un rapporto di amore-odio» riconduce qualunque stranezza del comportamento, ogni fenomeno affettivo che non è in grado di spiegarsi.

Uno dei momenti più significativi della sua vita è l'inizio dell'esame di maturità, quando il presidente della commissione le dice: «Allora, signorina, vediamo, lei si chiama Angela... Angela Izzo... Da dove può venire il suo nome, Angela... Certo... da *angello*, annunciare, giusto! E Izzo? Faccia attenzione, questo è più difficile. L'aiuto io, vediamo... Forse da *Ypsos*, altezza. Ecco, "colei che annuncia" e "altezza", nientemeno... Con un nome così, signorina, lei deve farci un bell'esame!»

Se uno studia tutta la vita, le nozioni vanno e vengono, s'incrociano, si sovrappongono, si dimenticano. E la nuova scaccia la più antica, se si rivela, per colui che vi si è imbattuto, essenziale, per quanto la vecchia avesse messo radici.

Questo succede anche se è vero che le conoscenze percepite come essenziali in genere diminuiscono quanto più si procede nell'esistenza, e allora scivolano via, non si depositano più, come se la mente fosse sempre meno una superficie porosa e sempre più diventasse simile a una lastra insaponata. È inevitabile.

Però per chi ha studiato soltanto da giovane le nozioni fanno tutt'uno con lui, diventano una concrezione calcarea, vanno a far parte del suo essere profondo e peggiorano il già malmesso essere individuale gravandolo di una natura minerale. Lo rendono ancora più duro, tignoso, compatto, inscalfibile ma inservibile, un peso buono solo a intombare lo spirito, un sapere rigido e ostile, una porta sbarrata sul nuovo, chiusa in faccia alla cangiante varietà del mondo.

Stavo per attribuire anche Vittoria all'ambito dei consanguinei perché l'ho sempre chiamata «zia Vittoria», ma non è mia zia, è una di quelle conoscenze così antiche e strette da essere promosse a un rango parentale, come avveniva per i vari compari e comparielli acquisiti, un istinto ad allargare le famiglie assai diffuso nel popolo napoletano, raro a casa mia.

Quando mi spiegano, come a quei bambini ai quali a un certo punto si è costretti a dire che Babbo Natale non esiste, che non siamo davvero parenti, ci rimango male.

Zia Vittoria appartiene alla vita precedente di Angela

perché da giovani abitavano nel centro storico, a vico Sedil Capuano, nello stesso palazzo fatiscente che si diceva fosse appartenuto a una sovrana leggendaria e dissoluta, Giovanna la Pazza.

Vittoria è una popolana dalla bellezza aggressiva sfiorita presto in un'esplosione di carne matronale per assurgere al rango di quelle donne che a Napoli vengono dette *femmenune*, creature che in un arco temporale minimo si trasformano, come per effetto dell'incantesimo di una divinità ctonia, da fanciulle di sensualità abbacinante a potnie della maternità universale.

Poi ha un cognome tedesco e anche questo, nei quartieri storici, non è un'eventualità rara e conferisce, a certi napoletani che più napoletani non possono essere, un'aura magica, il rimando a un'ascendenza esotica, un'origine forse, chissà, aristocratica, regale.

Che si tratti più probabilmente di soldataglia stabilitasi in città in secoli violenti e bui è un pensiero che non sfiora nessuno; il nome astruso restituisce il nucleo più amato delle loro fiabe: destini plebei riscattati da un'agnizione, da una luce di nobiltà sepolta nel passato ma non del tutto spenta dall'avvilito presente.

Angela è sempre alla ricerca di un pretesto per mordere, ma nei confronti di Vittoria si comporta come una iena con la leonessa. Forse vorrebbe contrapporsi, ma sta zitta perché verrebbe spazzata via con una zampata e, a differenza delle iene, non è capace di offendere unendosi a un branco. Al massimo sa consociarsi con sua madre, ma è un sodalizio durato già troppo, un'alleanza che comincia a mostrare la corda per esplodere, di lì a qualche decennio, in un odio senza quartiere.

Angela racconta che quando Vittoria da giovane a Sedil Capuano esponeva le gambe stirandosi a prendere il sole sul balcone, nel cortile sottostante si faceva la folla, ma io la vedo in un'altra luce: per me lei rappresenta un'entità acquatica, un cetaceo materno e scintillante come un'orca o una balena franca.

È lei, che fa l'infermiera e ha un marito poliziotto, due stipendi in una famiglia, un evento raro allora, a far comprare ai miei un appartamento al mare nel suo stesso palazzo, la seconda casa che è il sogno di quei tempi.

Mi porta sulla spiaggia con i suoi figli, che considero miei cugini, e andiamo fino agli scogli che stanno a un paio di chilometri e ci sembrano una distanza inusitata, un balzo vertiginoso nello spazio, perché la sabbia e i bassi fondali di rena sono per i bambini che non si devono allontanare, mentre agli adulti si addicono lo scoglio, la roccia, il mare verde e fondo, dove lei s'immerge a fare le cozze come ritornando nel suo elemento naturale, perché vi rimane per ore, rigirandosi con il moto lento e possente dei grandi mammiferi marini, il suo costume nero che sembra una seconda pelle lucida, impermeabile.

Angela non si muove da sotto l'ombrellone, zia Vittoria ci porta all'avventura.

Scrosta mitili con foga predatoria e meticoloso scrupolo, poi riportiamo il bottino, mescolato con ciuffi d'alga, nelle buste di plastica della spesa.

A suo marito una volta ha detto: «Enzo, tu sì l'ammore mio, ma vieni pe' sicondo, pecché 'o primmo 'nnammurato mio è 'o mare!»

Mi ricorderà una frase attribuita all'attore egiziano Omar Sharif, per il quale la donna viene terza, dopo il deserto e il cavallo, supremo esempio del maschilismo mediorentale. Quella di zia Vittoria è la risposta dell'eterno femminino mediterraneo.

Dopo il mare si torna a casa, si fa un pasto pesante e i bambini, che avrebbero voluto solo giocare nella penombra o leggere, vengono consegnati, assieme agli adulti, al rito crudele del riposo pomeridiano.

Zia Vittoria mi vuole sul letto matrimoniale assieme a lei, perché mi sa irrequieto e deve controllarmi meglio, i due figli nei lettini a fianco.

Il calore e la stanchezza, la penombra, nonostante il desiderio di vivere, la voglia di stare svegli e di non rinunciare alla coscienza per nessun motivo, hanno sempre ragione di noi, ma un pomeriggio, dopo un sonno troppo breve, spalanco gli occhi.

Non è il risveglio solito, il faticoso emergere pomeridiano tra i pesanti strascichi di un sonno estorto, più di protesta che di volontà, e che proprio per questo produce un destarsi più lento e stordito di quello del mattino, ma è un ritorno di lucidità nettissimo, istantaneo. Il mio sguardo erra per la stanza come un laser puntato, inquadra un passaggio di ombre sul soffitto, le sagome dei miei presunti cugini addormentati nei letti contro le pareti, il corpo monumentale di zia Vittoria che emette un respiro continuo e sottile. Non mi muovo per non alterare una dimensione delle cose che percepisco come perfetta e intangibile, la calma del primo sonno di tutti, uno stato di pace assoluta, la sospensione ideale che il mio risveglio improvviso ha turbato.

Ho riacquistato la coscienza quando non dovevo, sono il paziente che si è svegliato nel mezzo di un'operazione, l'unico paggio del castello della Bella addormentata sul quale il filtro magico non ha fatto effetto, la vittima, creduta morta, del morso di un vampiro, che schiude gli occhi alonati di un livido bistro quando giace nella tomba di famiglia, come ho visto in un film che mi ha terrorizzato.

Allora rimango immobile, irrigidito in una stasi imbarazzata che mi sembra dover durare all'infinito.

È come se avvertissi, senza esserne consapevole fino in fondo, un disagio potente e oscuro, indicibile, tutto mio. Lo sento ma non ho i concetti per elaborarlo né le parole per esprimerlo; solo di una cosa sono certo, che una sensazione del genere non posso condividerla con nessuno.

Eppure, poco più tardi, per caso, sento zia Vittoria dire a mia madre: «Ha araputo l'uocchie, accussì!», e fa con le mani il gesto di una lampadina che si accende. «Ma nun ha fatto chiù niente, ha aspettato fermo e zitto ca io me susevo e poi s'è aizato pur'isso. È nu piccerillo educato!»

Non è successo niente di strano, Vittoria ha solo raccontato ad Angela, da madre a madre, com'è andato il pomeriggio. Io pensavo che dormisse e lei si è accorta del mio trasalimento misterioso. Si è resa conto del marasma che ha squassato un bambino apparentemente addormentato ma sveglio, tranquillo ma in realtà turbato, un bambino che sembra non aver fatto altro che aprire gli occhi.

Che non mi fosse mai capitato nulla di simile non poteva stupirmi allora che tutto era nuovo. Mi sorprende adesso pensare che non avrei trovato mai più qualcuno in grado di leggermi dentro così, fin nel profondo di quello sconcerto che solo il continuo stato d'allarme dell'infanzia è capace di creare.

Un paio d'anni dopo divento un nuotatore da piscina ed è come se iniziassi, con questa nuova abilità acquisita, il mio percorso nel mondo delle finzioni e dell'artificio.

Le sfreccio di fianco mentre è intenta a staccare le cozze.

Quando risaliamo mi dice: «Mamma mia, comme ti sì 'mparato a natà bello...»

Nessuno ha mai fatto commenti su come nuoto. Solo mio padre, ma per correggermi.

Lei non ha mai imparato veramente, secondo il canone umano. Le creature del mare non imparano a nuotare: lei s'immerge, galleggia, procede, riemerge sbuffando, come fanno gli esseri che non hanno dovuto interrogarsi sopra un movimento.

Se un cetaceo avesse la parola e vedesse un uomo nuotare, si complimenterebbe con lui.

Può mangiare cinque chili di cozze da sola e per le stanze di casa sua stagnano perenni vapori di frittura. L'odore delle cucine altrui era per noi la prima, più forte dimostrazione delle differenze tra le famiglie, la prima cognizione dell'estraneità.

Un giorno, al termine di un greve pasto domenicale innaffiato da bottiglie su bottiglie di un vino bianco torbido, dall'odore sulfureo che stordisce, è stata capace d'inghiottire venticinque fichi d'India, che a Napoli si chiamano *figurine*, parola che ricorda quelle che si collezionano e già sembra alludere a un consumo compulsivo.

A settembre «facciamo le bottiglie», la conserva di pomodoro. Partecipano tutti: chi passa il pomodoro, chi sciacqua i vuoti e le foglie di basilico, chi imbottiglia, chi tappa. È una cerimonia che riunisce più di una famiglia e io sono con i ragazzi che chiamo cugini, ma è il rito che segna la fine dell'estate e l'odore della salsa schizzata sulle coperte vecchie ha un sentore acido e acuto, malinconico come il tanfo dei panni che coprono i grossi fusti pieni d'acqua nei quali le bottiglie bollono, e già diffonde l'aroma affumicato dell'autunno.

Ogni tanto si sente lo scoppio di un vetro tappato male. Alla fine, quando l'acqua si è raffreddata e le bottiglie vengono estratte una per una e allineate nelle cassette, si fa la conta di quante sono esplose, e meno sono migliori saranno gli auspici per l'inverno.

Da questo si capisce che tappare è un incarico delicato, e quando zia Vittoria me lo affida è la prima volta che un adulto mi fa responsabile di qualcosa.

Muore, giovane, di cirrosi epatica, dopo un'agonia lenta perché è fortissima. Le iridi le diventano gialle, dicono che è un segno sinistro, significa che non c'è più niente da fare, ma lei è in piedi come se nulla fosse. Poi però crolla all'improvviso, col fragore di una quercia che si schianta.

Quando sente avvicinarsi la fine, afferra per il bavero la vicina che si è piegata su di lei per sistemarle i cuscini e scuotendola le dice: «Signora Gambardella, dateme 'a vita vostra!»

Perlomeno così raccontano, e poi aggiungono sempre che è una quercia, forte come una quercia, robusta come una quercia, parlano tutti di questa quercia, non sanno dire altro.

Lo dicono perché non hanno letto *Moby Dick* come ho fatto io, in un'edizione ridotta per ragazzi, ma anche su quelle pagine spolpate non sanno la fatica che ho fatto, sdraiato in cortile sopra capitoli intitolati: «Primo giorno di caccia», «Secondo giorno di caccia», «Terzo giorno di caccia»...

Scorro le pagine in avanti per vedere che cosa mi aspetta e di fronte a me ho solo capoversi – uno dopo l'altro, come monotoni treni d'onde – che rimandano a un inseguimento infinito.

Non sanno che la balena non muore mai.

Mi chiedono se voglio andare a salutarla sul letto di morte; non so bene perché lo fanno – siamo già nell'epoca in cui si considera inopportuno far vedere i morti ai bambini –, ma forse è mio padre a chiedermelo perché ormai sono un ragazzo e sa che le ho voluto bene.

Resto fermo nel dire di no.

Non voglio andare, ma non è paura né disagio né impressione. Mi hanno detto che le persone morte possono trasformarsi e io non la voglio vedere diversa. La voglio nell'oceano, zia Vittoria, il dorso abbronzato e lucente, che prende il largo e si concede allo sguardo ancora una volta prima dell'ultima capovolta nell'abisso.

Alcuni anni dopo esce una canzone del Banco che s'intitola *Moby Dick*. Mi piace la musica e mi piacciono le parole, ma le ascolto a strappi, come si fa con le canzoni; non le collego mai tutte insieme, è come un significato che arriva a pezzi, ma quei pezzi si incastrano con le parti mie scoperte: mi confortano, è una canzone che ascolto quando sono triste e scopro che mi fa bene.

Poi, un giorno, non so perché, ma è tanto tempo dopo, questi pezzi li metto insieme e li vedo ricomporsi in un'incredibile profezia:

Grande Moby Dick, dove saranno tutti gli amanti che hai
Dolce Moby Dick, nessuno ti ha baciata mai.
Grande Moby Dick, regina madre, segui le stelle che sai
Non fidarti della Croce del Sud, la caccia non finisce mai...

L'estate è sempre la stagione ideale perché esplodano i litigi: giradischi e radio tenuti troppo alti nella controra, panni stesi dai piani superiori che ci sgocciolano sul terrazzo, ombrelloni troppo vicini, pesce troppo caro e di qualità scadente...

È come se scendendo dal sesto piano del quartiere cittadino dove abitiamo al pianoterra di una casa di villeggiatura circondata da tutte le parti da frotte di umani, elettrodomestici e animali, le occasioni di conflitto non possano che moltiplicarsi, acuite dal calore e dal ritorno alla nudità ferina, fino a un furore orgiastico favorito dal fatto che il sale, lo iodio, il mare, si sa, innervosiscono.

Anche la mescolanza tra vecchi villeggianti – proprietari di casa che diffidano degli altri proprietari i quali, pur di guadagnare qualcosa, affittano a famiglie maleducate e rumorose – e gli elementi nuovi, dall'aggressività ancora sconosciuta, crea misture altamente infiammabili.

Angela si aggira in questo magma combustibile con uno stoppino sempre acceso in mano e solo l'imbarazzo della scelta su dove innescarlo.

Litiga con il costruttore del nostro palazzo, quello che

le ha venduto la casa al pianterreno, perché ha affittato l'appartamento sopra di noi a una famiglia che nella controra, invece di riposare, trascina i mobili da una stanza all'altra.

Il turbamento del riposo pomeridiano è uno dei più classici motivi di scontro.

«Che fanno, chisti, invece 'e durmì? Spostano 'e lietti?» è la frase che più spesso sento pronunciare, un'estate dopo l'altra, da mia madre e mia nonna, tanto da sembrarmi perfettamente plausibile che possa esistere un'umanità dedita al trascinamento della mobilia, manco debba scontare una versione, alleggerita e stagionale, della condanna di Sisifo.

Commentare come si è svolto il sonno postprandiale, se tranquillo o funestato da rumori imprevisti, è un'abitudine quotidiana tra le signore sulla spiaggia: «Oggi non m'hanno fatto chiudere uocchio 'sti fetienti ccà 'ncoppa...»

Ma è mai possibile? Davvero esiste la pratica di trascinare i mobili nelle ore più calde dell'estate? Perché mai dovrebbero farlo quelli del piano di sopra? E veramente avverto anch'io quei rumori insopportabili?

Mah, forse qualcosa, sì... È difficile esserne sicuri...

Subito dopo pranzo, a luglio e agosto, un silenzio immoto e perfetto non esiste, si sente uno scalpiccio di zoccoli (ecco un altro casus belli tipico, gli zoccoli! Non si portano gli zoccoli in casa!), clangore di stoviglie e di famiglie che a tutte le ore sciamano verso il mare o ne tornano, in uno strascico di passi appesantiti da borse e ombrelloni, mentre i ritmi dell'estate canora, che echeggiano di lontano portati dalla brezza o improvvisamente esplodono alle spalle eruttando da mangiadischi e radio, si mischiano a pianti di bambini, abbaiare di cani, scrosci di scarichi e rubinetti...

Alfonso Alterio, il costruttore, è un uomo già anziano, di bassa statura ma di quella robustezza ferrigna di chi ha fatto il manovale e poi è diventato capomastro e infine, per conoscenze giuste e capacità – in quegli anni e in quei luoghi probabilmente più illegali che architettoniche –, imprenditore edile.

Sulla testa ha un nido di capelli bianchi stopposi e sulle guance un duro velo di barba canuta.

Non è un uomo cordiale, e un dolore grande l'ha incupito ancora di più: la morte di una figlia per un melanoma, che allora è un male assai più incomprensibile di oggi, perché non è facile farsi una ragione di come conseguenze così devastanti possano essere generate dall'inezia di un neo.

Angela lo affronta mentre sale le scale, lui non ha voglia di questionare e borbotta qualcosa, può anche essere la promessa di parlare alla famiglia rumorosa, ma lei deve smaltire la rabbia e una parola di rassicurazione a mezza bocca non le basta.

Così gli si pianta di fronte e colpisce: «Signor Alterio, v'è morta 'na figlia e site ancora accussì. Ve n'adda murì n'ata?»

Vedo le dita di Alfonso Alterio afferrarsi al corrimano della scalinata e le nocche che quasi bucano la pelle. Penso: adesso l'ammazza. È quello che farei io al suo posto, io l'ammazzerei.

Ma sono il figlio e mi chiedo che devo fare se lui l'aggredisce. Avrò undici o dodici anni, sono un ragazzino esile, sarei capace di difenderla? Ma, soprattutto, voglio difenderla o piuttosto mi auguro che paghi, per la frase schifosa che le è appena uscita di bocca e per le infinite altre, simili, che nel corso del tempo ha detto a me e ai miei compagni?

Lui invece sibila: «Puo' murì pure tu», le gira la schiena e riprende a salire pesantemente le scale.

E quindi non succede niente, ed è una cosa che sto già cominciando a capire per conto mio: ci sono azioni eclatanti, assurde, che dovrebbero provocare la rovina di chi le compie e invece, proprio per questo, perché sono inconcepibili, passano indenni. Perché chi ne è l'oggetto rimane disorientato quel tanto che basta a far sì che la reazione che dovrebbe scatenare l'ecatombe imploda.

Sono successi fatti tra di noi, tra ragazzi, che funzionano allo stesso modo: chi più osa meno paga.

Ma anche un altro particolare comincia a essermi chiaro: l'azione folle non può essere premeditata, non può, per riuscire, rispondere a un calcolo strategico. Chi ci prova a freddo viene smascherato e punito. Anche quando ce la mette tutta per essere credibile, c'è sempre un dettaglio che lo tradisce. E invece il gesto dev'essere ispirato da un'insania autentica, profonda, di quelle che non si curano, che non scendono a patti, che centrano il bersaglio esterno soltanto perché hanno mirato prima, al cuore, se stessi, perché hanno cercato senza alcun riguardo il proprio annientamento.

Comincio a capire perché presso i pellirossa il pazzo è considerato sacro e pervaso dal Grande Spirito, Wakan Tanka, Manitou.

Non so da dove venga l'abitudine, molto meridionale, di chiudere i luoghi aperti. Non le grandi superfici ma le aree piccole, i terrazzini, i balconi aggettanti, i cortiletti che, appena è possibile, vengono verandati per recuperare metri quadrati e dare sfogo a gruppi numerosi di umani ammassati in spazi ristretti.

Ma è un istinto e si scatena anche quando non è necessario, così in un certo anno, sul lato lungo del nostro terrazzo al mare, Angela fa costruire una tettoia.

Per pranzare all'aperto? È una parte di cortile che va in ombra a mezzogiorno e mangiare al fresco è già possibile, quindi lo scopo non può essere che quello di circoscrivere uno spazio non del tutto recluso per impedire agli altri di guardare sotto e così ribadire: questo è mio.

Poco dopo arriva, da uno studio legale incaricato dall'inquilina del piano di sopra, l'ingiunzione di rimuovere la tettoia.

Una delle motivazioni è che la costruzione inumidisce il suo appartamento perché le gocce di pioggia vi rimbalzano ammollando il muro.

«Che l'inumidisce? 'A fessa fracida ca tene sotto, chella zoccola!»

Un'altra è che la sua proprietà diventa insicura perché qualche malintenzionato potrebbe, inerpicandosi dalla tettoia, penetrarle più facilmente in casa.

«E che l'anna arrubbà, a chilli muort' 'e famme?»

Ma è la terza motivazione, agli occhi di Angela, la più scandalosa di tutte: alla condomina la tettoia preclude la visuale.

«Ah! Le tuglimm' 'a visuale a 'sta zoccola, e ch'adda vedé 'sta disgraziata puttana, chello ca ce magnammo?»

La tettoia.

In quegli anni esplode la strategia della tensione. Ci sono tentativi di golpe, in Italia e nel mondo, attentati sanguinosi, delitti politici e di mafia, ma per noi c'è soltanto la tettoia, con le udienze, i rinvii, gli strascichi, le infinite interpretazioni su ogni atto di una vicenda giudiziaria che richiede lo stesso lavoro della commissione stragi.

E c'è l'avvento dell'avvocato Filippo Signori.

L'avvocato Signori viene incaricato dopo la ricusazione di due precedenti colleghi dimostratisi incapaci o ritenuti tali.

Non so dire se come avvocato sia efficace, però fa la sua figura. La fa anche su di me, che sono un ragazzo e con un'avversione già radicata nei confronti di Angela, delle sue beghe, della sua furia cieca che ogni giorno deve trovare un pretesto, un oggetto su cui scaricarsi, della sua concezione della vita e del mondo che sempre più mi appare schifosa.

Ma il fascino dell'avvocato Signori lo subiamo insieme, e forse è l'unica simpatia umana che ci abbia accomunato nella vita.

È un avvocato di provincia, ma è diverso dagli altri: un bell'uomo, magro, scavato, con la barba non fatta e i vestiti stazzonati, ma a modo suo è elegante, di un'eleganza interiore, e si presenta come intriso di un'aria malinconica, quando non addirittura sofferente, che si vede di rado negli adulti di allora, quasi sempre compresi in un ruolo e preoccupati di mostrarvisi adeguati.

Gli uomini come l'avvocato Signori sono rari soprattutto al Sud. Si incontrano nei romanzi o nel cinema francese, un Trintignant o un Delon ammaccato, come in un film che non è ancora uscito ma sta per, e si intitolerà *La prima notte di quiete* e piacerà a quelli della mia generazione quasi più dopo che allora, quando esce. Credo che sia perché vi ritroviamo gli atteggiamenti, gli abiti di un romanticismo maledetto e facile da poter indossare oggi da anziani come l'avevamo fatto allora da giovani, come lo sformato cappotto di cammello che Alain Delon porta dall'inizio alla fine.

L'avvocato possiede una Renault amaranto, mezza scassata e lercia, piena di giornali ingialliti, cartoni, oggetti sparsi, che guida sportivamente e parcheggia a caso senza chiuderla.

Angela andrà avanti per anni a dire: «Te la ricordi la macchina dell'avvocato Signori?», e ogni volta che lo fa sorride.

La cura maniacale per l'automobile è l'indice più eclatante della mediocrità di quegli anni in cui i capifamiglia impiegano le domeniche mattina a lucidarsi le 850 Special e le 124 con pelli di capretto e a sistemare pupazzi di cane con la testa mobile sul lunotto posteriore e magneti con san Cristofori e foto dei figli col monito PAPÀ NON CORRERE sul cruscotto. Qualche anno dopo esce una canzone demenziale in cui una bambina vestita da prima comunione, a mani giunte, gorgheggia: «Non correre papà, non correre papà, la mamma è morta già sull'autostra'...», perché i viaggi in auto sono avventure nell'ignoto e anch'io da piccolo gioco buttando le macchinine giù da una scalinata e urlando il nome di mio padre, «Eugeeee», come fanno mia madre e mia nonna quando lui esegue una manovra che loro giudicano avventata. Deridere il coro dell'apprensione familiare mentre l'auto in miniatura si va a schiantare in un burrone immaginario mi scatena un'euforia maligna.

Non tenere in nessun conto la propria vettura, in una professione in cui esibire un certo status sarebbe stato pure necessario, non può che essere un tratto aristocratico.

L'avvocato Signori ha una voce profonda da fumatore e parlando usa parole ricercate, perlopiù inadeguate alle circostanze e cariche di un'inflessione drammatica e di pause, come se stesse sempre perorando le ragioni di qualcuno davanti a una corte, e per gravi fatti di sangue, non per miserabili beghe di cortile.

Sono la voce roca, l'eloquio forbito, la retorica sontuosa le sue credenziali, non le cravatte, le camicie coi gemelli, l'automobile...

Capita da noi spesso, come per caso, qualche volta anche sulla spiaggia, e mi chiede quali libri sto leggendo.

Ha un figlio di qualche anno più grande di me, colpito da una forma di autismo grave, ma non so se allora la malattia si conosca e se sia già nota con questo nome.

Lo scopro il pomeriggio in cui lo vedo che attraversa di sfuggita lo studio del padre, ricavato da una stanza del villino dove abitano, una costruzione antica ma cadente nella via più segreta e ombrosa del paese, dove il verde nasconde le case, e sobbalzo. Lo conosco. So chi è, anche se non l'avrei mai collegato all'avvocato Signori.

L'ho sempre visto al campo da basket, dove affitta un canestro per mezz'ora e gioca da solo. È considerato aggressivo, perciò il custode del campo, un vecchio sozzo e brutale che si chiama D'Onofrio, quando il tempo è scaduto non fa come con noi, che si avvicina sbraitando: «Guagliù! 'A mez'ora è fernuta!», ma traballa verso di lui ondeggiando sul ventre gonfio mal trattenuto dalla canottiera bisunta e stende le braccia in silenzio, a chiamare la restituzione del pallone.

Il ragazzo è già sviluppato, è alto e nodoso, lascia cadere la sfera zigrinata e pesante facendola rimbalzare via da sé, e girando le spalle imbocca l'uscita in un silenzio rotto solo dai tonfi del pallone sul marmo, i battiti che si spengono in un rotolio strisciante prima di finire nelle mani di D'Onofrio che impreca a bassa voce dovendosi piegare.

L'avvocato Signori passa a trovarci anche in spiaggia, senza un motivo apparente, e un giorno si presenta sotto il nostro ombrellone in compagnia di un uomo piccolo, vigoroso e patito al tempo stesso, con una luce di follia nello sguardo. È un marciatore. Un podista dilettante, un uomo già adulto, un fenomeno, per quei tempi, una bizzarria che confina con la mostruosità.

Oggi corrono tutti; le persone più normali, le più inserite nel mondo e le più inadeguate per aspetto fisico ed età fanno maratone e ultramaratone. Una volta non correva nessuno, quasi non correvano neppure gli atleti.

«Lei ha conosciuto Pamich?» gli chiede l'avvocato Signori. «Che cosa le ha detto Pamich?»

Abdon Pamich è il campione olimpico di marcia. Italiano d'Istria, è uno dei simboli dell'atletica leggera di allora, forse anche per via del nome tanto astruso che tutti se lo ricordano.

«Quest'uomo è in grado di marciare per sessanta chilometri al giorno, sotto il sole o sotto la pioggia. È vero che lei è capace di farlo?»

L'uomo annuisce. L'avvocato continua a interrogarlo come se lo intervistasse in televisione alla *Domenica sportiva*, ma siamo sotto agli ombrelloni di una spiaggia popolare nel mese d'agosto, in mezzo a un gruppo di donne quasi tutte sovrappeso, imbustate in costumi a un pezzo duri come guaine, neri o fiorati, madri di famiglia le cui conversazioni ruotano attorno a «Signora, che cos'avete cucinato di buono oggi?» e «Come la fate voi la parmigiana di melanzane?». Una di loro, la più vecchia, è talmente primitiva che persino mia nonna la ridicolizza per come, davanti a ogni nuova ricetta per la pasta suggerita da qualche villeggiante, riesce a commentare solo sbattendo le mascelle e sbavando, incapace di ripetere altro che la formula: «Buon' 'e maccarune buon' 'e maccarune...» con un tono basso e cavernoso, mentre la bella del lido, una signora così truccata sulle guance e la bocca, e tanto bistrata attorno agli occhi che l'anziano più rispettato della spiaggia, un professore di greco in pensione, l'ha soprannominata *'a Cambise*, e che non parla mai per non aprire crepe nella sua maschera di precaria perfezione, la scruta con disgusto.

Come si è arrivati a questa situazione assurda in cui un uomo vestito con camicia e giacca parla di Abdon Pamich con un folle in calzoncini e maglietta sotto un ombrellone in mezzo alle casalinghe?

L'avvocato Signori crea eventi inverosimili con la sua sola presenza o per effetto del suo eloquio elegante e cavernoso. Sembra del tutto estraneo a quanto lo circonda e deve per forza lasciare una traccia profonda in un ragazzo che da quel mondo è nauseato e aspira solo a fuggirne.

L'avvocato invece ne fa parte fino in fondo e il suo girovagare a vuoto a bordo della Renault polverosa e le massime del diritto romano con cui infiora ogni sua conversazione sono per lui le boccate d'aria che certe creature marine devono prendere per non morire, sebbene la loro patria sia lo sprofondo, e il suo sprofondo è la provincia, ma questo lo penso dopo, un ragazzo non ci può arrivare.

La causa per la tettoia fu persa, senza lasciare una sensazione di sconfitta ma solo di sfinimento, perché il verdetto arrivò dopo anni.

Quando quella copertura solida, oggetto di ricorsi che per mesi e mesi avevano fornito materia ora a esaltati ottimismi ora a rabbiosi presagi negativi, venne rimossa e sostituita da un tetto di canniccio, sembrò che non fosse cambiato niente e niente, di fatto, era cambiato, compresi i fili dai quali pendevano i secchielli da spiaggia che caricavano di iridescenze la luce delle lampadine poste al loro interno, un'idea copiata da una pizzeria all'aperto, un'invenzione che a tutti noi allora appariva di spettacolare creatività.

Anche i pali di ferro che sostenevano quel coperchio piazzato sopra la proprietà, a difenderla chissà da chi e da quali sguardi, rimasero. Come un monito puntato verso il cielo, una protesta contro l'ingiustizia dei giudici.

La causa durava da un tempo infinito e quella elementare soluzione di compromesso non era venuta in mente a nessuno.

Non molti anni più tardi, nel mio primo vero tentativo di scrittura cercai di raccontare il figlio dell'avvocato Signori, alto e scoordinato e deriso e temuto dai ragazzini, e il suo padre appassionato di classici che incrociava su una Renault impolverata le strade deserte di una città di mare in autunno, quando si diradavano gli ombrelloni e i villeggianti se n'erano andati.

Ancora qualche tempo dopo, quando mi sono appena trasferito al Nord e non riesco a trovare un monolocale in affitto a un prezzo ragionevole, Angela si ricorda che l'avvocato Signori possiede un piccolo appartamento a Milano e andiamo a trovarlo.

Per la prima volta facciamo anticamera e rimango colpito dalle finestre della sala d'attesa, che sono di un vetro pesante e giallastro, ingabbiato da un'inferriata in vago stile déco che colora la stanza di un riverbero malato. Per occupare l'attesa mi sono portato una copia del *Colpo di grazia* della Yourcenar e, anche adesso, alzando gli occhi dalle pagine vedo un'ombra scivolare lungo il corridoio. Ma stavolta non è il figlio dell'avvocato: è la moglie, una donna rigida e alta, resa un poco mascolina dagli anni, che Angela sostiene sia stata gelosa di lei. Forse lo è stata davvero, perché non si ferma a salutarci.

L'avvocato è dimagrito e invecchiato e io devo apparire ai suoi occhi un'altra persona perché mi si rivolge usando il voi del formalismo adulto. Prende lo spunto da quel libro della Yourcenar per parlare di letteratura, ma mi pone domande stanche, senza curiosità.

«Quali autori ritenete oggi importanti nella letteratura italiana?»

Angela cerca di portare il discorso sulla casa, è abituata ad avere a che fare con uomini evasivi, che sembrano voler passare leggeri su quella terra dove lei pianterebbe radici, unghie, artigli. Soltanto alla fine, dopo aver conversato con me con aria distratta, assente, l'avvocato arriva al punto: «Il monolocale è nella zona dei Navigli», e mi comunica l'indirizzo preciso, «andate a vederlo, c'è il portinaio che ha le chiavi e potrà mostrarvelo. È un appartamento molto piccolo e nessuno ci ha mai abitato, ma si trova in un quartiere, come dire, di moda. Non so se potrebbe essere adatto, perché non c'è neppure la cucina, solo una stanza e un bagno; era pensato per un ufficio, ma forse un giovane come voi, ancora senza l'onere di una famiglia, per qualche tempo potrebbe farselo bastare...»

Vado a vedere la stanza: è in un bel condominio piuttosto elegante degli anni Sessanta, dall'ingresso un po' scuro per via del legno alle pareti e di una moquette verde bottiglia, e durante tutto il tempo che il portinaio impiega per andare a prendere le chiavi penso: com'è arrivato l'avvocato Signori a cercare uno studio a Milano? quando l'ha comprato? perché? aveva, a un certo punto, pensato di esercitare al Nord e poi se ne era dissuaso tenendolo solo come investimento? e che tipo d'investimento era se lo manteneva sfitto? Comunque sia, per comprarlo, a Milano doveva esserci venuto.

C'era stato, nonostante mi apparisse irreale la sua figura in giro per la città, tanto la immaginavo legata al paese marino, alla confusione estiva, ma soprattutto alle deserte malinconie delle stagioni morte, dove lo vedevo vagare in una solitudine parallela a quella del suo figlio sfortunato.

L'appartamento sta a pianterreno ed è minuscolo e buio, ma a me sembra bellissimo, tanto desidero avere uno spazio mio a Milano dove condivido da troppo tempo alloggi precari e stanze assieme ad altri.

Ma non ne so più nulla. Quel vano mai abitato rimarrà a prendere muffa e polvere, come forse sono rimasti senza compimento gli altri progetti di evasione dell'avvocato Signori.

Angela dice che se l'aspettava e imputa a un'interferenza della moglie il fatto che l'avvocato non abbia dato seguito alla cosa: «Chissà che l'ha ditto 'a mugliera... Chella era gelosa 'e me!»

Angela è incoerente, ma non è affetta dalla normale incoerenza che ti porta a dire una cosa e a farne un'altra perché è più semplice o più immediata, o a cambiare idea perché è passato del tempo, ti sono arrivati nuovi elementi di giudizio o qualcuno ti ha convinto del contrario, o perché sei cambiato tu; niente di tutto questo. È di un'incoerenza più profonda, non motivata dalle convenienze o dalla semplice volubilità, ma dalla volontà di porsi sempre in maniera contraria a quella di qualsiasi interlocutore reale o immaginario, e se non c'è proprio nessuno che si oppone è lei a contraddirsi, da sola, per non essere d'accordo neanche con se stessa.

Ogni volta che nomina il fratello di suo padre, zì Luigi, aggiunge che era «Nu fascista fetente», ma non c'è occasione della vita politica, che segue perché da quando vive sola tiene il televisore acceso per tutto il giorno e buona parte della notte, che non le susciti la considerazione: «Ma po' nun faceva buono Musulino a...»

E Musulino faceva buono, alla fine, qualunque cosa: la bonifica, le pensioni, le limitazioni a una libertà non compresa e non apprezzata da nessuno, le colonie per l'infanzia grazie alle quali lei vide il mare per la prima volta, a Bacoli, vicino a Pozzuoli, e la vennero a prendere fino al paese.

Per questo non sarebbe affatto male «si n'ato Musulino turnass'a nascere».

E comunque dipende da come le gira, e chiunque si dichiari apertamente fascista o è «nu fascistone», detto con ammirazione, o è «nu fascista fetente», perché suo padre, a differenza di zì Luigi, non volle mai essere fascista e mai prese la tessera del partito.

«Gli uomini intelligenti trovano sempre 'na femmena ca non 'e ffa capì cchiù niente... A Musulino lo infessette Claretta... Perciò 'e mmettettero co 'a capa sottencoppa a tutt'e dduie, ccà, a Milano... Mio padre nun 'o supportava proprio...»

Adesso potrebbe trovare requie, una composizione momentanea delle sue contraddizioni, in un'attività che le piaccia, nella cucina, per esempio, visto che vive per il cibo, ma anche quando cucina è assolutamente incapace di seguire una ricetta: sostituisce ingredienti, altera quantità, modifica tempi di cottura, fosse pure di una cosa che fa sempre, per cui la pizza a volte le viene alta, a volte bassa, e certi giorni la tira fuori dal forno soffice, altri croccante, altri ancora dura come una lastra di cemento spalmata di salsa, specchio farinaceo del suo umore incostante.

Lei stessa è la prima a sorprendersi del risultato, come se non potesse esistere un procedimento replicabile che produca un esito prevedibile, ma ogni atto fosse orientato solo da un fato astruso, da un destino indecifrabile.

Parte con l'idea di fare un piatto, ma ha appena cominciato che fa un'altra cosa. Perché?

Nel luogo dov'è nata c'è un modo di dire: «Accussì m'ha ditt' 'a capa.»

Infatti una sera che sto al suo paese in provincia di Benevento e devo tornare a Napoli chiedo un passaggio a un mezzo parente, un giovane poliziotto che conosco da quando era un bambino pingue e mite. Una traccia di rotondità infantile l'ha conservata, ma la si indovina solo ad averlo conosciuto allora, perché si è fatto un uomo alto e possente.

Nei pressi del casello all'uscita dell'autostrada troviamo un ingorgo. Lui deve rientrare in caserma, ma pur non avendo un orario da rispettare imbocca la corsia d'emergenza e prende ad andare, solo che anche altri lo fanno e dopo poco rallentiamo di nuovo. Allora apre il vano laterale portaoggetti e, mentre con una mano tiene il volante e con l'altra pesta il clacson, m'ingiunge: «Piglia 'u fierro, Tonì!» Vista la mia perplessità, infila lui la mano e afferrata la pistola d'ordinanza la sbatte sul cruscotto e urla: «Miette 'u fierro ccà 'ncoppa, 'a cumannammo nuie!»

Assisto allibito alla manovra e vedo le auto scansarsi come possono, mentre lui ora sventola l'arma perché tutti la vedano, ora la picchia sul clacson e sul cruscotto continuando a gridare che comandiamo noi.

«Ma che bisogno c'era?» gli chiedo quando ritorna la

calma e la strada è di nuovo sgombra. «Non avevamo nessuna fretta, giusto?»

Lui, sereno, quasi trasognato, dice: «Accussì m'ha ditt' 'a capa...»

In un paese in cui ogni famiglia ha il suo soprannome, quelli del ramo di suo padre sono detti «sgherri».

Sgherri come guardie armate, milizie private, gente a cui non la si fa, prepotenti. Il suono della parola rimanda anche a «sgarro», è assonante con «sbirro», con «ferro», evoca qualcosa di marziale, di metallico, di prevaricatore. A questa risibile albagia paesana Angela tiene sopra qualunque cosa. Ripete «Io so' sgherra!» con una stolida fierezza che nemmeno il tempo è riuscito ad affievolire; anzi, gliel'ha accentuata.

È altezzosa manco discendesse dai «signori principi dell'Eubea, guerrieri famosi», maestri nell'uso della spada, ai quali accenna Archiloco nel frammento numero tre.

Ma a pensarci, un'origine da una remota civiltà guerriera ce l'ha e la rivendica tutte le volte che può; discende dai Sanniti: «'O ssaie che ffacettero i Sanniti agli antichi Romani, eh? 'E ffacettero acalà 'a capa!»

I familiari di sua madre erano invece quelli che con altrettanta spocchia dicevano di se stessi: «Noi siamo artigianato», altra progenie di miserabili che guardavano il mondo dall'alto in basso vai a capire perché, ultimi avanzi di mondi fondati sulle caste che della gerarchia avevano abbracciato quanto gli era utile per distinguersi da quelli più disgraziati di loro.

Gli amici non esistono, le donne sono zoccole e gli uomini figli di zoccola, l'unica cosa che conta è il tuo sangue, ma anche dei parenti farai bene a diffidare, perché è soprattutto su di loro che eserciterai la tua sorveglianza. Sui figli il controllo, sugli altri consanguinei la condanna: «Addu amici e addu parienti nun ci hai 'a accattà e 'a vende nienti», e su tutto il resto dell'umanità diffidenza o indifferenza. Alla faccia dell'amore universale e della solidarietà che i religiosi c'insegnano al catechismo e i laici invocano quando parlano di politica: ma almeno lei ha messo in chiaro da subito che «Io so' cattolica a modo mio» e che «'E politici fanno tutti quante schifo».

Quando parla della sua famiglia, dice: «'A razza nostra.» E precisa: «Io penso 'a razza mia.» Che significa: del resto del mondo me ne fotto.

Il sangue, *'o sanghe.*

Solo per me, a sottolineare rassegnata l'inutilità dei suoi moniti, aggiunge: «Che ce perdo a fà 'o tiempo cu te... Tanto, tu sì animale a sanghe friddo...»

E questo stillicidio di egoismo e diffidenza mi arriva addosso mattina, mezzogiorno e sera, ogni anno e per anni e anni, e lo avverto prima con estraneità e sospetto, poi con estraneità e fastidio, poi con estraneità e rabbia, perché allora sì che sento il sangue ribollire e torcersi i visceri, quando penso: ma io che c'entro con questa donna? che cos'ho da spartire con queste carni dalle quali sono uscito e dalle quali tutto mi separa?

Così la ferocia che lei riversa contro il mondo assolvendo se stessa io comincio a scaricarla soltanto contro di lei assolvendo il mondo. So farmi una ragione dell'ingiustizia universale, ma da lei non accetto neanche una parola.

Lungo la strada che da Napoli porta al suo paese si trova «la stretta di Arpaia», una salita che attraversa l'abitato. Niente più di una gobba d'asfalto abbastanza erta e piuttosto lunga, ma quando i viaggi in macchina erano avventure la si evocava con timore: le automobili andavano in ebollizione e si fermavano per non ripartire più, trovarsi davanti un camion che procedeva lento, a strappi, avvolgendo le auto al seguito in una nube di scarico nera, era un'eventualità malaugurata ma non rara. I bambini vomitavano.

Angela e sua madre evocano la stretta di Arpaia come se si stesse appressando Capo Horn, la loro ansia cresce quando siamo nei pressi e respirano di sollievo quando ce la siamo lasciata alle spalle. È lo stretto di Drake delle famiglie in gita, anche se angustia solo quelle che partono per una destinazione poco alla moda e ignota ai più. Senonché un giorno, sarà stato verso metà degli anni Novanta, quando tutte le piccole patrie, anche le più dimenticate, a una a una rialzano la testa, in cima a quella statale poco frequentata dove le vetture moderne ormai planano con una sgassata silenziosa, nel punto in cui la via lascia il paese e piega in mezzo alle montagne, compare un cartello: IN QUESTO LUOGO L'EROICO POPOLO DEI SANNITI PIEGÒ LE LEGIONI DI ROMA. FORCHE CAUDINE, 321 A.C.

La sua vita ha sempre ruotato attorno al mangiare, ma nella vecchiaia questo centro è come se fosse esploso, pervadendo ogni cosa, schizzando dovunque il grasso dei suoi condimenti scriteriati. Oramai non c'è che il cibo a scandire il tempo, a riempire i suoi giorni, a dare scopo alle sue azioni, ma il fatidico legame era già saldo nelle spedizioni che, negli anni della sua pienezza di donna, faceva a Formia per comprare il pesce.

Il suo negozio di fiducia, Il Grottino di Lorenzo, le fornisce ogni volta materia per una nuova avventura rappresentata ora da una partita di gamberi rossi, frutto di una pesca miracolosa, ora da un astice di straordinaria vitalità che le è stato conteso fino all'ultimo da una signora che pretende di averlo visto per prima, ora da un mucchio di fasolari freschissimi che il titolare Lorenzo vuole tenersi per sé ma che lei ha scovato costringendolo a venderglieli, ora dall'assenza dello stesso Lorenzo, che ha chiuso il negozio ma lei l'ha costretto a riaprirlo urlando: «Lorenzooo, Lorenzooo», con un'invocazione, un richiamo al tempo stesso lamentoso e aggressivo che sento rimodulare, un pomeriggio dopo l'altro, a beneficio ora della signora Cimmino ora della signora Verde o della Lione o di chiunque altra capiti a casa nostra e alla quale bisogna raccontare nei dettagli quell'evento imprescindibile.

Ma la cosa che succede sempre e che lei riferisce con il massimo orgoglio accade quando, dopo aver messo sottosopra la pescheria e aver ottenuto, cumulando polpi a gamberi a sogliole a spigole a triglie, un prezzo comunque esorbitante che però a lei sembra stracciato perché, in effetti, la quantità di creature marine che si porta a casa non starebbe nemmeno in un grosso acquario, arriva a ghermire una retina di vongole veraci pretendendole in omaggio per la grande spesa che ha appena fatto.

A quel punto, mettendosi le mani nei capelli, il pescivendolo si rivolge a mio padre e lo implora: «Don Euge', portatélla [portatela via; nel dialetto di Formia, già laziale, si dà del tu a tutti] a chesta, nun me la fa vedé cchiù!»

È il suo trionfo. L'invito a portarsela via fa ovviamente parte della recita mediorientale del venditore che si finge rovinato, ma lei la prende sul serio e la considera il sincero tributo dello sconfitto davanti al suo ineguagliabile talento nel contrattare.

Il pescivendolo ha invocato l'intervento di mio padre, e non è il solo: sono in tanti a richiedere l'autorità di un uomo, del maschio capofamiglia, presunto depositario dell'equilibrio e dell'ordine, perché tenga a bada l'Erinni.

Già, mio padre. L'uomo che ha portato via con sé la risposta all'interrogativo più ovvio e che però io formulo solo da adulto: ma perché? perché ha sposato questa donna?

Rivendicando a sua maggior gloria il fatto di essere condannata a un'attività cerebrale incessante, a una progettualità inesausta, Angela sostiene che neppure la notte trova pace, perché non dorme, pensa.

Apparentemente a bollette, pagamenti, acquisti, rate,

debiti, tutto lo strascico di pragmatica minutaglia cui non bada l'uomo che ha sposato, di vent'anni più vecchio di lei, per giunta commercialista e teoricamente attrezzato per occuparsi proprio di quelle cose, e però svagato, intellettuale, inconcludente, più interessato alla legatura dei libri e alla voce dei classici che alle maniere con cui la politica fiscale dei governi ricade sui beni e sugli affari dei suoi assistiti.

«Patet' 'e piedi pe' terra nun 'e tteneva proprio...»

Solo che quell'affollarsi di cambiali, mutui e tassi nella mente di lei, incline alla concretezza ma refrattaria alla ragione, produce desideri abnormi e genera progetti farneticanti, ossessivi e antieconomici, dei quali la tettoia è solo uno dei molti esempi.

«Stanotte aggio pensato...»

E sono calcoli sballati, ragionamenti tortuosi che invadono il frastuono assordante dei suoi giorni e i silenzi delle sue notti con il ronzio continuo di piani insonni, di congetture fatte apposta per infelicitare la vita del marito e di tutti coloro che le vengono a tiro.

Lui esce di casa alle otto del mattino, ritorna per pranzo alle due, si mette in pigiama e vestaglia, dorme per poco meno di un'ora, poi riparte per l'ufficio alle quattro e non si vede fino alle nove di sera. In pratica non c'è mai. Il matrimonio per uomini come lui significa mettere al mondo dei figli e portare a casa i soldi che servono a mantenerli, e per donne come lei fare andare avanti la casa, cucinare, pulire e almanaccare deliri nelle mattine deserte e nei pomeriggi solitari o condivisi con altre donne con le quali non esiste alcun legame di affinità, ma solo una vicinanza dovuta al caso, e poi la notte vegliare o immaginare di farlo, accanto ai mariti, ancora più sole in quella prossimità, sognando acquisti di case, di cucine nuove, di mobili, vagheggiando radicali modifiche di destini attraverso semplici variazioni di planimetrie e di piastrellature...

Mio padre, solo quando sente di essere arrivato al colmo dell'esasperazione, davanti all'ennesima rassegna di progetti già sviscerati all'infinito, le intima: «Nun pensà! Duorme!»

E però è un'ingiunzione autoritaria, un invito insensibile, perché «tenere i pensieri» significa proprio non poterli disattivare a comando, e anche se non sono dubbi metafisici quelli che la tengono sveglia, ma molestie e cure concrete, non procurano minore disagio e sofferenza, e allo stesso modo dei tormenti dell'anima eclissano la ragione, generando gli stessi giri a vuoto in un mondo parallelo di ombre e d'illusione.

Mi è tornato in mente come – durante l'agonia di mio padre che tutti attribuimmo a una precisa volontà di smettere di vivere – per spronarlo a una qualche reazione gli dicessimo: «Forza, cerca di mangiare qualcosa sennò sai chi ti mandiamo?», agitando la figura di Angela, che non si faceva vedere solo perché quella per gli ospedali era la prima e la più radicata delle sue numerose fobie, come l'unico spauracchio che potesse indurlo ad accennare una difesa.

Nella mia famiglia di adesso, dove nessuno ha conosciuto mio padre, lo chiamano «l'uomo del mistero», e il suo matrimonio con Angela è considerato un enigma meritevole d'interpretazione, nonostante la sostanziale indecifrabilità di molti umani dilemmi condanni in partenza all'insuccesso ogni indagine di questo genere.

Da ragazza Angela è bella, in linea con i canoni muliebri dell'epoca: fianchi larghi e gran seno, capelli neri mossi, bocca carnosa, e una propensione spiccata a muoversi, ancheggiare e ballare. Con un'esattezza di giudizio sorprendente per lei, totalmente incapace di valutazioni e, tanto meno, di autovalutazioni, ha sempre sostenuto di non essere mai stata bella ma provocante.

Sua sorella è molto più bella di lei, ma la fragilità della salute e l'ombra della morte precoce le conferiscono una gravità dalla quale si libera soltanto quando sorride con la bocca magnifica e i denti perfetti.

Quando la sfossano è quasi intatta.

Angela e sua madre, che hanno presenziato all'esumazione, raccontano che un solo dente è caduto e lo *schiattamuorte*, il becchino, con delicatezza gliel'ha rimesso a posto. Non aggiungono che è simile alle sante solo perché entrambe hanno sempre ripetuto che, nell'agonia, quando ha capito che per lei era finita, ha buttato a terra il crocifisso.

La bellezza è statica, la sensualità è nel movimento.

«Sorema era pesante, io ero friccicarella.»

Quanto quel «friccicarella» significhi «maliziosa» e quanto possa voler dire «zoccola» è soltanto lei, di volta in volta, a stabilirlo, secondo come le dice la testa, ma anche quando il suo punto di vista appare più libertario o strafottente, alla fine è sempre condizionato dal moralismo dei tempi suoi.

Tra i fidanzati che ha avuto prima di mio padre si segnalano due calabresi: uno è bello ma senza altre qualità, l'altro è brutto ma intelligente e generoso. Studia Chimica industriale e l'aiuta con la matematica, che è sempre stata la sua croce. L'ha scelto per questo, e poi anche perché non ha problemi con il denaro e quando c'è da offrire lo fa per tutti. Ad Angela la generosità piace, soprattutto quando è lei a goderne. La prodigalità indiscriminata la insospettisce, ma la tirchieria la irrita.

Non so quale dei due venga per primo, se abbia lasciato l'intelligente per il bello o viceversa, comunque il passaggio dall'uno all'altro è stato indolore, non così quello dall'ultimo dei due a mio padre, perché per un certo periodo ha tenuto entrambi, non si capisce se perché non si è decisa o perché teme le conseguenze della decisione.

Tra le sue foto giovanili ce n'è una in cui accenna a voler entrare in un grosso vaso. Sul retro della foto il suo commento è: «Non vedi la tua cicirinella? Vuole entrare perfino nei vasi dei giardini! Sarò l'eterna giovinezza copiosa per te.»

A chi era destinata? A nostro padre o a uno dei due calabresi?

Doveva essere per uno dei calabresi, perché le parole artefatte, palesemente finte, anche se rientrano a pieno titolo nello zuccheroso canone della prosa sentimentale del tempo, sembrano più adatte all'abbandonato. In questo senso depone anche il fatto che quelle immagini siano rimaste in suo possesso, perché la rottura del fidanzamento implicava la restituzione dei regali, delle foto e della posta. Al proposito, lei racconta che un intero pacco di lettere le è stato reso puntigliosamente annotato, con ogni suo sdilinquimento accompagnato da osservazioni come: «Non è vero!», «Bugiarda!» e simili, ma la vendetta è opera di un certo Gianni *'o Cancelliere*, un fidanzato precedente ai calabresi, che è andato a lavorare a Lodi e al quale lei non è stata fedele.

Di questo Gianni *'o Cancelliere* sentiamo parlare ogni tanto sia per la scrupolosità nella professione, già evidente dalla pignoleria delle sue chiose, sia perché è stato il primo, per quanto indiretto, contatto di lei con il Nord. Le scrive infatti lamentandosi che a Lodi c'è un'umidità tale «che si squagliano le ossa», e io che ascolto evocare fin da piccolo questa stramba immagine cresco nel timore che a Lodi l'impalcatura del corpo si smolli come plastica o cera e, anche quando comincio a capire che non può essere vero, perlomeno non alla lettera, non posso sentir nominare Lodi senza riandare a quella liquefazione da film di fantascienza. Così quando vado a vivere al Nord non riesco a non pensare che farò la fine di Gianni *'o Cancelliere* e immagino il mio scheletro dissolversi alle porte di Milano.

Aveva scritto «copiosa per te». *Copiosa?* Leggevo bene?

Che significasse «traboccante», «generosa di doni» per te? Forse, anche se l'aggettivo «copioso» in quel senso mi sembrava fin troppo ricercato; ma all'epoca esistevano segretari galanti, manuali di prosa amorosa per lettere e biglietti che avrebbero potuto riportare un'accezione simile tra gli usi più desueti e rari, quindi più raffinati, chissà.

Un pensiero che conducesse alla rivalutazione della semplicità, un'estetica che apprezzasse l'essere spontanei sopra il mettersi in posa, nello stile epistolare come nelle foto, era ancora di là da venire.

Che l'amore tra Eugenio e Angela abbia una forte radice carnale è sicuro. Lei carnale lo è senz'altro. E certo lo è anche lui, benché all'esterno di come lui sia davvero trapeli poco o niente.

Lei è sensuale come si può esserlo allora, di una sensualità fatta di dinieghi come di cedimenti, forse più di dinieghi, e quindi di civetteria, che di solito sfocia in un erotismo potente perché enfatizzato in quanto negato, promesso e ritirato, concesso e rinfacciato.

È raro che un pranzo festivo e, questo sì, copioso, non finisca con lei ubriaca che ancheggia e fa la mossa, rimproverata dalla madre anche se oramai è una donna adulta con tre figli.

Le canzoni popolari negli anni della sua giovinezza sono tutte a base di doppi sensi, dalla celebre «*che bella pansé che hai, me la dai, me la dai la tua pansé*» di Carosone a una semisconosciuta «*m' 'o vuo' mettere, Pasca'?*» – quando ti decidi a infilarmelo, Pasquale? –, che si riferisce, naturalmente, all'anello matrimoniale.

Si sposa incinta, ma siccome la solidarietà di genere è fuori dal suo orizzonte è pronta a dare della zoccola a chiunque.

E dal momento che è poco prevedibile e del tutto incoerente, anche se una potesse vantare una moralità inattaccabile non andrebbe bene lo stesso, perché ricadrebbe in una categoria opposta ma altrettanto negativa, quella delle donne «pesanti», non per la corporatura ma per la monotonia etica.

La categoria «friccicarella», adatta a una ragazza leggera ma non proprio zoccola, un crinale sottilissimo, esiste di fatto solo per lei.

Educata fin da piccola dalle foto pornografiche su cristallo di signor Nobile, ritiene che nessuna trasgressione o perversione le sia ignota, tenendosi sul vago quanto alla sua reale esperienza e lasciando che ogni giudizio confluisca e si annulli in una generica, universale debolezza della carne: «La pornografia è sempre esistita, o su cristallo o senza cristallo...»

A lungo si è vantata di aver fatto educazione sessuale ai suoi figli portandoli d'estate a vedere al cinema all'aperto tutti i pornosoft ispirati al *Decameron* che, sull'onda del clamore suscitato dal film di Pasolini, la cinematografia trash degli anni Settanta si diede a produrre a raffica e avevano titoli come *Metti lo diavolo tuo ne lo mio inferno* e *Fratello homo sorella bona*.

Il fatto che a vedere queste opere portasse dei bambini secondo lei dimostrava la sua indole moderna e anticonformista.

Quando era giovane, nel quartiere del Vasto c'erano le affittacamere, perché «'o munno è stato sempe chisto»: i suoi fidanzati ce la portavano, ma lei all'ultimo momento scappava.

Sulle ragioni che la spingevano a farcisi portare, risponde un giorno parlando non tanto di se stessa ma in generale: «Anche se una non è portata a fà 'a zoccola per vizio, si domanda: vedimmo chisto che fa... E che fa, nun 'o ssaie che fa? Fa 'o fetente! Ah, la curiosità!»

Da giovane è stata impiegata per un paio d'anni in una ditta amministrata dallo zio, poi ha fatto la casalinga, ma il periodo di lavoro in ufficio lo racconta come un'epopea di soprusi e sacrificio.

È tale il divario tra indulgenza verso se stessa e severità verso il mondo che spesso mi sono chiesto: che cosa crede di aver affrontato questa donna nella sua vita? ma se davvero è così convinta di aver sopportato l'insopportabile, è verosimile che ci sia nel suo passato qualcosa che noi non abbiamo mai saputo? se prova tanto rancore nei confronti del mondo è possibile che le sia stato fatto, da bambina, da ragazza, da adulta, qualcosa che non ha mai avuto la forza, il coraggio di confessare? e potrebbe essersi trattato di un orrore così grande che l'ha rimosso? può essere che di quest'ipotetica umiliazione non ci siano più tracce apparenti in lei, ma che la fatica di cancellarla dalla mente le abbia scavato dentro un astio acido, una ferita incurabile?

Da piccola, per il brutto carattere che la rende ispida e aggressiva la chiamano «gallinaccio».

È una bambina quando sua madre, non riuscendo a raggiungerla per picchiarla, le tira addosso uno zoccolo che deve centrarla in un punto sensibile perché sviene. Ma conoscendola è più probabile che finga di essere svenuta. Infatti suo padre dice alla moglie: «Se me l'hai ammazzata è meglio che ti scavi la fossa.»

Poco più grande, nel pieno di un bombardamento, vede fiamme da un capo e dall'altro del rifugio. Viene salvata da un soldato tedesco che l'avvolge in una coperta e se la porta via sulle spalle.

Durante il liceo classico, frequentato in una scuola borghese del centro storico, la sua condizione di ragazza orfana e povera la mette forse a rischio di essere discriminata, umiliata dalle compagne più abbienti? Non sembra. Ha sempre parlato della scuola come di un'epoca serena.

Sono venticinque ragazze in grembiule nero, studiano molto, sostengono l'esame finale «con tre scritti, tutte le materie dell'anno in corso e riferimenti agli anni precedenti», come ha sempre recitato ripetendo la formula che ribadisce la differenza tra la maturità dei suoi tempi e quella «all'acqua di rose» delle generazioni successive. Hanno professori che al massimo le umiliano in blocco facendo notare che potrebbero evitare di ammazzarsi di fatica studiando perché con un buon matrimonio risolverebbero ogni problema.

Ha un cugino di sua madre che la protegge, uno zio che ha fatto fortuna e ha sposato una donna elegante anche nel nome, Diana. Sono una coppia senza figli e abitano a Posillipo. Le aprono la loro casa, le fanno frequentare un ambiente che le sarebbe precluso, in pratica l'adottano.

Zia Diana si fa accompagnare ogni giorno al cinema, dove vedono anche tre film di seguito, per tutto il pomeriggio, ma Angela non sembra appassionarsi più di tanto.

Quando non va al cinema, Diana organizza tavoli di canasta con le amiche e si offre di insegnarle, ma ad Angela le carte non interessano.

Frequentano amici stranieri, ma Angela è imbarazzata, il suo francese è scolastico e si meraviglia di come parlino veloce i francesi. I quali parlano come tutti, è ovvio, ma lei del mondo non sa niente, anche se, in virtù della sua spasmodica ricerca di espedienti per sopravvivere, pensa di saperne una più del diavolo. Verso le cose nuove che vede non ha trasporti, cerca piuttosto la conferma di ciò che già sa, per esempio che bisogna trattare con cautela i giovanotti ricchi e viziati che i suoi zii le presentano.

La portano a ballare al Giardino degli Aranci, dove sente suonare Xavier Cugat con la sua orchestra, e vede esibirsi la moglie Abbe Lane, «chella ca quando abballava, se manteneva 'a panza», ma in molti dei balli di allora le donne si tengono la pancia, come se il loro erotismo passasse soprattutto per il ventre; quella del dopoguerra è una sessualità procreativa e alimentare.

Questo sì che le piace, ballare: e allora scende subito in pista, senza fare conversazione in francese e senza intrattenersi con i suoi coetanei, maschi di un'altra condizione con i quali si sente a disagio.

Grazie a questi zii conosce mio padre, che non è un ragazzo ma un uomo, un uomo elegante e segnato.

Negli anni della mia giovinezza si condannano gli adulti come tali, non solo per le scelte che hanno fatto, per le idee che professano e per come hanno deciso di vivere.

E si giudicano i padri, soprattutto i padri.

Per le madri, casalinghe, femmine coartate come oppressi sono i proletari e i contadini, c'è maggiore indulgenza. Sono donne che escono dalla penombra solo per piazzarti le pattine ai piedi, perché i pavimenti li hanno appena tirati a cera spaccandosi la schiena e non vogliono che ci si cammini sopra con le scarpe.

Si vive nella «cucina con tinello», un'unità immobiliare oggi abolita; i salotti stanno quasi sempre con le serrande abbassate, sospirano nell'odore di chiuso, aspettano ospiti che non arriveranno mai, i divani sono rivestiti di tessuti damascati e qualche volta anche da una membrana di cellofan, come appena usciti dalla fabbrica, perché la qualità suprema della padrona di casa è saper preservare gli oggetti, farli durare, impedire l'attacco della polvere, dell'usura. Anche i quaderni e i libri di scuola sono rivestiti di plastica, foderati di carte a fiori, perché non si sciupino, una trasposizione dell'ideale della verginità nel legno, nella stoffa, nel cartone.

Gli uomini appaiono sicuri di sé, convinti del mondo immobile e gerarchico che hanno creato o accettato, e noi li odiamo, ma le donne, molte di queste donne, sono pazze e noi non ce ne accorgiamo.

Mio padre nasce nel 1913, di fatto è un uomo dell'Ottocento.

È alto per la sua generazione. Ha i tratti del volto severi, incute soggezione, piace alle donne. I miei compagni, finché non lo conoscono, lo temono quando lo vedono passare in corridoio come se fosse sempre assorto in un rovello, la fronte corrugata, il naso aquilino, una piega amara e sprezzante sulle labbra, le spalle ampie da canottiere, l'eleganza irreprensibile delle cravatte, dei colletti duri, delle camicie con le cifre, degli abiti di sartoria, tutto un rigore di ossa, di tendini, di stoffe, di portamento. Sembra un perfetto figlio del suo tempo, per i silenzi – sono uomini che parlano poco, lui mai –, per la distanza siderale dalla quale proviene e nella quale vive sospeso: il mondo dei maschi adulti, una bolla di responsabilità indecifrabili, di solitudine e segreti.

Ma lui non è come appare, è un uomo gentile, è tollerante, permissivo, è ironico, tende a sdrammatizzare, alza la voce di rado e quando rimprovera atterrisce solo perché non lo fa quasi mai. I miei compagni me lo invidiano perché, rispetto ai padri loro, non è autoritario. Ciò che comunica è piuttosto distacco, quasi indifferenza. Nessuno di noi sa perché, l'unica cosa certa è che è un padre molto più anziano di tutti gli altri, e a un certo punto io comincio a vivere nell'angoscia che muoia.

So che è un sopravvissuto, so che ha combattuto in Russia ed è uno dei pochi a essere tornato, so che la sua famiglia è uscita distrutta dalla guerra, ma lo so come può saperlo un ragazzo nato molto dopo.

Significa che non lo so.

Io non so niente, non ho sofferto niente.

L'orizzonte della morte, che a lui è sempre stato prossimo, per me e per i miei coetanei è spostato in un altrove talmente lontano che forse non esiste.

A comprendere qualcosa arrivo, ma solo con l'istinto.

Intuisco con chiarezza che ho paura di perderlo e, in maniera assai meno nitida, si fa strada dentro di me un sospetto che contrasta col buonsenso che all'apparenza ispira le azioni e l'insegnamento di genitori e maestri, ma è un dubbio che col tempo si rafforza. Ecco, ho paura di perderlo ma non perché lo veda fragile. È l'esatto contrario, è un uomo forte e però io mi sono fatto l'idea che vivere ormai sia per lui soprattutto un dovere, una specie di contratto da rispettare, un obbligo che ha preso verso la famiglia.

È abitudinario, si è dato dei rituali che forse gli servono per tirare avanti.

Si alza presto la mattina, fa il caffè e con la stessa ordinata e bella grafia con cui compila i libri contabili aggiorna un grosso registro sul quale riporta in ordine alfabetico le caratteristiche bibliografiche dei volumi che possiede. È un lavoro infinito, e inutile, perché i libri che compra nel frattempo richiedono che questa classificazione ricominci ogni volta daccapo, su un registro sempre più grande. È un passatempo per riempire l'insonnia, i vuoti preoccupanti che sembrano insidiare le esistenze degli adulti.

Ama muoversi nelle stanze quando tutti dormono, è a suo agio nella solitudine, nel silenzio, in attività ripetitive che riparano le voragini che ha dentro.

Temo, sono certo, che a lui di vivere o morire non importi più nulla.

Assecondando la sua natura bipolare, Angela racconta il loro incontro ora come idillio ora come dissidio.

Il primo nasce in un ufficio dove lei è la giovane impiegata e lui uno dei titolari. È appena cominciata l'estate e lui, che è socio di un circolo nautico, è già abbronzato e siede alla scrivania con la camicia sbottonata e i mocassini senza calze. Tiene all'eleganza, non si è mai vantato di niente se non di avere sempre portato, prima dell'avvocato Agnelli, l'orologio sopra il polsino della camicia. Ma quel giorno d'estate le maniche le ha rimboccate. Si sente osservato e le domanda: «Signorì, perché mi guardate?» E lei risponde: «Perché mi piacete.»

Nel secondo lei è una ragazza di sani principi che viene «da un piccolo paese della provincia di Benevento» e lui un borghese corrotto «giallo, muscio e cocainomane», frequentatore di circoli nautici e di donne senza morale: «Pateto m' 'o pigliai doppo che l'avevano sfruttato tutte 'e ffemmene 'e Napule...» E allude a un mazzo di chiavi che lui avrebbe platealmente buttato poco prima di sposarla e che secondo lei aprivano le porte delle sue tante storie clandestine.

Le chiavi gettate via, quel gesto da puttaniere redento, sono più figlie di un'immaginazione formata su Filumena Marturano che di una realtà plausibile. Sono altri i pesi dei quali lui vorrebbe sgravarsi.

A giugno del 1944 muore a Belvedere Ostrense, combattendo contro i tedeschi con il primo battaglione italiano di liberazione, il suo fratello minore Antonio, Tonino, un giovane pittore di grandi speranze.

Muore a ventisette anni, come Masaccio, il pittore che più ama, e come molti altri artisti vittime della maledizione del ventisette.

Secondo mio padre, Tonino ha sempre detto, fin da ragazzo, che sarebbe morto all'età di Masaccio.

È molto legato al suo fratello più piccolo, ama il suo talento artistico, di cui lui è privo e del quale non è invidioso. È fiero di suo fratello come un genitore lo è di un figlio. Gli ha anche perdonato di essersi venduto tutti i suoi libri subito dopo che lui era partito per la Russia. Ogni tanto, quando non trova un'edizione rara che era sicuro di possedere, si batte la mano sulla fronte e si ricorda perché non ce l'ha più: «Ah, già, chisto s' 'o vennette fratemo...», ma lo dice con un'improvvisa tenerezza che non ha relazione con la mancanza del libro ma col rimpianto del fratello.

L'anno precedente è morta la loro sorella piccola, Maria Rosaria, sotto i bombardamenti americani. Abbracciata al fidanzato, dicono, ma questo chissà se è vero o se non risponde al bisogno di addolcire il lutto.

La madre muore nel '45. Per un anno intero le hanno mandato finte lettere del figlio, la cui morte le hanno tenuto nascosta, imitando alla perfezione la grafia impossibile del giovane artista. Poco prima di spirare, lei li solleva dal continuare la recita, gliel'ha consentita per dar loro soddisfazione, ma ha capito da subito che il figlio non c'è più.

Il padre resiste ancora un poco. Nel primo dopoguerra, benché sia di dieci anni più giovane della moglie, fatto inusitato per i tempi, cede anche lui, sfinito in egual misura da un rapido tumore e dal crepacuore per quella raffica di perdite.

Di una famiglia di sei persone, nel giro di tre anni ne restano due, mio padre e una sorella.

Vivono insieme i due superstiti, in una zona signorile della città, via Bausan, dietro alla Riviera di Chiaia. Si vogliono bene, sono affiatati per essere i sopravvissuti a un'ecatombe, tra loro si chiamano «'o fra'» e «'a so'», due apocopi che sono del dialetto ma rimandano anche a un taglio, a una cesura secca, e sembrano un'invocazione.

Lui è un uomo bello e le avventure non gli mancano, ma all'inizio degli anni Cinquanta ha quasi quarant'anni; lei è una donna elegante ma non bella, è alta e un po' curva, sia per la statura sia per il peso di un seno inusitato che la sbilancia e la rende goffa. Porta le stimmate della zitella, ma è piena di amici e la famiglia è grande e ancora ricca di ramificazioni e di cugini che le garantiscono una vita sociale piena di incontri, di cinema, di gite, ristoranti, le tranquille evasioni del dopoguerra delle classi abbienti, una rattenuta ma costante euforia.

Sono benestanti ed è plausibile che lei ormai immagini di vivere tutta la vita insieme a lui, ognuno con i suoi spazi nel grande appartamento di un palazzo antico, un po' umido e ombroso, ravvivato dal cinguettare dei cardilli che sale dai cortili e si diffonde in un'aria che sa di muffa leggera.

Frequentano il circolo, possiedono una barca in condivisione con altri amici e veleggiano nel golfo tra Capri e Ischia, Ventotene e Ponza, vanno nei night che in quei primi anni della ricostruzione accolgono anche le famiglie, prima che delinquenza e malaffare azzannino alla giugulare la città. Vivono un privilegio privo di eccessi e ostentazioni, senza il clamore cafone che il benessere assumerà dopo, quando diventa manifestazione tangibile del sopruso. Per il momento quella dolce vita partenopea è ancora la consolazione per una catastrofe le cui vittime si risarciscono del dolore come possono. Non sono più giovani ma neanche anziani al punto da rinunciare a tutto quello che la guerra gli ha tolto.

Eugenio incontra Angela nel momento in cui questa vita di abitudini gradevoli e placide comincia ad annoiarlo.

Una famiglia in fondo l'ha sempre desiderata, e dei figli. È un altoborghese, è cresciuto in condizione agiata, ma con curiosità intellettuali e gusto per l'arte.

Non è conformista, è indulgente verso le debolezze, quelle degli altri più ancora delle proprie.

Non sa condannare, come tutti coloro che hanno visto molte cose senza sviluppare convinzioni forti e fedi ferme, o perdendole se le avevano. Non sa giudicare, come tutti coloro che il dolore non ha incattivito ma anestetizzato.

Appartiene a una generazione che non riesce a immaginare niente di alternativo alla famiglia.

A un certo punto deve convincersi che quella ragazza più giovane di vent'anni, procace, sicuramente maliziosa ma di una sessualità primordiale, ingenua rispetto alle donne del suo ambiente, possa aiutarlo a formare una famiglia fondata su certi valori che a lui per primo, in fondo, mancano. Forse pensa che quella ragazza di paese, orfana di padre, sopravvissuta alla guerra anche lei, assieme alla madre, possieda, sotto il suo sfriccicare, la morale solida che lui, il suo mondo, le donne del suo mondo non hanno più.

E lei deve intuire, in quell'uomo così diverso – così distaccato dalle necessità che hanno segnato la vita sua e di sua madre: la mancanza di soldi, la penuria di cibo, la necessità di difendersi –, i primi segni di un cedimento, la voglia di ricominciare daccapo, il desiderio di, come si diceva una volta, «costruire qualcosa». Deve pensare che quell'uomo alto e forte, elegante, tanto più maturo di lei, le faccia salire lo scalino o addirittura sia disposto a scendere al suo livello, e le dia sicurezza, la protegga.

Si sbagliano entrambi.

Certo, è plausibile che la sorella di mio padre veda questa ragazza provinciale e senza uso di mondo come l'intrusa che le scombina tutti i piani per il futuro. È ragionevole che non la trovi simpatica.

Angela invece la odia. Di un odio purissimo, assoluto.

È la prima forma di odio di cui vengo a conoscenza, quello di mia madre per la sorella di mio padre. Ho conosciuto una forma perfetta dell'odio prima di qualunque versione dell'amore.

Per anni Angela e sua madre mi hanno raccontato di quando, avrò avuto due anni, avrei detto a mia zia: «Zia Anna, ma è vero che tu volevi far morire mamma?»

Me l'hanno sempre ricordato come se quell'episodio rappresentasse la voce della verità proferita dall'infante e non la ripetizione pappagallesca di ciò che evidentemente sentivo dalla mattina alla sera.

Non mi è mai stato detto come avrebbe replicato la zia Anna.

Angela va sposa in casa dei due fratelli. È incinta, mi partorisce, poi resta in ospedale.

Sostiene che l'odio della cognata è determinante per il divampare del suo male. Anche perché è difficile capire di che cosa soffra, e il mistero della sua salute aleggerà su di lei per sempre. Le malattie che l'affliggono non saranno mai identificate da una diagnosi precisa, come se lo spirito riottoso e la sua indole perennemente alterata rendessero impossibile qualsiasi definizione clinica.

Difficile dire anche *quanto* stia male, perché se è vero che tre o quattro volte finisce ricoverata d'urgenza e almeno un altro paio in terapia intensiva, quindi in condizioni di oggettiva gravità, i suoi referti sono sempre un enigma per chi li debba interpretare, come se ogni medico non avesse potuto far altro che lasciare al successivo non tanto la descrizione attendibile di ciò che l'ha colpita quanto il resoconto del proprio disorientamento.

I suoi racconti, meticolosi e farneticanti al tempo stesso – la categoria dei medici è l'unica con la quale ami confrontarsi tentando di mettere ordine alle sue confidenze sconnesse e fluviali –, ingigantiscono dettagli marginali, occultano aspetti importanti e, di rievocazione in rievocazione, si arricchiscono di particolari fantastici.

Sembra soffrire di sindromi occlusive, in un primo momento ventrali, poi respiratorie.

E sembra essere una tubercolosi intestinale la malattia che la colpisce subito dopo la mia nascita riducendola in fin di vita e a pesare poco più di quaranta chili.

Da quei mesi di ospedale viene fuori con una conseguenza fisica che col tempo dimentica e con un'ossessione che non l'abbandona più.

La prima è uno sfregio devastante lasciatole sul ventre dalla laparotomia: la cicatrice mal ricucita che le attraversa l'addome non è uno squarcio ma una deflagrazione.

L'ossessione è per il professore Monaldi, il grande pneumologo che la cura e che, appena la vede riprendersi, le consente di mangiare una frittura di pesce, mettendo con ciò in fila tutte le fisse della sua vita passata e futura: quella per il cibo, e tra i cibi per il pesce, e tra i modi di cucinare il pesce per la frittura.

Non gliel'ho squarciato io, il ventre, per venire al mondo, e lei il suo addome sfregiato non lo nasconde, anzi lo esibisce, anche sulla spiaggia, perché sostiene che il sole le faccia bene alla pancia. Per casa gira semispogliata, un'abitudine che trasmette anche a me e irrita mio padre, obbediente a una compostezza che lo induce a non uscire mai senza cravatta, a indossare sempre pigiama e vestaglia e a chiedersi in base a quale usanza barbara noi siamo soliti stare «cu tutt' 'e ccarni 'a fore».

«A me m'hanno squartata 'a panza» ripete, ma stranamente senza recriminazioni. Non vede lo sfregio alla sua integrità, è una cosa che le hanno fatto i medici e quindi va bene. Non la collega mai alla mia nascita e questo, per una che ha sempre rinfacciato tutto a tutti, comprese le colpe più assurde e inesistenti, è strano.

Forse non vuole che sia messa in discussione l'efficienza del suo apparato riproduttivo, che per lei è un grande motivo d'orgoglio. Ama vantare apertamente le qualità della sua «fessa»: tre parti e tre aborti, due spontanei e uno procurato, senza neppure un punto.

Snocciola la sua performance genitale come il percorso netto in un concorso equestre. Il ginecologo le ha detto: «Signo', si fossero tutte quante comm' a vuie, io avesse cagnà mestiere...»

Gli aborti invece valgono quanto le nascite perché rendono merito alle qualità del marito: «Pateto era viecchio e faceva sulo figli...»

Non le hanno tagliato la pancia per causa mia, ma certo il male che l'ha colpita subito dopo le ha impedito di allattarmi, e all'avermi dovuto subito cedere alle cure di sua madre e di una sua giovane cugina attribuisce la scarsa confidenza che c'è tra noi: «Io e te nun parimmo mamma e figlio...»

Non imputa la nostra distanza ad alterità, a incomprensione: quello è spirito, materia vaga e inconsistente, non conta.

Siamo diversi solo perché non mi ha allattato, è una legge della carne.

È perché ci hanno separato, l'unica distanza comprensibile è quella fisica.

Certe volte, dopo aver ricordato il suo lungo e affettuoso sodalizio con il giovane omosessuale Enzo, che l'aiuta nei mestieri di casa e la ragguaglia sulle novità e i pettegolezzi del rione, uno dei pochi coi quali lei riesca a interloquire e non solo a monologare, mi dice: «Meglio ca te facevo ricchione, ca 'e ricchiune vonno bene a 'e mmamme...»

Il primo aborto spontaneo sarebbe stato il suo primo figlio. L'ha perso durante il viaggio di nozze, a Roma. Il viaggio di nozze non so se avesse come meta Venezia o Milano, ma si ferma a Roma, preludio di ogni sua futura avversione agli spostamenti.

Del secondo aborto spontaneo sono testimone. È estate, siamo al mare, avrò una decina d'anni e ricordo solo questo: lei stesa sul letto, il vestito tirato su fino allo slip bianco sul quale una macchia rossa s'allarga come un'infiorescenza. Vengo mandato in farmacia a comprare quelli che lei e sua madre tra loro chiamano «pannolini», ma io devo chiedere «un pacco di assorbenti per signora». Mia nonna mi fa ripetere la definizione, si accerta che la dica per bene e che non me la dimentichi.

Ripensandoci adesso non so che cosa sperassero di tamponare, ma la farmacia non è vicina e capisco che devo correre, che si tratta di un'emergenza, e per lungo tempo «un pacco di assorbenti per signora» è una definizione che trovo ridicola e, insieme, mi allarma, ricreandomi davanti agli occhi quel fiore rosso che si allarga in mezzo alle gambe di mia madre.

Quasi mai si è spinta oltre Roma, e di quelle sortite perigliose ricorda solo le fregature, il pesce marcio che le servirono un giorno a Venezia e, a Firenze, la bistecca rinsecchita davanti alla quale esclamò: «E questa me la chiamate una fiorentina?»

Viaggiare non le piace, cambiare abitudini le fa paura. Oltre la porta di casa, di là dal suo quartiere della Ferrovia, a Napoli, c'è un mondo ostile del quale non sa niente, ma è convinta che viaggiare non le serva perché tanto lei conosce già tutto.

Non ha mai parlato con uno straniero in vita sua, ma ha opinioni precise su ogni popolo della terra.

Odia inglesi, francesi e tedeschi perché sono gli abitanti dei paesi forti dell'Europa e le fanno schifo per questo, perché credono di essere meglio degli altri. I tedeschi, poi, che hanno pure fatto i campi di concentramento...

Per la Merkel nutre un'avversione particolare. La aborre forse anche perché si chiama Angela come lei, ma è un'Angela tutta diversa, opposta: certo non è friccicarella, porta sempre lo stesso vestito e «pare Hitler femmina».

Non capisce perché la lingua franca debba essere l'inglese e non il latino, com'è stato per secoli.

Invece le stanno simpatici i russi, le piace Putin. E i cinesi. Perché a Napoli, dice, ci sta una «Salita cinesi», e a lei questo basta per dedurre che fin da tempi remoti noi eravamo loro amici. E forse perché le piace la cucina cinese, dove si mangia piccante e si frigge qualsiasi cosa.

In sintesi, le stanno sul cazzo i popoli governati da antiche democrazie. Quelli li ha in sospetto perché è convinta che siano presuntuosi e ipocriti, che parlino in un modo, ostentando perbenismo, e agiscano solo per il loro utile, come tutti gli altri, che perlomeno non si pretendono migliori.

È pronipote del «*liberté*, *fraternité*, tu futt' a me e io fott' a te», è erede dei sanfedisti scatenati contro i giacobini dal cardinale Ruffo, è l'ennesima figlia, frustrata e invelenita, della reazione.

E in questo non è sola, non è mai stata sola, dalle nostre parti. Ancora mi ricordo con quanta voluttà un mio professore sosteneva che i rivoluzionari del Novantanove, quelli della Repubblica partenopea, fossero troppo «infranciosati». E che in dialetto *infranzesato* significhi prima di tutto affetto da mal francese, la sifilide, e poi malmesso, corrotto, è un'origine che dovrebbe conoscere anche lei, amante delle etimologie. Ma forse non l'ha messa bene a fuoco, perché altrimenti la citerebbe di continuo.

Se riuscisse ad argomentare un po' oltre gli spurghi di rabbia e gli insulti che caratterizzano i suoi monologhi sui destini del mondo, verrebbe fuori che una mezza dittatura sarebbe la sua forma di governo ideale, con un uomo forte al potere, sicuramente non Hitler, anche perché un Hitler non tedesco è difficile immaginarlo, e non proprio Mussolini («Musulino teneva sempre ragione e guarda comm'è fernuto...»; ecco, se avesse preteso di aver ragione *quasi* sempre sarebbe andato benissimo), ma tipi come Putin, Erdoğan o Xi Jinping sarebbero perfetti.

Ama la Spagna. Si è sempre sentita spagnola, andalusa, ballerina di flamenco. Non avrebbe mai preso un'auto o un treno per più di qualche ora e un aereo nemmeno per sogno, ma rimpiange di non essere mai stata in Spagna e ogni tanto mi rinfaccia: «A chella zoccola 'e... [il nome cambia di volta in volta] 'e figli 'a portano in palmo di mano, 'a fanno viaggià accà e allà... Tu manco 'a Spagna m'è fatto vedé!»

Tutte le volte che, mezza ubriaca, si è alzata ancheggiando da una sedia, ha cantato: «Chi mi piglia pe' francesa, chi mi piglia pe' spagnola, ma io so' nata a 'o Conte 'e Mola, mett' acoppa a chi vogl' ì!» E: «Manola nun sì spagnola, te piace 'a pizza c' 'a pummarola!»

Immagino non sappia che forma di governo abbia oggi la Spagna, sarà rimasta a qualche decennio fa, ma c'è il re, e dove ci sta «'o Rrè» va sempre bene, purché non sia la monarchia britannica e la regina Elisabetta: «Cu chilli cappellini ridicoli, ma a chi vò?»

Gli americani non li può apertamente schifare perché troppi del suo paese sono emigrati là, però li considera un popolo di fessi, «cazzoni americani». Con i suoi parenti si sono scritti per anni, non perde occasione per compitare l'indirizzo dove stavano: 47 Orchard St., Summit, New Jersey. Sono i cugini di sua madre, che mandavano in regalo dollari occultati dentro le buste di posta aerea, poi però hanno smesso, perché lei e sua madre sono riuscite a litigare anche con loro, per lettera e a distanza di decenni e con un oceano in mezzo, un evento in qualche modo prodigioso.

Sui neri è più ambigua. Si sanno muovere, sanno ballare, e questo va bene, ma non sono completamente umani.

Durante l'occupazione della città sua sorella fece innamorare di sé «nu niro», ma «nu niro» bello, che se la voleva portare in America. Lei però non volle; era attratta e spaventata insieme, e alla fine prevalse lo spavento.

Era «nu niro, ma nu niro bello», appunto.

La sua comunicazione col mondo conosce un solo registro. Quello diretto, nel quale le parole vengono pronunciate e interpretate nel loro senso letterale, le è quasi sconosciuto. È un senso che forse esiste, ma lei lo ignora completamente, non ci si sofferma mai, perché è tutta concentrata a cercare nelle parole altrui un sovrasenso, un'allusione maligna, un'offesa occulta. E prima o poi, inevitabilmente, la trova. O la vede con chiarezza anche se non c'è affatto, e il risultato non cambia.

È come un poeta medievale che non può escludere dai propri versi il senso anagogico, quello che rimanda alle sacre scritture, ma il senso anagogico per lei annulla sempre e comunque tutto il resto, perché lo legge in ogni frase pronunciata dai suoi interlocutori. Sta sempre all'erta, in attesa che chi le parla «sposta cu 'a vocca», ovvero dica ciò che non deve. O lanci la prima *zeppata*, introduca cioè un concetto all'apparenza vago, innocente, ma in realtà acuminato da una punta velenosa.

Questa è la loro anagogia, il non detto celato dietro ogni detto: lei e sua madre hanno vissuto tutta la vita così, nell'ermeneutica infinita di ogni stronzata, alla ricerca dell'insulto nascosto come il sangue occulto nelle feci.

Anche lui, perfino il professore Monaldi, la corteggia.

«Non sapevo di aver operato una ragazza così bella» le dice quando comincia a riprendersi.

Lo fa con la finezza del professore Monaldi, ma lo fa. Lo fa e la segna per la vita, perché ogni volta che un medico la visita lei esordisce dicendo: «A me m'ha operato 'o professore Monaldi!»

Quando è ricoverata, suo marito, mostrando tutta la sua inadeguatezza di uomo poco pratico, non fa altro che portarle libri e mazzi di riviste, e Monaldi le dice: «Vediamo che cosa legge di bello questa signora oggi!»

Della tubercolosi addominale ho sentito parlare da poco, ma per gran parte della vita ho saputo solo dell'odio che misteriosamente, come un fluido maligno, ha avvelenato, riducendola quasi in punto di morte, la ragazza giovane e incauta entrata nella casa dove non ci sono una matrigna e due sorellastre, ma una sola sorella cattiva, la zitella mai rassegnata di aver perso l'amore esclusivo del fratello.

La convivenza a tre non può continuare e mio padre è costretto a portarci via. Alla fine, dalla Riviera di Chiaia approdiamo prima al Vomero, poi al Vasto, un quartiere compreso tra la Stazione Centrale, che noi chiamiamo Ferrovia, e Porta Capuana. È un'altra Napoli. In realtà, è la vera Napoli profonda.

Lì comprano casa, al Ponte di Casanova. Per mia zia Anna è un gesto incomprensibile: quella non è la loro città, sua e di suo fratello. Forse non ci hanno mai messo piede, se non per prendere il treno, o per sbaglio.

C'è un mercato popolare: pesce, verdure, salumi e formaggi che sudano nella calura, esposti fuori dalle botteghe, e baracche che vendono panni americani usati, pezze.

Quando le bancarelle vengono rimosse, sull'asfalto spazzato dagli idranti galleggiano scorze di frutta e foglie d'insalata, e nell'aria stagna un afrore denso di provoloni, olive, baccalà, un'esalazione di vino e d'aceto; non si sente odore di porto, di mare e nafta, ma della benzina vaporizzata e dei tessuti disinfettati appena usciti dalle balle; non il battere del sartiame scosso dal vento sui pennoni, ma un'eco perenne di clacson emessa, come il lamento di un animale, dal groviglio metallico delle auto, dei bus e dei tram fermi nel traffico per ore. È il nostro quartiere, la norma della vita per tutti noi. Per mio padre è la resa al mondo caotico di sua moglie.

Si riduce ad andare dalla sorella le domeniche mattina, di nascosto o quasi. Quando i rapporti con Angela sono tranquilli, lui esce dopo un lungo bagno, profumato e ben vestito come sempre, e mi porta con sé. Quando sono tesi, mi lascia a casa, perché portarmi aprirebbe un nuovo fronte di scontro, e si allontana accompagnato dal viatico «Mò va a truvà a chella zoccola d' 'a sora», al quale lui replica: «Nun 'a nummenà a chella povera scorteca...», cioè: non nominarla nemmeno quella povera crista. Perché anche *scorteca* viene dal latino, non quello insegnato ad Angela dai timorati professori degli anni Cinquanta, e guarda caso significa proprio puttana, *scortum*, pelle, alla lettera, e quindi puttana, ma una meretrice di livello infimo, una disgraziata, un essere umano verso il quale provare più pietà che riprovazione.

Prendiamo il tram quando andiamo a trovarla, e dopo la galleria della Vittoria – perché è giusto che per passare da un mondo all'altro si attraversi un tunnel fumoso – sbuchiamo in una città diversa, dove i negozi sono antiquari, marche storiche d'abbigliamento, bar scintillanti di dorature e specchi.

Dalla luce abbagliante della Riviera di Chiaia, che riflette lo smalto del mare, ci tuffiamo nel buio fresco e pulito dei vicoli a ridosso.

Mi piace la casa di zia Anna, mi distoglie dal frastuono da cui sono circondato e mi fa pensare a una nobiltà silente, un mondo cortese che in realtà non esiste e nel quale la plebe non costituisce massa minacciosa, ma si sfibra in individualità gentili che fanno il portinaio, la donna di servizio, il saldatore in un'ordinata bottega, e tutti danno il meglio di sé, pastorelli di un'Arcadia che non graffia.

L'avversione di Angela per la povera scorteca non può non avere anche una ragione economica, perché zia Anna non lavora e mio padre con ogni probabilità la mantiene.

Perlomeno, non fa un lavoro vero e proprio, è una specie di dama di compagnia in una famiglia facoltosa, l'istitutrice di una bambina che si chiama Federica.

Parla sempre di questa Federica, che fa cose per me assurde come montare a cavallo e frequentare una scuola francese. Ma fa anche altre cose, che mi appaiono ancora più inverosimili: la bimba la chiama, con un ovvio slittamento sillabico infantile, Nanna, ed evidentemente le vuole bene, è molto legata a lei, e lei la ricambia non parlando che della piccola Federica, la quale le fa domande su vari temi, introdotte da un «Senti, Nanna, ma secondo te...», oppure condivide i segreti e le riflessioni strambe e spiazzanti, profonde, che i bambini spesso fanno: «Ascolta, Nanna, devo dirti una cosa che ho pensato...»

Ecco, questo a me non sarebbe consentito. Non posso mostrare affetto verso nessuno, non posso chiamare nessuno con un diminutivo. Verrei deriso.

Davanti all'uso di un diminutivo, di un vezzeggiativo, il sarcasmo di Angela e di sua madre si drizzerebbe subito come il collo di un cobra. Sibilerebbero: «E chi è 'sta Nanna? E che cazz'è 'stu Nanna? E che significa?»

Mentre zia Anna racconta di Federica, io immagino come Angela e sua madre tratterebbero nei loro commenti quell'anima innocente e la vecchia rimbambita che s'incanta a magnificarne le prodezze.

Per loro l'incanto esiste solo davanti a un piatto di frittura.

Sto alle scuole medie, di frequentare ragazze neanche si parla, ma mia nonna ha visto due innamorati sulla spiaggia scambiarsi effusioni e ora ce li descrive imitandoli. Si lanciavano bacetti da lontano e a lei questa pratica deve apparire più ridicola che scandalosa, perché riproduce un gesto simile, ma con aria interrogativa, non estatica ma incongrua, in realtà chiaramente derisoria, così che l'atto di baciare in direzione di qualcuno assomigli più a uno sputo nel vuoto che a un gesto d'amore.

Lei chiama queste pratiche *caramielli*, vezzi che rimandano a qualcosa di zuccheroso, di insopportabilmente dolciastro. Oppure usa il termine *vuommechi*, che alla lettera è il plurale della parola che significa vomito e per traslato indica anche le persone lamentose, svenevoli.

Poi i due innamorati si avvicinano, si sfiorano, si toccano, e lei ripete dei gesti analoghi, che nella sua versione sembrano quelli di due primati che si spidocchiano. Questo genere di effusioni le cataloga sotto il verbo «munciare», che ha qualche assonanza col verbo mungere, e in effetti, in senso lato, di una forma di mungitura si tratta.

Certo, signor Nobile non era incline ai vuommechi né faceva troppi caramielli né munciava, perlomeno non sotto i suoi occhi.

Diffidano, lei e la figlia, di ogni manifestazione dell'affetto, filiale, amicale, amorosa.

Dicono: «Che so' 'sti vuommechi?» Oppure: «Quando il diavolo t'accarezza vuole l'anima.»

Non frequento ancora ragazze, ma ho amici con i quali faccio giochi da maschi.

C'è questo ragazzo di origini siciliane che rispetto a noi è molto più sviluppato, alto e forte. Viene a studiare a casa mia e a un certo punto mi sfida a un confronto fisico: devo provare a fargli abbassare la testa, ma senza stare affiancati, con lui che resta seduto e io, in piedi, che posso sfruttare per intero il peso del corpo. In questo modo lo abbraccio e cerco di piegargli il collo. Dopo un po' vedo Angela entrare su tutte le furie a dirci di smetterla. Ci ha visto dal terrazzo dove affaccia la mia camera. Va bene, è un gioco un poco violento, siamo entrambi paonazzi per lo sforzo, ma abbiamo fatto di peggio. E comunque c'è qualcosa di strano nella sua reazione, un'irritazione sproporzionata. Dopo capisco, anche se ho dovuto veramente fare fatica per ripercorrere il suo stesso ragionamento: non ha pensato che stessimo facendo una qualche specie di lotta, ma che ci fossimo abbracciati. Non ha temuto un gesto di violenza, ma di affetto omosessuale.

Se devo immaginare la traduzione pratica del pensare male, eccola. Lei e sua madre sono questo: pensano male, pensano solo al male, immaginano solo il male. Peggio, non al male ma a quello che è il male secondo loro. Lo sospettano dovunque, lo vedono. Anzi, lo prevedono. Non penso alla fatica che fanno a vivere così, non penso a loro con pena o commiserazione, penso solo che mi fanno schifo.

Mi fa schifo chi mi ha messo al mondo.

Devo stare sempre sul chi vive, altro che Nanna, altro che confidenze.

Vegliano sui miei sentimenti, non vogliono che li abbia. Vogliono che mi guardi dal male, da un male che non è il male ma la somma delle loro meschinità. Ma io è da loro che mi guardo, e le ricambio con l'unico sentimento che non gli ho mai visto disprezzare: l'odio. L'odio, sì, mi accende e m'infiamma, ma è un sentimento forte e fin troppo puro, per cui difficilmente perdura intatto, e quando si ritira lascia il posto a qualcosa d'altro, un limo grasso e fecondo, e tenace.

È la vergogna, perché da sempre io mi vergogno di mia madre.

Non so quanti anni ho, perché è una sequenza confusa e la mia memoria è nitida anche per i fatti lontani, però il sentimento che l'accompagna mi appare troppo complesso per appartenere al bambino molto piccolo che dovrei essere.

Siamo in un autobus affollato, io e lei, quando all'improvviso Angela comincia a gridare.

Urla che aprano le porte, che ci facciano scendere, subito.

Urla come se il suo malessere sia colpa di qualcuno, del conducente, del bigliettaio, della folla, non so. Ma non è facile farsi largo, la gente preme, protesta a sua volta, chiede tempo.

Angela sembra impazzita, vuole adesso, subito, qualcosa che non possono darle, grida contro il mondo e il mondo grida contro di lei. Spinge il mio corpo davanti al suo per farsi strada, qualcuno avverte: «'O bambino! 'O bambino!», per facilitarci il passaggio.

Il mondo esterno ha la forma di un muro indistinto di corpi e di membra compresso all'interno di un autobus verde acqua degli anni Sessanta. Quando usciamo respiriamo in uno slargo che forse è piazza Municipio – ci sono tante auto, ma anche aiuole e isole di fiori che non possono ornare altri giardini della città –, anche se piazza Municipio è lontana e Angela non si muove tanto neanche a Napoli, ma se veramente io ho tre o quattro anni, lei è molto giovane, quasi una ragazza, non la donna ringhiosa della maturità né la vecchia immobile di adesso.

Ho pensato che stesse male, ma non sta così male, evidentemente, ora che è scesa dall'autobus e rifiata. Anzi, non sta per niente male. E allora perché ha urlato così? Perché ha creato tutta quell'agitazione, perché ci troviamo lì, all'aria aperta come se ci avessero espulsi dall'autobus, buttati fuori? Quale sofferenza si porta dentro mia madre? Perché non stiamo dentro la folla, tranquilli, silenziosi, accolti?

Non possono affiorare così, dentro di me, allora, questi interrogativi postumi, ma anche se ciò che provo è indistinto come la folla che ostacola, non è difficile nominare il sentimento di disagio che accompagna il sollievo di trovarci fuori, finalmente soli e senza testimoni. Ancora una volta: è la vergogna.

Sono appena nato e già mi vergogno di chi mi ha messo al mondo.

Questo tema della vergogna dei giovani meridionali per i genitori cafoni è al centro della più famosa sceneggiata napoletana: *Zappatore*.

La canzone, di Libero Bovio, è della fine degli anni Venti; la versione sceneggiata, assai più recente, viene portata al successo da Mario Merola, che nel 1980 ne interpreta anche il film.

A prezzo di grandi sacrifici uno zappatore fa studiare il figlio, che si laurea e si trasferisce a Napoli per diventare avvocato, ma la vita cittadina e la frequentazione del bel mondo gli fanno dimenticare il paese, le oneste tradizioni contadine e la famiglia. Sordo al richiamo del sangue e persino alla notizia della malattia della madre, il reprobo sarà ripreso dal padre che irrompe, vestito da zappatore, nel bel mezzo di una festa e lo umilia davanti a tutti.

Tanto elementare nello spunto drammatico quanto spudorato nel moralismo e nella retorica familista da porsi fin da subito quasi come una parodia di se stesso, *Zappatore* è tuttavia un capolavoro del melodramma popolare, un'opera che, per la forza primitiva della sua rappresentazione e il naturale carisma del suo interprete Mario Merola, passa senza tappe intermedie da una dimensione grottesca a una notorietà condivisa da tutti senza remore.

Fin dall'ingresso in scena, l'apostrofe con cui lo zappatore si rivolge ai "signori" sembra già scritta per entrare nella leggenda:

Felicissima sera
A tutti 'sti signure 'ncruvattate
E a chesta cummitiva accussì allera
D'uommene scicche e femmene pittate...

Non esiste napoletano ignorante o colto che davanti alla perentoria endiadi «uommene scicche e femmene pittate» non la colleghi subito a *Zappatore* e non ne rimarchi, ripetendola ad alta voce, la potenza espressiva dei versi e l'emblematicità negativa del significato.

E il seguito non è da meno:

Chesta è 'na festa 'e ballo
Tutte cu 'e fracchisciasse 'sti signure
E i' ca so' sciso 'a coppa 'o sciaraballo
Senza cercà 'o permesso abballo i' pure!

Parcheggiato il carretto («'o sciaraballo») e senza chiedere permesso a nessuno, Zappatore balla in mezzo ai signori «scicche» vestiti con gli eleganti «fracchisciasse» (o fracchesciassi, una giacchetta stretta in vita, alla francese, da caccia, *chasse*).

Qui si fronteggiano due classi sociali e i due oggetti che le simboleggiano, da una parte i *fracchesciassi* e dall'altra lo *sciaraballo*. Entrambi sono due icone definitive, due lemmi preziosi e di formidabile grandezza. È vero che, nella storia della canzone napoletana, di *fracchesciassi* se ne trova almeno un altro: il «*fracchesciasso color cakì*» della *Casciaforte* di Murolo, e forse, a cercarlo, ci si potrebbe anche imbattere in qualche sciaraballo meno illustre, ma basta pronunciare queste due parole per evocare subito *Zappatore*, senza possibilità di equivoci.

In una canzone peraltro non lunga ci sono almeno altri due momenti epocali, che, a Napoli, collocano d'imperio questi quattro versi tra i più famosi e più citati di sempre. I primi due, proverbiali:

Meglio si te 'mparavo zappatore
Ca 'o zappatore non s' 'a scorda 'a mamma!

E gli altri due, imperativi, quelli che siglano la drastica conclusione della sceneggiata:

Si zappo 'a terra chesto te fa onore
E mo addenocchiate e vasame 'sti mmane!

Con l'ingiunzione finale a inginocchiarsi e baciare le mani paterne, costituiscono due sentenze, due motti eterni, due distici che, seriamente o, più spesso, ironicamente, ogni napoletano avrà pronunciato decine di volte nel corso della vita. I primi due versi sono la denuncia definitiva di ogni forma d'ingratitudine, gli altri due la più perentoria richiesta di umiliazione a noi nota.

A un certo punto sono arrivate le letture moderne che – come nell'*Elogio di Franti* si dimostra che "l'infame" è la vittima e Garrone, il maestro Perboni e il padre di Enrico una compagnia di sadici – insinuano così il sospetto che il povero figlio in cerca della sua strada lontano dall'invadente padre contadino e dall'opprimente madre potrebbe non essere l'ingrato che sembra. E però bisogna tener presente, per *Zappatore*, che il fatto di essere considerato già in partenza qualcosa di risibile e di grottesco l'ha reso un archetipo più resistente, più duraturo e infido. A differenza di *Cuore*, che effettivamente è stato per tutta la nazione un modello attendibile fino a quando la lettura di Eco non l'ha smascherato inducendo tanti a prenderne le distanze, di *Zappatore* si è sempre sorriso, un'ironia che invece ha avuto l'effetto collaterale di farlo prendere sul serio.

In realtà, l'ingratitudine filiale è solo il tema apparente di *Zappatore*, perché ciò che la canzone ostenta è soprattutto la fierezza del contadino, la sua superiorità morale sul signore, una supremazia ribadita dalla posa guappesca («*senza cercà 'o permesso abballo i' pure*»), dall'imposizione di sé e del suo mezzo, dal rovesciamento per cui: «*Vossignuria se mette scuorno 'e nuje / Pur' i' me metto scuorno 'e 'ossignurìa*», che è la stessa cosa del «loro schifano a me, io schifo a loro» di Angela, una massima che in pratica si traduceva in «io schifo a loro *prima* che loro schifino a me» o, ancora meglio, «io schifo loro a prescindere, anche se non schifano me».

E il figlio, comunque, è una mia proprietà, sono io che decido che farà l'avvocato e sono sempre io che decido che non lo farà più. Ovvero l'ennesima manifestazione di quel «ti ho fatto e ti disfo», che non è solo un detto meridionale, ma in genere italiano.

Angela sapeva bene che Mario Merola incarnava modelli nei quali non poteva identificarsi fino in fondo, ma senz'altro si riconosceva più in lui, che lei avrebbe potuto abbracciare con un minimo di distacco e di degnazione, che in altri dai quali con lo stesso sospetto, con la stessa degnazione si sarebbe sentita tenuta a distanza.

E noi più giovani, che abbiamo sempre chiaramente visto come dietro l'apparente umiltà di zappatore ci fosse, neanche tanto camuffato, l'eterno modello della guapparìa, forse anche noi, esattamente come lui, abbiamo vissuto con fierezza il senso d'inferiorità che ci poteva affliggere.

Questo senso d'inferiorità dello zappatore, che si rovescia nel suo contrario, è lo stesso di Angela, è lo stesso di tutto il Sud.

Il terrazzo di zia Anna mi appare misterioso perché ha un impiantito irregolare, ricoperto di asfalto che lo rende simile a una strada con avvallamenti e gobbe, e le piante che lo circondano sono inselvatichite e nascondono tesori. Un giorno dopo la pioggia le trovo invase dalle lumache. Passo un pomeriggio intero a raccoglierle ed è un pomeriggio che mi rimane impresso come l'epifania di una manna biblica. Da allora, quando entro in quella casa è subito sul terrazzo che voglio uscire, perché è un luogo disabitato – zia Anna non ci va mai – e sempre ci scopro qualcosa, da palle e soldatini caduti dai piani alti a inverosimili insetti padroni indisturbati del territorio.

Alle pareti dell'appartamento stanno appesi quadri dipinti da mio zio, come a casa nostra, ma questi sono altri, anche se la mano è la stessa, ed è un particolare che stabilisce tra due ambienti così diversi una strana, incongrua affinità.

Mia zia non mi dice mai niente contro Angela, neanche un'allusione. Mi accoglie con la sua gentilezza un po' artefatta, da donna sola, poi parla fitto con mio padre di persone che non conosco, di un mondo cui non appartengo, silenzioso e cortese, fatto di composti richiami e di interni ovattati e impregnati dell'aroma delle lunghe cotture di sughi che si mettono sul fuoco la mattina presto.

Il mondo mio invece è fragore e chiasso, scandito da scoppi di traffico che salgono dalla strada e dal fumo di fritture furiose che costringono a tenere aperte le imposte, che sbattono nella corrente, dalle urla di mia madre e mia nonna che, quando non hanno da fare fronte comune contro qualche estraneo, si massacrano tra loro scambiandosi ingiurie di «zoccola» e «puttana». Quando gira la chiave e viene investito dagli insulti, dallo schianto delle porte e delle stoviglie che schioccano, mio padre dice: «A vuie v'è ghiuto 'o ggrasso a 'o core», che significa che stiamo troppo bene, e poi aggiunge che non siamo degni di abitare un sesto piano e dovremmo vivere in un vascio.

Il mio sogno da ragazzo è andare, quando sarò in grado di mantenermi, a stare a via Bausan. Avere una casa simile a quella di zia Anna, se non la stessa. Non sentire nel cuore della notte l'ansimare rallentato del traffico, come il fremere rauco di un animale spossato, né lo sferragliare dei tram che tornano al deposito o quei colpi isolati di clacson dati così, senza necessità, giusto per traforare il buio di suoni inutili, come i rovelli di Angela quando dice che invece di dormire pensa... Svegliarmi al cinguettio dei cardilli tenuti in gabbia da quegli appassionati che vanno a cercarli apposta pagandoli cifre esagerate oppure, se avrò fatto tardi, al frinire delle frese del saldatore nel cortile. Passare dalla luce smagliante della Riviera, quando avvertirò un bisogno di chiarità e calore, all'ombra dei vicoli se la vampa del sole si farà insostenibile. Mi sembra che le tristezze e le gioie passeggere, quelle meno legate a cause precise e profonde e più a ragioni effimere – lo stato del cielo, la qualità dell'aria – e tuttavia decisive nel far pendere i piatti della bilancia dell'umore da una parte o dall'altra, siano governabili molto meglio dalle persone che possono passare dall'ombra frizzante a una tiepida luce e dal chiarore al buio, rispetto a quelle che bruciano nel sole.

Dicono dei padri che violentano le figlie, ma io ho visto Angela violentare la mia prima sorella.

Annientarla, un giorno dopo l'altro.

Ho una percezione chiara di quanto sta accadendo e ne intuisco la gravità.

Non ci posso fare niente, perché non c'è una legge che sanziona quello che vedo avvenire sotto i miei occhi, ma sul fatto che quanto sto testimoniando sia delittuoso non ho dubbi.

All'età di tre anni mia sorella rischia di morire per avvelenamento dopo aver ingerito una pecorella di cioccolato avariato.

Eppure la pecorella è di cioccolato finissimo, comprata in una delle migliori pasticcerie della città.

Sarà vero? Chi lo sa, ma è questo che sento raccontare. Sembra un altro di quei fatti fatidici, sospesi tra una verità possibile e un'esagerazione probabile, come la storia del primo ricovero di Angela e della sua vita salvata da 'o professore Monaldi. Sono i fatti di un'esistenza povera di eventi resi eclatanti per essere da lei narrati e rinarrati di continuo fino a raggiungere una loro verità parossistica e non più verificabile da nessuno.

Mia sorella viene ricoverata al Santobono, l'ospedale per l'infanzia. Con scarsa verosimiglianza Angela racconta che quando telefona sente gli infermieri sussurrare: «È la madre della bambina che sta morendo...»

La bambina si salva ma Angela ritiene che la sua psiche ne esca segnata: «Chella a tre anni steva murenn' a 'o Santobono, perciò è accussì...»

Accussì come? È una bambina mediamente introversa, senza problemi caratteriali di particolare evidenza, ma a lei non va bene e non sarebbe andata bene comunque, anche se fosse stata estroversa.

Angela comincia abbastanza presto a entrare nella sua vita in maniera devastante, prima dell'inizio della scuola, già all'asilo. S'impossessa della vita della figlia e gliela vive come fosse sua, caricandola della propria rabbia.

Tutto inizia con una storia di pidocchi che, in altre circostanze e luoghi, e con altre persone, non avrebbe creato alcun problema, ma l'evento più normale, quando succede a noi e c'è Angela di mezzo, diventa subito la bocca di un vulcano che erutta guai.

La suora mi ricordo che si chiama suor Paola perché è lo stesso nome di mia sorella e questo crea tra loro un'affinità affettuosa, che durerà poco, fino all'episodio dei pidocchi.

Alla religiosa, una suora giovane, calabrese, durante l'incontro con i genitori chiesto per comunicare la notizia dell'infestazione diffusa in classe, scappa detto che lei, al suo paese, i pidocchi non li ha mai visti.

Ad Angela succede spesso di prendere come affronti personali frasi, considerazioni, osservazioni vaghe e non destinate a lei nelle quali lei però vede cifrate minacce o allusioni precise a se stessa, al suo mondo, al suo modo di pensare.

Come una furia, prende la parola e si avventa contro la giovane suora. Ringhia che lei la conosce bene la Calabria, la conosce meglio di chiunque altro per aver avuto non uno, ma due fidanzati calabresi. C'è stata, in Calabria, e ne conosce tutta l'arretratezza profonda: come si permette questa monaca, questa «capa di pezza» che chissà da quale paese di merda, da quale casa senza cesso proviene, di offendere Napoli e i suoi abitanti?

Gli altri genitori chiamati a difendere l'onore della patria partenopea, benché il tema sia sensibile, sembrano assai più imbarazzati che solidali, mentre la religiosa ascolta sgomenta e, per quanto possa essere convinta che le colpe dei padri non debbano ricadere sui figli, si può prevedere con quale simpatia potrà considerare, da quel momento in poi, la figlia di quella madre...

Per Angela invece suor Paola diventa l'incarnazione

dell'ipocrisia delle monache e dei calabresi. Finché vive al Sud l'odio per il Nord non si manifesta, il Nord è troppo lontano, il fuoco che si porta dentro va a bruciare più facilmente altre genti meridionali: siciliani, calabresi, pugliesi e sardi, che continua a chiamare «sardegnoli», benché le sia stato detto e ripetuto che si tratta di una forma spregiativa da non usare.

Che gli adolescenti si vergognino dei genitori è normale. La condizione ideale per i ragazzi tra i tredici e i diciotto anni sarebbe quella degli orfani. I genitori più consapevoli cercano di essere presenze discrete, soprattutto con gli amici dei figli, ed evitano di mettersi in mezzo.

Angela fa il contrario preciso, entra nella vita dei figli e degli amici dei figli, giudica quali si debbano frequentare e quali no, e a questi ultimi lascia chiaramente intendere che non sono graditi.

Con me e la mia seconda sorella ci prova ma viene respinta con la furia rabbiosa che mostra ai nostri coetanei come quelle ingerenze siano da noi considerate indebite e avversate con la violenza che meritano.

Con la mia prima sorella questo non avviene. Lei le lascia campo libero, e Angela vi irrompe per radere al suolo la sua immagine presso le compagne, estirpare le sue amicizie, razziare la sua intimità.

Entra nella vita della figlia con la scusa di medicare la sua debolezza, di guarire la sua inettitudine, di aiutarla nelle cose di scuola per supplire alla sua pigrizia e timidezza.

Entra e devasta. Con l'idea incrollabile e la ferma convinzione di aiutare, di fare del bene: studia al suo posto, le fa i compiti. Se viene a sapere di qualche contrasto, di un diverbio tra ragazze, si scaglia a ribadire che sua figlia nemmeno le calcola le altre, non le considera, perché è più bella di loro, più intelligente, e proviene da una famiglia migliore.

Si accapiglia con le amiche della figlia e con le loro madri, se intervengono, e con le insegnanti, se ritiene che agiscano scorrettamente.

Se scopre che sua figlia le ha tenuto nascosta un'interrogazione andata male, un compito non svolto, un'impreparazione, la insegue attorno al tavolo di cucina e le urla: «Puozze murì accisa, 'sta zoccola puttana, nun puteva murì a 'o Santobono! Ha dovuto campà pe' m'accidere a me!»

Orgogliosa della sua licenza liceale classica, assiste mia sorella negli studi magistrali dedicandosi assieme a lei alla psicologia e alla pedagogia, materie per lei nuove ma che, grazie alla sua finezza nel decifrare le sfumature più delicate dei sentimenti, non ha problemi a comprendere profondamente.

Per aiutarla a prendersi un diploma che disprezza, lei che ha sempre considerato le maestre l'esempio più limpido della stupidità femminile, ha dovuto approfondire la psicologia, disciplina che l'ha aiutata a penetrare nella psiche elusiva e contorta di quella disgraziata della figlia.

Vedo questa mia sorella subire nella sua intimità l'irruzione di un erpice che le scava dentro solchi e mi chiedo perché non si ribella come facciamo io e l'altra sorella, che arriviamo a minacciare nostra madre, a metterle le mani addosso. Come del resto fa a sua volta Angela con sua madre, che vive con noi e secondo lei la tormenta da quando è nata, in una spirale di rancore tra generazioni che si passano il testimone dell'odio come la ricetta degli struffoli fritti.

Con me non va molto meglio: da quando ho deciso di iscrivermi a Lettere rinunciando a continuare lo studio da commercialista di mio padre, mi sorveglia strettamente. Sto facendo la stessa facoltà che ha frequentato lei, una facoltà per donne, donne che poi vanno a insegnare, perché adesso sono tutte donne quelle che insegnano, non come ai tempi suoi, quando i professori erano uomini, severi e rispettati. Faccio la stessa facoltà che ha fatto lei, mentre lavorava, mentre era incinta.

Non Economia e commercio, Medicina, Ingegneria, studi da uomini, nemmeno un accettabile ripiego come Giurisprudenza. Faccio Lettere. «Letterelle» dice, un termine che ha coniato lei, una parola che sminuisce il mio corso di studi rimpicciolendolo e creandogli un'assonanza con femmenelle. Letterelle per femmenelle...

Che almeno mi laurei subito e me ne vada fuori di casa a guadagnarmi il pane!

Per questo controlla la mia carriera universitaria esame per esame, sessione per sessione, perché è «in tre anni e una sessione» che devo laurearmi, il minimo, vista la facoltà di merda che ho scelto e che quasi si mette scuorno di dire ai parenti.

All'esame di Filologia e romanzo ho addirittura preso ventotto come lei, che lo ha sostenuto tenendo «'a panza annanze».

È vero, ho preso ventotto a Filologia romanza, ma Filologia e romanzo in effetti suona meglio.

Anche a me piace di più così, lo devo ammettere. Se si fosse trattato di Filologia e romanzo forse avrei anche preso trenta.

Perché non le ho mai detto: «Lasciala stare, falle vivere la sua vita, falle prendere fiducia in se stessa»? Perché non le ho detto: «Consenti che venga bocciata un anno, che cosa vuoi che sia»?

In realtà gliel'ho detto, ma con scarsa convinzione.

I giovani osano, i giovani non sono stanchi e credono, per freschezza, per ingenuità, per idealismo, per sovrabbondanza d'energie. S'avventurano in imprese che nessun adulto tenterebbe, ma io lotto con Angela già da molto, da quando ho coscienza di me, e alterno alla foga cieca una passività rassegnata, perché so che parlare con lei non serve.

Se cerchi di ragionare ti deride, ti sfida in modo tale che l'unica possibilità diventa andarsene, abbandonare il campo, se non vuoi cedere alla voglia di afferrare il primo oggetto a portata di mano e spaccarglielo sulla faccia. Che è l'unico istinto che provo, ogni volta. Ho voglia di farle paura e di farle male, di procurarle uno spavento o un dolore che le tappino quella bocca maledetta capace di vomitare ingiurie a raffica, senza sosta, ma so che se non la lasciassi svenuta a terra riprenderebbe a insultarmi appena mi allontano.

Mi ha reso come lei, incapace di opposizioni costruttive. Sono anch'io un sismografo impazzito, che oscilla solo all'improvviso, accelerando di colpo dall'accettazione alla furia.

Più di una volta me ne vado di casa. Sono via da un mese, ho riparato da un amico, quando mio padre mi chiama, mi convoca nel suo ufficio, mi chiede di tornare. Non ha argomenti, in realtà, è come un ambasciatore costretto a condurre una trattativa senza avere nulla da scambiare se non la stima, la compassione che la sua sola presenza è in grado di suscitare. Io ho quasi vent'anni, lui più di sessanta, e non sa che dirmi. Non perché non voglia. Neanche io so che cosa dirgli, perché vorrei dirgli molte cose, ma non ci riesco. Come non ci riesce lui. Assai di rado l'involucro del nostro affetto muto si è lacerato e quando è successo ha creato traumi, e allora la cosa migliore per noi è rimanere così, nel silenzio, rispettandoci senza parlare.

Una volta è capitato di farci male, poco prima o poco dopo questa fuga. È estate, siamo andati a trovare qualcuno in una residenza per anziani sul mare. Abbiamo passato una serata triste, illuminata male dalle luci fioche di un refettorio; abbiamo mangiato il cibo sciapo dei vecchi e sulla via del ritorno procediamo lentamente in un ingorgo nella notte bollente, senz'aria. Mio padre è insofferente e a me non so come esce fuori un «Ma non sopporti proprio niente, sei abituato troppo bene...».

C'è un attimo di silenzio, io guido e lui, cosa insolita per un capofamiglia che fino a un anno prima era al volante, sta seduto dietro.

«Che ne sai tu 'e chello c'aggio suppurtato io dint' 'a vita mia...»

Lo dice a bassa voce, ma le parole arrivano scandite e distinte come uno schiaffo. È esattamente ciò che provo, la sensazione di uno schiaffo: sento le guance che bruciano, gli occhi che si gonfiano.

Mio padre non ha mai detto niente, per vent'anni, su di sé e i suoi lutti. Solo un giorno mi ha allungato una lettera datata 15 marzo 1961, proveniente da Gubbio. Ho quattordici o quindici anni, un'età che, immagina, mi consente di capire. So che la lesse anche ad Angela, quella lettera, quando arrivò.

Sono molti fogli ricoperti da una grafia regolare e senza cancellature, forse rimessi in bella copia, come si usava al tempo della scrittura a mano. Comincia con queste parole: «Gentile dottor Eugenio, l'indicazione del mittente porrà la domanda di chi sia questo frate che le scrive da un oscuro convento dell'Umbria. D'altro canto io penso, scrivendo a lei, di cogliere nel segno ritenendo Ella il caro fratello del mio buon comandante di plotone, il tenente Antonio Franchini, caduto il 21 luglio 1944 nei pressi di Jesi.»

È la lettera di un soldato fattosi frate che dopo diciassette anni chiede a mio padre una foto, un cartoncino funebre, un ricordo qualunque del suo fratello caduto. Sono passati molti anni da quando l'ha ricevuta, ma sento ancora la sua emozione nel farmela leggere. Anche per me è la prima volta che, davanti a quelle pagine arrivate da un luogo remoto, da un mittente sconosciuto, vedo la vita prendere una piega romanzesca, il soldato che si fa frate nello stesso modo in cui i testi che comincio ad amare mi raccontano come il samurai, dopo una vita di guerra, non possa, se sopravvive, che diventare un monaco ed espiare il sangue versato vagando in preghiera.

Da parte di mio padre farmi leggere quella lettera è un raro gesto di condivisione, ma se non si confida è solo per riservatezza, perché appartiene a una generazione che ha murato dentro di sé il proprio dolore, fino a quando io non sono riuscito a fargli sboccare mezzo secolo di amarezze con mezza frase avventata.

Stringendo il volante gli dico: «Papà, scusami, non volevo.»

Se potessi stringere lui lo farei e placherei nell'abbraccio l'insufficienza di quelle quattro parole che mi escono metalliche, urgenti e stonate come un urto di vomito, perché forse sono le prime parole di scusa che pronuncio e non sono preparato a dirle. Oggi non mi costerebbe niente, potrei chiedere scusa a chiunque con leggerezza o con indifferenza, ma allora no. A chiedere scusa ci si educa – e adesso so che è un processo accidentato –, mentre a casa mia non ci si confronta, si grida e si aggredisce, o si sta zitti. Non siamo stati abituati a parlare tra noi, figuriamoci a scusarci. Fuori, ognuno di noi ha una vita sociale, ha amici, occasioni di confronto, c'è la politica, ci sono assemblee, dibattiti, confidenze, in famiglia ci sono soltanto urla o silenzio.

Nelle questioni intime, nei momenti della verità, quando parlare non è più dialettica, ma un'altra più dolorosa, più coraggiosa, più faticosa cosa, mi accorgerò di essere come mio padre con me quel giorno che mi convoca nel suo studio per parlarmi, ed è svuotato e inerme. Anche a me mancheranno le parole e non verranno i gesti. E anche quando saprò farli, mi resterà dentro il dubbio che non è detto che mi verranno sempre. Ci si mette molto per imparare a vivere, ma a disimparare si fa ancora più in fretta.

Gli altri impiegati non ci sono, siamo soli io e lui, l'ufficio è pieno di carta e odora di carta, le macchine calcolatrici riempiono di cifre sbiadite interi rotoli lisci che traboccano dai cestini e strisciano sul pavimento come festoni inerti. Schedari dappertutto sugli scaffali, cartelle sulle scrivanie, pile di fogli, torri di numeri incolonnati che, immagino, ai suoi occhi non significano nulla, mentre a casa ci sono i suoi libri, quelli che lui accudisce.

È tutto un mondo di carta il suo, inutile o preziosa. I suoi libri con le illustrazioni, le parole sulle quali l'intera umanità s'interroga o s'intrattiene; i libri che lui si sveglia all'alba per spolverare e catalogare e che la sera legge, steso sul letto, ma poco, perché con ogni evidenza è stanco e non ce la fa più e presto richiude il volume all'altezza dello stomaco, come fosse il breviario sistemato tra le mani irrigidite di un defunto.

Divorati nella notte da giovani come il corpo di un'amante, da vecchi i libri ci servono soprattutto a questo, a chiudere gli occhi.

E chissà che cosa sogna, quando le palpebre gli cadono nel sonno breve dei vecchi, se vengono a visitarlo i morti i cui ritratti si affacciano in una serie di ovali aperti nella cornice allungata di velluto nero che pende di fianco al letto vicino alla sua parte, greve ornamento di luttuosità barocca, residuo di quel tempo in cui gli sposi non si curavano che i talami riflettessero i moniti sulla caducità suggeriti dalle immagini di santi, Madonne e antenati piuttosto che la leggiadria carnale degli imenei.

Forse appartengo all'ultima generazione che ha ricevuto in consegna il sacrificio degli avi.

«Comandante di plotone fucilieri, mentre la sua compagnia veniva lanciata all'attacco del nemico, con magnifico slancio e aggressività si portava alla testa dei suoi uomini per guidarli contro le postazioni avversarie. Malgrado il violentissimo fuoco d'interdizione condotto dal nemico con obici e mortai perdurava nell'azione con esemplare ardimento e sprezzo del pericolo. Colpito da bomba di mortaio cadeva mortalmente ferito davanti alle posizioni avversarie indicando ai suoi uomini con la parola e col gesto la meta da raggiungere e immolava la sua purissima giovinezza alla Patria risorgente.»

Che il fratello di mio padre sia un eroe di guerra in realtà lo so da quando sono un bambino perché ogni 8 dicembre, immobile nel gelo, nel grido dei comandi degli ufficiali e nello scroscio degli anfibi dei battaglioni in manovra, vado al sacrario militare di Montelungo dov'è sepolto, e perché continuamente rileggo, senza che nessuno mi abbia forzato a farlo, la motivazione della sua medaglia al valore, che è un campionario di ogni retorica, ma io non me ne posso ancora accorgere.

Alle elementari anche le classi marciano nel cortile come fossero truppe perché nei primi anni Sessanta nelle scuole vige ancora una mentalità militare. Mentre scandisco il passo con gli altri bambini immagino l'attacco, la bella morte, sogno di sacrificarmi per tutti.

L'infanzia crede nei mostri che crea, materializza le apparizioni in cui crede, vive per anni in una febbre fantastica che brucerebbe un adulto in un giorno solo, poi questa intensità sfuma, ma non tutto scompare completamente. E quando giunge la consapevolezza, il danno oramai è fatto.

Certo, il tempo di conoscere ogni dettaglio del millenario inganno dell'eroismo e ogni motivazione ideale con cui l'umanità ha verniciato questa macabra illusione, arriva, ma è troppo tardi.

Non bastano lo studio, il clima politico e le canzoni pacifiste. Anche l'educazione dai preti mi contagia con un delirio mistico dal quale non mi salva l'essere diventato ateo.

Così sotto un'apparenza di sensatezza, di equilibrio, di moderazione, mi affascina tutto quanto è gratuito, estremo, nobile, il delirio che rese possibile il massacro di generazioni intere. Mi attrae il codice d'onore elaborato per disprezzare l'utilitarismo dell'umanità simile ad Angela, quel desiderio di beni, di stabilità, di permanenza, quella mancanza di ogni slancio ideale, quel materialismo angusto, incrollabile.

La sola idea di morte che accarezzo è quella in battaglia, e tutto questo è ancora più assurdo perché mi considero razionale e descrivo lei come la pazza.

Intanto mia sorella una strategia di sopravvivenza la sta mettendo a punto. Gli insulti, le umiliazioni di fronte alle amiche, le decisioni prese al posto suo, poco alla volta è come se non la toccassero più: lei è altrove, in una zona dove la furia materna non trova da sbatacchiare che una spoglia vuota.

Dopo averle fatto prendere il diploma di maestra, Angela scopre che, per avere qualche possibilità concreta di trovare una cattedra anche senza vincere un concorso, deve farle ottenere un diploma di laurea in Teologia per insegnare religione alle elementari. Quei posti sono amministrati dalla Curia e hanno una graduatoria a parte.

Addentratasi nelle questioni teologiche con la stessa spregiudicatezza con cui ha affrontato i temi della pedagogia e della psicologia, Angela tiene i rapporti con la Curia al posto di mia sorella, che nel frattempo ha cominciato a insegnare religione. È sempre Angela che protesta se alla figlia viene assegnata una sede troppo disagevole o se il monte ore settimanale le viene ridotto senza una ragione plausibile. Quando chiama negli uffici della Curia tutti gli impiegati la riconoscono subito, tutti sanno chi è lei, nessuno sa chi è mia sorella.

Ogni tanto la figlia ancora s'impunta, ma ormai sembra essersi fatta una ragione della sua vita e del pungolo che da quando è nata la scuote e la tormenta. Angela la spiega così: «Basta che la metti, come a un cavallo, comm' a nu mulo, a camminare per la stessa via e la pigli a calci e quella va.»

Poi mia sorella si sposa, fa figli e continua, un anno dopo l'altro, a insegnare religione in scuole popolari di quartieri difficili.

Le famiglie degli alunni le fanno regali e lei, ogni Natale e Pasqua, compone, sopra l'incanto delle feste, poesie in rima baciata che fa imparare ai bambini. In casa racconta storie di ignoranza e miseria e comincia a rassomigliare alla sua torturatrice: prende le distanze da tutti e obietta su chiunque, ma a differenza di Angela non è aggressiva, manifesta il suo disprezzo a mezza voce. Ritiene di appartenere a una casta più elevata, accoglie senza proteste un lascito di fisime, un'eredità di pregiudizi. E parla di continuo, senza permettere all'interlocutore di frapporre una sola parola, ma lo fa senza impennate, modulando una nenia guardinga e inarrestabile, come se le cose rimanessero sotto controllo finché il suo eloquio procede e dovessero volgersi all'improvviso al peggio se per qualsiasi ragione si arrestasse.

Abitano vicine, Angela cucina, si occupa dei suoi figli piccoli mentre lei è a scuola, si scontra con la ragazza delle pulizie, che è una «zoccola scansafatiche», e litiga con il genero di origini calabresi («'A Calabria è sempre trasuta dint' 'a vita mia»), sul quale ha molto da ridire, e con le sorelle di lui, per l'antica abitudine che oppone la sua famiglia a tutte le altre e in particolare agli esponenti della parentela allargata, quella non di sangue. Ma l'appartamento in cui vive, da vedova e da sola, dopo la morte di suo marito e di sua madre, è scomodo, il quartiere non è più il suo e l'intolleranza verso il genero calabrese si acuisce, così un giorno mi chiama: «Tu 'o ssaie che a

Napoli non tengo più un posto, mi sono spogliata di tutte le proprietà per dare una casa a voi. Non ci voglio stare più vicino a questi, mi dispiace per i nipoti, perché soreta e 'o marito so' duie cretini e hanno fatto i figli intelligenti, ma adesso basta, devo pensare a me stessa. Ho visto che si è liberata la casa vicino a te a Milano, ci vengo io. Lo so che così li rovino perché perdono chi gli cucina e gli educa i figli, ma a quelli gli ho fatto pure troppo bene. Adesso mi voglio dedicare a te e alla famiglia tua e a quell'altra figlia mia che pure sta a Milano. Tu sai che io non do fastidio.»

In effetti i primi tempi è troppo occupata a combattere una sua battaglia personale contro l'Inps per ottenere quello che ormai le appare come lo scopo supremo dell'esistenza, l'obiettivo di ogni suo sforzo: l'accompagnamento.

Pensioni e riconoscimenti di percentuali di invalidità sono la sua ossessione da sempre, ma l'assegno che percepisce la sconforta perché, mettendo insieme quel che spetta a lei per vecchiaia con la reversibilità della Cassa dei ragionieri del marito, spunta una cifra assai modesta, che diventa appena più decorosa aggiungendo una quota che lei chiama «'e mmedaglie d' 'a Russia», un'integrazione per reduci di guerra che fu lei a ottenere, perché il marito, con la sua indifferenza verso le questioni pratiche, non ne avrebbe mai approfittato: «Che po' pateto quale guerra iette a fà in Russia? 'A guerra d' 'o lietto, pecché l'ammo saputo doppo chello ca sanno fà russe, bielorusse e ucraìne... Nu paese 'e zoccole!»

La ricerca dell'invalidità invece è assai più appagante: si esprime in gradi e ogni minima menomazione si traduce in punteggio, come un concorso a premi, per la gioia di chi, come lei, arriva al punto di leggere con soddisfazione ogni peggioramento delle proprie condizioni di salute considerandolo una tappa in più per arrivare alla meta.

Obbliga anche me ad avviare una pratica perché mi venga riconosciuta una percentuale d'invalidità per i problemi di vista per i quali mi hanno scartato alla leva. Così adesso godo di un sessanta per cento che non mi serve a niente, ma non si sa mai.

Ma soprattutto, oltre il cento per cento d'invalidità c'è il miraggio, il fine ultimo della vita umana: la sostanziosa integrazione mensile rappresentata dall'accompagnamento.

Nei decenni passati molte persone che conosce, tra i quali tanti paesani, l'hanno ottenuto grazie a medici compiacenti, politici adusi allo scambio di favori, amministrazioni corrotte. Adesso, da quando l'accompagnamento lo pretende lei, è arrivata la stretta, anche al Sud, e te lo danno solo se sei visibilmente più morto che vivo o se ti viene diagnosticata senza ombra di dubbio una malattia degenerativa, ma Angela non demorde.

Il giorno che esce dalla periodica visita pneumologica con l'obbligo di prendere l'ossigeno dalla bombola per alcune ore al giorno e per tutta la notte, è euforica: «Mò che m'hanno dato l'ossigeno, m'hanna dà pure l'accompagnamento!»

«Ti hanno dato l'ossigeno, ma per l'insufficienza respiratoria l'accompagnamento non te lo danno.»

«Io aggio tenuto 'a tubercolosi!»

«Ce l'avevi sessant'anni fa, adesso sei guarita.»

«E a Ciccia perché ce l'hanno dato?»

Ciccia è la madre di Eduardo Avolio, il marito buddista dell'altra mia sorella. È una donna piccola e rotonda, dolce e brava a fare dolci, l'esatto opposto di Angela, che infatti la detesta da sempre, convinta com'è che dietro ogni forma di remissività ci siano solo inganno e ipocrisia, una tattica per ottenere più subdolamente le cose.

«Ciccia ha il Parkinson.»

«Chi? Chella? Che tene? 'O Parkinson? 'O ssaccio io

che Parkinson tene chella... Chella sape 'mbrugliā... È tutta 'a vita che 'mbroglia a tutte quante...»

Che mia sorella voglia bene a Ciccia, donna accogliente e capace di ascoltare – la voce sempre un po' sospirosa, priva di acuti e d'ogni stridore –, e che le si confidi rivelandole pensieri che ad Angela si guarda bene dal dire, è una delle cose che più la innervosiscono.

Mentre della sua magra pensione, nonostante «'e mmedaglie d' 'a Russia», s'è fatta una ragione, ogni visita medica, ogni ritiro di analisi le aprono l'animo alla speranza: «Le analisi so' asciute 'na chiaveca, voglio vedé si stavota nun me danno l'accompagnamento...»

«Non bastano di sicuro, non bastano più.»

«Non respiro, m'hanno dato l'ossigeno...»

«Te l'ho detto, neanche l'insufficienza respiratoria basta. Se prendi l'ossigeno il problema lo risolvi, no?»

«C'aggia essere, morta?»

«Praticamente, quasi.»

«Al compare Rocco ce l'hanno dato dieci anni fa e non teneva niente. Sta ancora là al paese, frisco e tuosto.»

«Appunto, erano altri tempi.»

«E Ciccia? A Ciccia ce l'hanno dato.»

«Te l'ho già detto, Ciccia ha un Parkinson diagnosticato.»

«Sì, sì, comme no? Ce credimmo 'a 'o Parkinson 'e Ciccia...»

A rendere meno amaro l'ultimo rifiuto dell'accompagnamento, le riconoscono un'invalidità del cento per cento. Si è schiantata sul traguardo senza oltrepassarlo, ma non si abbatte e a ogni occasione rivendica: «I' songo invalida ciento pe' ciento», come fosse un titolo d'onore, anche se il frutto di anni d'attesa e di visite su visite e di appuntamenti e pratiche si è risolto soltanto in una fornitura perpetua di pannolini dei quali ha già riempito un ripostiglio intero e ai quali non rinuncerebbe mai, benché al momento non le servano, perché se li è conquistati, se li può rivendere e comunque le spettano, ne ha diritto e guai a chi glieli tocca.

Quando Angela decide di trasferirsi a Milano, mia sorella insegna da quasi trent'anni, ma la madre se ne è appena andata che all'improvviso succede una cosa inaudita: abbandona l'insegnamento. Senza motivazioni apparenti e in via definitiva. E le telefona sempre meno.

È solo Angela che la chiama, per riempirla d'insulti. Oppure telefona al marito e ai figli, per offendere anche loro, a rotazione.

La figlia che l'ha cancellata non contattandola più e smettendo d'insegnare diventa l'ossessione di Angela, il condimento amaro delle sue albe e delle sue notti: «Chella zoccola, chella puttana, accussì cancella 'na mamma. E io c'aggio studiato 'a psicologia e 'a teologia pe' chella zoccola ignorante ca nun capeva nu cazzo! Nun puteva murì a 'o Santobono? Pecché nun è morta allora, chella disgraziata?»

Sono anni di alti e bassi.

Io non spero di farle apprezzare il Nord ma solo di farle godere le comodità di una vita più facile. Ogni tanto la porto al ristorante per farle mangiare *'o pesce* che le manca.

Allora si veste bene e aspetta da dietro la finestra il mio arrivo, salta il pranzo per mangiare di più a cena.

Al ritorno mi benedice: «Puozze campà cient'anne!» Ma già il giorno dopo, quando vado a prendere il caffè, come ogni mattina, alla domanda: «Come stai?», risponde: «Comm'aggia stà?»

La mente va sempre là, alla figlia che l'ha tradita. Oppure alle cose che non approva, che sono tante, e a quelle che vede da dietro la sua finestra al pianterreno. Ormai riconosce i passi di ogni abitante: «Comme se chiammava chillu film, *'A finestra sul cortile*? Me paro *'A finestra sul cortile*, saccio 'a vita 'e tutte quante...»

All'inizio qualche condomino anziano la invita addirittura al cinema, cerca di inserirla nel gruppo di pensionati che si fanno compagnia.

Non credo ai miei occhi, sta simpatica a tutti.

Non la capiscono quando parla, ma si divertono, la considerano energica, vitale, diversa. Ma è un equivoco e naturalmente non dura. Dopo un po' non la invita più nessuno, ma Angela dice che non sono gli altri a non invitarla, è lei che li ha schifati: «Amma fà n'ata guerra 'e secessione! Come scrivevano 'ncoppa ai cartelli? "Non si affitta ai meridionali." L'uommene nuostre però s' 'e pigliavano, 'sti zoccole... Ccà cumannano 'e ffemmene, l'uommene nun contano nu cazzo, camminano areto, comm'a cacciuttielle... cagnolini.»

Qua le vecchie escono col bastone e tutte «'sti ffemmene co' bastone» la innervosiscono in modo particolare.

All'inizio non me lo spiego, non essendo il bastone impugnato dalle donne una prerogativa settentrionale, poi capisco che l'essenza della sua irritazione non sta nel bastone, ma nell'uscire, nel fatto che le vecchie del Nord, per quanto malmesse, escano di casa, ed è come se lei vedesse in questa ostinata volontà di allontanarsi dagli spazi domestici – quelli abitati, governati per definizione dalla donna – un insopportabile spirito d'indipendenza, una voglia di libertà che nasconde egoismo, individualismo, lussuria.

Mi torna in mente che mia nonna, tra i vari insulti che dedicava alle mie sorelle, ne usava uno apparentemente assai più lieve degli abituali e reiterati «zoccola» e «puttana»: «camminante». Capisco adesso che camminante, riferito a colei che non sta mai dove dovrebbe stare, è un perfetto sinonimo di passeggiatrice e, rispetto a zoccola e puttana, non è insulto più lieve ma del tutto equivalente.

Capace di sottigliezze benché semianalfabeta, per argomentare su come Angela per prima fosse da considerarsi zoccola nella sua forma più pura e imperdonabile, mia nonna sosteneva che «non è zoccola chi fa la zoccola, ma chi fa *le azioni*, perché una donna può fare la zoccola *pe' necessità*». La zoccola «pe' necessità», figlia di un'epoca in cui si poteva essere costrette a concedersi per mangiare e nutrire i figli, era giustificata, ma non chi commettesse, come mia madre, azioni da zoccola che non implicavano soltanto l'aprire le gambe ma ben altre scostumatezze, come per esempio il non rispettare la vecchia madre.

E così camminare, andarsene in giro in maniera gratuita, senza uno scopo preciso, poteva a ragione essere considerata una forma di speciale, e quasi peggiore, *puttanizia*.

È vero che le forme di ortodossia più coerenti, come quelle incarnate da mia nonna che, per la sua cattiveria adamantina, era da noi soprannominata Locusto, termine che storpiava uno dei più noti flagelli biblici, possono, portate alle conseguenze estreme, rovesciarsi in visioni che annullano ogni condanna individuale in un gelido nichilismo collettivo. E infatti il Locusto, a sua volta accusata da Angela di essere zoccola, ribatteva con la sua massima più severa e assoluta, quella che sistemava tutto in un ordine arcaico perfetto, implacabile: «Leva le zoccole, vedi chi ci resta.»

A un certo punto, dopo qualche anno che vivo al settentrione e prima del suo trasferimento, le sfuriate di Angela, che partono sempre dai motivi più diversi, per quanto in genere siano pretestuosi o assurdi e possano poi prendere qualsiasi piega, toccare gli argomenti più imprevedibili esplodendo come una granata in faccia alla persona che meno c'entra, cominciano a incanalarsi su un tema quasi unico e molto sensibile: le differenze tra «'o Nord e 'o Sud».

Qualsiasi altro dissidio su differenti questioni, con qualche sapiente manovra diversiva, si può cercare di ricomporlo, ma se il discorso va a finire su «'o Nord e 'o Sud», l'esito disgraziato è irrimediabile.

La prima volta che la conversazione prende, nella maniera più improvvisa e violenta, questa direzione sciagurata è durante un dopopranzo al mare, in Calabria, dove ci siamo ritrovati per l'estate.

Forse è stato un azzardo portarci la mia famiglia, ma l'avevo fatto anche l'anno precedente ed era andata bene; ho figli molto piccoli e mi è parso ragionevole che la comodità della sistemazione dovesse prevalere sulla bellezza dei luoghi, nonostante la presenza di Angela elevi sempre il rischio di scontro a percentuali altissime. Anche i luoghi, poi, non sono brutti per niente. Solo una striscia di costa di Calabria settentrionale è devastata, ma appena si scavalla il litorale la terra diventa magnifica, i paesi intatti, la natura selvaggia. Ed è una regione singolare, che quasi sembra lo specchio delle contraddizioni di Angela: un territorio occupato in estate da calabresi e campani, popoli con qualche affinità e però assai diversi, entrambi ingannati tanto dagli altri quanto da se stessi.

Sono ottanta chilometri, da Marina di Tortora a Paola, invasi dai miei concittadini per garantirsi una vacanza a buon mercato.

Gli appartamenti nelle marine, costruiti in fretta e senza infrastrutture, costavano poco e avevano attirato anche molte famiglie emigrate al Nord, soprattutto nella zona di Torino: gente desiderosa di comprarsi casa nel paese d'origine e qualche loro amico settentrionale con la passione per il Sud. I villeggianti erano napoletani, o emigrati di prima e seconda generazione, oppure addirittura nordici.

Angela aveva comprato dopo aver venduto una casa al mare nel basso Lazio, dove i campani avevano sconfinato qualche decennio prima per dilagarvi con il terremoto dell'Ottanta, ultimo atto della distruzione della costa a nord di Napoli.

In questi nuovi spazi, colonizzati come il pezzo di vicolo davanti al vascio, Angela forse ha sognato di ritrovare la

Calabria degli anni Cinquanta, ma dal momento che non sa ammettere di essersi sbagliata, se ne fa una ragione. Le sue pretese, poi, sono modeste. Benché si atteggi come se del mondo avesse visto tutto, quello che lei chiama «'o ccorrere e 'o ccamminà», di fatto non ha visto niente, e le basta che nei pressi ci sia un ristorante che lei giudica buono e che la spiaggia sia raggiungibile a piedi.

Il litorale è piatto e, prima che il terreno cominci a ondularsi, si allunga schiacciato contro i binari della ferrovia e una strada statale trafficata. Per arrivare al mare però non occorre attraversarla, c'è un sottopasso, il solito budello umido che copre uno scolo di chissà quale origine, ma il mare sembra pulito e l'acqua riflette le venature della sabbia.

Sulla strada che sale per la collina dove sta la sua casa, la prima linea di palazzi è fatta di edifici semidiroccati, slavati dal sale e calcinati da calura e abbandono, ma dopo un paio di curve si sente odore di liquirizia e menta e il nastro d'asfalto gira largo tra gli oliveti verso il paese antico le cui luci splendono nella notte come quelle sul mare e lungo la costa graziata dal buio.

Galleggiamo anche noi, sospesi in un dopopranzo in cui si mescolano bellezze e bruttura. Dal ristorante arrivano i bassi dell'orchestra perché c'è un matrimonio – ogni venerdì c'è un matrimonio e la festa prosegue il sabato e la domenica, sono cerimonie prenotate per tutto luglio e agosto dagli emigrati in Germania che tornano per sposarsi al paese e la festa non può esaurirsi in un giorno solo –, quando non so più chi osserva in modo poco felice che del progetto dell'aeroporto di Scalea già non si parla più. In modo ancor meno felice qualcun altro – forse sono io, forse, peggio, è mia moglie – si domanda a chi possa venire in mente di costruire un aeroporto a Scalea. E qui si scatena l'inferno.

«E perché? Nun aggio capito, perché Milano adda tené tre aeroporti e tutt' 'a Calabria solamente duie? A vuie

Linate, Bergamo e Malpensa e ccà sulo Reggio Calabria e Lamezia Terme? Chi è che vuole questo? È 'o Nord ca non vole 'o sviluppo d' 'o Sud, chest'è! Pecché vulite tutte 'e ccose vuie, ve dà fastidio ca 'a Calabria si sviluppa! E contro quali interessi va l'aeroporto di Scalea? Contro gl'interessi d' 'o Nord, pecché tenite Rimini e Riccione, e tutti chilli post' 'e merda, con un mare di merda, fangoso! Site fangosi, vuie! E ccà invece sta 'o mare bello, 'o mare pulito, 'o sole, e addù vuie chiove! E dicimmola 'a verità! Perché tenite 'e soldi ve pensate e putè fà tutto chello 'cca vulite, e invece no!»

Ma non finisce qua, non finisce così, è un'onda che monta e procedendo non si spegne ma s'ingrossa e non trova mai la spiaggia, la scogliera, il frangiflutti su cui sbattere; cavalca per l'oceano a perdita d'occhio e io capisco che è un maremoto quello che si prepara, un cataclisma che punta me e la mia famiglia, e allora mi avvento su di lei perché mi hanno insegnato che dal pericolo non ti devi allontanare ma, se vuoi diminuire il danno, devi andargli incontro.

O semplicemente voglio aggredirla perché basta, a ogni cosa c'è un limite, e lei scappa e si chiude dietro una porta finestra e da là m'insulta, e io allora sfascio il vetro e la sento urlare e le sue urla mi eccitano di più, mentre i familiari cercano di fermarmi e tra schiamazzi e vetrate che esplodono diamo vita a una scena che abbiamo già vissuto molte altre volte ma che nel Ferragosto calabrese passa inosservata perché è normale: d'estate le famiglie allargate si fanno a pezzi.

La sera c'è il silenzio perfetto delle tragedie in atto e il segnale più sinistro in assoluto: nessuno che cucina o pensa di farlo.

C'è da mangiare anche alle veglie funebri, ma stasera no, tavolata buia, fornelli spenti.

Ho dichiarato che domani mattina impacchetterò le mie cose, bambine piccole comprese, e me ne andrò, con due settimane d'anticipo.

Mio cognato Eduardo Avolio, marito della mia seconda sorella, figlio di Ciccia e pacifista, vegetariano, buddista, e per ciascuna di queste ragioni talmente inviso ad Angela da trovarsi, paradossalmente, al di fuori della portata dei suoi attacchi, reso quasi immune dalla distanza siderale in cui si è posto, viene a testimoniarmi la sua solidarietà.

L'altra sorella, quella che farà il gran rifiuto e che ha sposato un calabrese, sta al paese del marito, nella parte jonica della regione. A sancirne la differenza, a segnare il distacco che esiste anche tra realtà vicine, le quali possono essere tanto più estranee quanto più sembrano prossime, Angela la chiama, con definizione sospettosa: «L'altra Calabria.»

All'alba, una bambina semiaddormentata in braccio, l'altra nel passeggino spinto da una moglie sconvolta, una valigia e un grosso trolley che rimbalza sul pavimento sconnesso, come profughi da Troia in fiamme, cerchiamo di allontanarci senza fare troppo rumore, ma Angela è già là, scarmigliata e in camicia da notte, come una sacerdotessa oltraggiata, che nel silenzio perfetto della mattina estiva ci maledice, e ogni nostro passo è accompagnato da un'ingiuria, finché l'auto, le cui portiere e il bagagliaio sbattono con tonfi altrettanto perentori, non imbocca la discesa e oltrepassa la prima curva.

Mia moglie non si spiega perché, qualche settimana dopo la maledizione, i nostri rapporti riprendano come se nulla fosse stato.

Le ho raccontato una storia che avevo sentito da un mio amico, lo scrittore Antonio D'Orrico, calabrese.

Antonio è molto amico di Ruggero Guarini, napoletano che però ha vissuto sempre a Roma, giornalista culturale e intellettuale eccentrico: capo della Cultura del *Messaggero*, traduttore di Basile, amico di Mimì Rea. Giovanissimo comunista a Napoli negli anni Cinquanta, diventa conservatore, berlusconiano, negli ultimi anni della sua vita.

D'Orrico e Guarini si sentono spesso e un giorno Ruggero, che ha visto molte cose nel corso dei decenni, chiede ad Antonio di fare da intermediario perché ha voglia di rilasciare un'intervista nella rubrica in cui una firma importante del giornale interroga vari personaggi che hanno attraversato la storia della nazione.

Conoscendo il carattere non facile di Ruggero e la sua indole mutevole, Antonio esita; poi, arresosi alle insistenze, si rivolge al direttore e ne ottiene l'approvazione.

Quando la legge prima che vada in stampa – un atto di riguardo verso l'intervistato, nel caso in cui ci sia qualche minuzia da rettificare, ma un atto formale, perché certo non è in discussione che l'intervista venga ritirata – Guarini, come si poteva prevedere, va su tutte le furie. Chiama subito Antonio e lo investe gridando che quell'intervista è uno schifo, che lui non acconsentirà mai che venga pubblicata e che Antonio deve aiutarlo a ottenere, a qualsiasi costo, la cancellazione.

Davanti alle rimostranze dell'amico che gli fa notare quanto abbia insistito per ottenerla, quell'intervista, e quanto sia imbarazzante la posizione in cui adesso lo mette nei confronti del direttore, Ruggero lo copre d'insulti, di imprecazioni e minacce.

Non mi ricordo poi come va a finire, se l'intervista esce o no, ma qualche giorno dopo Ruggero Guarini chiama D'Orrico e ricomincia a parlargli come se nulla fosse. A un certo punto, però, s'interrompe: «Antone', ma che hai? Ti sento strano... ma è successo qualcosa?»

«Rugge', ti faccio notare che non più tardi di una settimana fa tu hai maledetto me e la mia progenie per non so quante generazioni e mi hai chiesto di non farmi mai più sentire e vedere per il resto della tua vita...»

«Uééé, comme sì calabrese!»

Io lo so che cos'è. Conosco la rabbia che nasce dal senso d'inferiorità, dall'inadeguatezza.

Qualche volta sono stato preso da quella stessa frenesia, ho provato il desiderio di sfregiare con le parole coloro ai quali non sapevo ribattere, ho avuto voglia d'insultare a freddo per coprire una mancanza di conoscenza e d'argomenti, per nascondere la mia debolezza.

Io lo so che è da qui che nasce il male di Angela e forse del mondo.

Come so che degli altri miei mali, quelli che non so, quelli che mordono senza che io ne sia conscio, saranno consapevoli i miei figli quando, provenienti da me, se li scopriranno essi stessi addosso.

Avere Angela come vicina di casa significa dormire accanto a un terreno vulcanico, a una fabbrica di esplosivi. Può avere qualche fase di requie, può non succedere niente, ma è solo questione di tempo, e col passare degli anni i periodi di quiescenza si accorciano e i motivi di scontro diventano sempre più futili, ormai non sono più neanche occasioni, pretesti da afferrare al volo, ma faville che viaggiano soltanto nella sua mente. E, per incendiare tutto, le basta solo aggiustare la legna nel fuoco perenne che la divora.

Forse non devo perdere tempo a interrogarmi, a cercare ragioni.

Qualche tempo fa parlavamo di un nostro amico incapace di controllare la sua forza fisica, l'energia che lo percorre in ogni momento della giornata, una fiamma cieca, senza obiettivi, che in realtà non gli serve a nulla e può essere incanalata solo sfogandosi in attività sfinenti. Chi me ne parlava aggiunse: «Conosco il fratello e anche lui è così.»

E concluse: «Sono abitati da qualcosa che li consuma. Non è colpa loro, non ne sono responsabili, è come se avessero dentro un fuoco.»

Sarà per questo che nei momenti in cui appare tranquilla l'obiettivo che Angela sembra perseguire è l'immobilità, la stasi assoluta: esce il meno possibile, raramente fuori dal cortile, dove siede all'ombra di una pianta nelle ore buone delle stagioni più calde e aspetta che passi un malcapitato al quale infliggere qualcuno dei suoi vaniloqui.

Ha sempre candidamente ammesso, anche quando era più giovane, di non aver mai ascoltato le parole degli altri. Nei tranquilli anni in cui vivevamo lontani e mi chiamava all'alba, non dovevo fare altro che dire ciao, appoggiare la cornetta al cuscino, continuare a dormire mentre il flusso del suo discorso scorreva come acqua da un argine rotto, e salutarla quando finiva. A chi non credeva fino a che punto potesse spingersi la sua furia monologante ne dimostrai la portata durante un viaggio in auto. Angela chiamò, io risposi mettendo il telefono in vivavoce, poi guidai tranquillo e concentrato sulla strada per almeno mezz'ora senza pronunciare verbo e senza che quel rovescio di sillabe si arrestasse un attimo.

Angela sente e segue solo il ronzio dei suoi pensieri, delle ossessioni che la tengono desta, che la scuotono e pungolano i suoi giorni e le notti che sempre più tendono a confondersi, a scivolare gli uni nelle altre trasformandosi in uno stato perenne di dormiveglia.

Come ha perseguito l'accompagnamento ricevendo tanti di quei rifiuti che, pur non essendosi messa l'animo in pace, parrebbe non agitarsi più in quella direzione, adesso sogna la pensione per me.

Un giorno ricevo una promozione sul lavoro e mia moglie le va a dire: «Hai visto che bella notizia, nonna? Antonio adesso ha più responsabilità e viaggerà molto più di prima, non sei contenta?»

Lei tace. Il giorno dopo, senza andare per la verità neanche troppo lontana dal vero, commenta: «Ci aggio pensato buono, nun me piace 'stu fatto, quello è vecchio, si stanca. Soldi non gliene danno, lo fanno lavorare di più e gli fanno prendere gli aerei e gli aerei cadono. Secondo me, la cosa migliore è che lui fa male a fare le cose nuove, così lo rimettono dove stava prima.»

«Questo non lo possono fare, nonna. Se sbaglia, lo mandano...»

«In pensione?»

«No, a casa.»

Si tratta più di un piano di ritenzione dell'energia che di un istinto protettivo verso qualcuno. Lo stesso che ispira un altro episodio che in famiglia diventa famoso con la definizione di «teoria del povero Antonio». Nasce una mattina di pioggia in cui mia moglie esce per accompagnare a scuola tre bambini e a uno si è rotto l'ombrello, a un'altra si è staccata la cinghia della cartella, la terza perde tempo ad allacciarsi una scarpa e Angela osserva la scena dalla finestra: «Dove sta Antonio?»

«Antonio dorme, nonna.»

«Povero Antonio...»

«Ma come "povero Antonio"? Io sto qua da sola con questi tre...»

«Quello dorme perché è stanco...» Poi aggiunge: «Non ti lamentare, il padre era peggio.»

Con me dice: «Nun te fà sfruttà, a Milano ve sfruttano.»

Quando entro per il caffè mi chiede se sono stanco e quando esco e lei è di buonumore mi accompagna con un: «Nun te stancà!» che ha il potere d'innervosirmi più di qualunque altro viatico. Preferirei il suo solito vaffanculo.

Spostarsi è da sempre per lei uno dei rischi più gravi. Significa mutare la propria condizione ideale, l'immobilità, alterare una stasi preziosa.

Caelum, non animum mutant qui trans mare currunt...

Anche da giovane invocava l'autorità di Orazio per sostenere che viaggiare non serve a un cazzo. La sua psiche instabile aspirerebbe a un pianeta fermo, in un sistema solare immoto, alla conservazione delle risorse dell'universo nel salvifico equilibrio dell'inazione.

Per questa volontà di starsene rintanata le abbiamo messo un nuovo nome: la Talpa.

Quando però viene a cena da noi, parla. Non fa altro, parla, di continuo.

Si siede vicino a me che preparo e parla.

Dice che parla perché sta sempre da sola.

Era così anche in passato? Parlava sempre? Non me lo ricordo, non c'ero. Facevo di tutto per esserci il meno possibile. Sulla spiaggia, a un certo punto dell'estate, le vicine d'ombrellone le dicevano: «Ah, signora, ma tenete anche un figlio maschio?»

Se c'è qualche ospite, oltre a noi di famiglia, il parossismo dialettico diventa ancora più furibondo e nessun altro riesce ad aprire bocca. Per questo o non invitiamo nessuno quando c'è lei, o solo quelli che vogliono godersi un certo tipo di spettacolo, amanti dell'estremo disposti a farsi del male.

Le cose che dice, finché va bene, sono sempre le stesse: il professore Monaldi; il barone de Franciscis, un nobiluomo per il quale mio padre ha lavorato a lungo; zio Enrico e zia Marina, due parenti di mio padre privi di qualsiasi interesse anche per i familiari; le usanze culinarie del suo paese; il suo infallibile metodo per educare i figli che non ha funzionato in un solo caso perché l'oggetto delle sue cure era «un'ingrata zoccola puttana»; il suo talento nel riconoscere al primo sguardo il reale valore e tutti i difetti di ogni appartamento, capacità che si deve al suo essere figlia di muratore... Poi ci sono i temi infiammabili: i viaggi all'estero, la Francia, l'Inghilterra e l'inglese, la Germania della Merkel, la Brexit e questa incomprensibile necessità di studiare le lingue straniere.

E infine c'è il passaporto per l'inferno: «'O Nord e 'o Sud.»

Qualche volta va tutto bene anche pattinando tra argomenti pericolosi, qualche volta va tutto male anche tenendosi accuratamente lontani dalle questioni più rischiose. In questo caso, prima di provare a gestire la catastrofe, faccio appena in tempo a pensare: come ci siamo arrivati? perché stiamo parlando di questo se stava raccontando per la millesima volta di come suo padre mangiava la zuppa di fagioli usando il cavo di una cipolla come cucchiaio? a quale bivio abbiamo preso il sentiero sbagliato? chi si è distratto?

L'unica eventualità che non si può verificare è che stia zitta e ascolti.

Quale vuoto deve colmare coi suoi vaniloqui? Quale voce che le urla dentro deve tacitare? Chi le ha attaccato questo male? Suo padre morendo troppo presto? Sua madre vivendo troppo a lungo? Che male attaccherà a noi?

«Gigino, quanto mi manca Napoli...»

«Signo', non me ne parlate...»

L'ultimo domicilio di Angela a Napoli è uno sghembo monolocale più lungo che largo, con i servizi e la cucina esiliati in un sottoscala buio, in un quartiere che non è più il suo. Nei luoghi che fanno di Napoli Napoli ha smesso di andare da tempo. A pensarci bene, non ci metteva quasi più piede neppure cinquant'anni fa, autoreclusa al sesto piano di uno stabile anonimo e in quattro strade dove Napoli è identica a qualsiasi altra città caotica del mondo.

A Milano vive in un condominio moderno, in una casa ampia dove scende quattro gradini e si trova in un giardino di piante che le entrano in casa già attraverso le finestre, riempiendole gli occhi di verde, di rami, di gemme. Proprio di fronte alla sua finestra c'è un ciliegio che germoglia tra la fine di marzo e gli inizi di aprile e i fiori durano un paio di settimane. Una volta mi ha detto che li aspetta e quando li vede apparire sente gioia e l'addolora, col procedere della stagione, ritrovarseli tutti per terra ridotti a un tappeto marcio.

«Pecché s'adda murì?»

Gigino, finché stava a Napoli, faceva l'aiutante in una pizzeria all'Arenaccia, lo stesso quartiere da cui veniamo noi, poi si è trasferito qui e lo abbiamo visto cominciare da un buco in una via secondaria dietro casa nostra – un posto dove si poteva fare solo asporto, con due trespoli e un forno elettrico lasciati dall'ultimo dei tre o quattro pizzaioli falliti prima che arrivasse lui – per diventare, poco alla volta, il padrone di uno dei locali più noti e recensiti della città. L'unico dettaglio incongruo del suo primo locale, che costituiva al tempo stesso l'unico elemento di arredo da lui aggiunto, erano due riproduzioni appese alla parete: un discobolo di Mirone e un'Afrodite con entrambe le braccia.

«Sono appassionato della scultura greca classica» mi disse, «ma le Veneri senza braccia mi fanno impressione.»

Da quell'esordio minimale, si è allargato conquistando uno spazio limitrofo dopo l'altro; adesso avrà trenta tavoli e quel discobolo e quella Venere vigilano sempre i due lati del forno ma sono diventati due statue di gesso a grandezza naturale davanti alle quali i clienti devono mettersi in coda e fare i turni. Eppure, ogni volta che si vedono, prima di dirsi buongiorno, Angela e Gigino devono inscenare questo teatro della nostalgia al quale, con ogni evidenza, in cuor loro entrambi non credono.

Invece, quando ci incontriamo noi, Gigino mi fa: «Come sta vostra madre? Salutatemela tanto.»

«E come sta, Gigì, sta bene, rompe 'o cazzo.»

«Non dite così. È vostra madre, con le madri bisogna avere pazienza. Quella è una generazione che ha fatto la guerra, io mia madre l'ho potuta avere poco, perché era malata, ma stavo sempre con mia nonna, che ha gli anni di vostra madre e mi raccontava la guerra...»

Gigino appartiene alla famiglia dei miei concittadini più estatici, una categoria che in passato, nello sforzo di contrapporre alla bassa furbizia che sembrava caratterizzare la maggioranza una forma disinteressata di nobiltà dello spirito, qualche spacciatore di leggende ha gratificato del titolo di «filosofi naturali».

Un giorno che siamo andati da lui a mangiare, sotto le festività natalizie, con il locale pieno all'inverosimile, lo abbiamo visto, poco alla volta, rallentare tutti i movimenti invece di affrettarli. Ecco qua, abbiamo pensato, non ne usciremo mai, e invece, miracolosamente, siamo stati serviti, e in tempi brevi. Alla fine gli ho chiesto come abbia fatto e lui ha risposto che, in casi simili, «vuie nun v'ata fà piglià dall'euforia dell'incasso», condizione che induce a velocizzarsi e sbagliare, «ma vi dovete concentrare sull'arte». Per questo, se il cliente milanese va da lui e per prima cosa lo informa che ha solo venti minuti per mangiare, non lo serve anche se ha il locale vuoto: «Eh, no, accussì no» gli dice, «me mettite in imbarazzo a me e ve 'ntussicate vuie...» Che significa: con la vostra ansia create un problema a me e vi guastate un piacere voi.

Per la sua indole sospesa sul bordo sottile tra autenticità e macchietta è stato scelto come protagonista della puntata di un reality televisivo culinario, e così il suo periclitante equilibrio è saltato, facendolo subito cadere dal lato del ridicolo.

Chi ha scritto la storia della puntata che riguarda Gigino deve averlo studiato bene, perché ha individuato alcune sue caratteristiche e le ha ingigantite rendendole spettacolari.

È così che si fa in televisione, si cerca un pregio e lo si occulta, si cerca un difetto e lo si esalta.

Diciamo che con Gigino la materia su cui lavorare c'era,

e ricca. Lo sceneggiatore ha preso le sue movenze blandamente pulcinellesche, più sintomo di svagatezza che di teatralità, e gliele ha fatte sottolineare al punto da indurlo a gesticolare come una marionetta affettata che gira inconcludente tra i tavoli intrattenendo i clienti con commenti a sproposito sulle proporzioni perfette dei corpi nell'arte classica e la rotondità ideale delle pizze, sotto lo sguardo di disapprovazione del padre Gaetano.

Dopo il successo iniziale della sua pizzeria, Gigino si è infatti un poco «incantato». Il saggio proponimento di non lasciarsi prendere dall'euforia dell'incasso è stato sopraffatto dalle ragioni dell'arte e lui ha preso a passare tutto il suo tempo imbambolato davanti alla bocca del forno a sfogliare un vecchio trattato sull'arte classica.

Per salvare l'impresa dall'improvviso disinteresse del fondatore è allora salito da Napoli il padre Gaetano, con l'obiettivo di mettere ordine nella gestione e riorganizzare un team alla deriva, ma tra il pragmatico Gaetano e il lunatico e geniale Gigino i rapporti sono tesi e il conduttore di *Cucine in crisi di nervi* è intervenuto a drammatizzare il dissidio tra padre e figlio.

Gigino e Gaetano si devono parlare, affrontare una volta per tutte i loro non detti, altrimenti l'armonia non potrà regnare tra le pizze.

Approfittando della non del tutto imprevedibile passione di Gigino per la "nobile arte", nata in lui dalla contemplazione del "pugile in riposo" attribuito a Lisippo, l'ideatore del programma ha fatto mettere due sedie sul ring di una vicina palestra di pugilato e ha invitato i due uomini a sedersi e a guardarsi in faccia e a dirsi quello che da troppo tempo si nascondono. Sui primi piani di Gigino e Gaetano è affiorato un blando sorriso, poi quello di Gigino si è contratto in una smorfia e si è incrinato in un pianto stupefatto. Allora Gaetano si è alzato ed è andato ad abbracciare il figlio, ed entrambi piangevano e ridevano. Gigino ha rivelato di non essersi mai sentito veramente apprezzato dal padre e Gaetano ha ammesso di aver sempre creduto nella creatività del figlio, ma di non essere mai riuscito a dimostrargli la sua stima come avrebbe voluto e come sarebbe stato giusto.

Il conduttore ha suggellato l'abbraccio e li ha invitati a vedere come ha fatto ristrutturare il locale a spese della trasmissione: via i neon, il televisore, le pareti bianche e le reti e le nasse polverose appese ai muri, e al loro posto un'illuminazione bassa sui tavoli e una gigantesca sagoma del Vesuvio col monte Somma e tutto l'arco del golfo che attraversa per intero il locale. Questo paesaggio ritagliato in un legno leggero è retroilluminato da una batteria di fari che simulano il fulgore del sole all'ora di pranzo, mentre a cena si trasforma in un'ombra vellutata trafitta da una corolla di lampadine che fanno le luci della costa e dei paesi.

Sullo schermo padre e figlio si abbracciano sgomenti sotto la sagoma aggettante del vulcano e mescolano lacrime e sorrisi sotto la benedizione benevola dell'uomo che ha spianato i conflitti familiari, mentre il loro imbarazzo quasi autentico si confonde con le gag della fasulla commedia inscenata davanti ai nostri occhi.

Nella ristrutturazione le statue non le hanno toccate, anzi ne hanno aggiunte, ma il discobolo l'hanno spostato all'ingresso e non regge più, pronto a essere scagliato verso l'infinito, un piatto bianco ma una pizza margherita col rosso del pomodoro, le isole bianche di mozzarella e il verde del basilico. Però non è un oltraggio all'arte: «Non vi meravigliate» spiega Gigino a chi gli fa notare quella pacchiana verniciatura. «Le statue antiche non erano tutte bianche, erano pittate.»

Ogni giorno lei irrita me e io indispongo lei, ogni settimana abbiamo uno screzio, ogni due o tre mesi una lite grave, un paio di volte all'anno uno scontro definitivo dopo il quale possiamo stare per settimane intere senza parlarci.

Succede di solito in estate, la stagione più propizia alle liti familiari. Calore e giornate lunghe, le nostre finestre spalancate di fianco alle sue, come bocche che prendano aria per scambiarsi insulti silenziosi, pomeriggi fermi e zitti dietro la cui immobilità minacciosa si nasconde, tradito da una serie di segni premonitori sempre uguali, un cataclisma che noi ormai possiamo prevedere con esattezza assoluta, meteorologica, perché l'abbiamo visto arrivare lentamente, da lontano, come l'accumulo di nubi colore dell'inchiostro che in certe giornate si addensano in un angolo di cielo prima di espandersi dappertutto ed esplodere. Vedo il temporale che incombe e, con la stessa inerzia di chi sa di non potersi opporre al cielo, non faccio niente per evitarlo.

Anche i motivi che eccitano la furia sono gli stessi, futili e ineluttabili. Una celebrazione ignorata o non santificata a dovere, anche se mai osservata in precedenza: «Aieri è stata 'a festa d' 'a mamma, m'avisseve fatto 'n augurio, tu e i figli tuoi, ma già che a Milano 'a mamma nun se festeggia...» Un'assenza troppo prolungata: «Addó cazzo vaie? Addó cazzo te fai mandà invece 'e te stà a casa e te mettere in pensione...» Aver osato invitare i figli di mia sorella a cena a casa mia sottraendoli alle sue cure: «E che lle facite magnà, tu e mugliereta, a chelle povere criature? 'E schifezze ca cucinate vuie, 'o risotto? A me 'o riso me fa schifo...» o, peggio, avergli proposto una gita all'aria aperta: «Addó 'e vuo' purtà? Falle stà quiete! Chille nun songo comm'a tuo suocero, l'ingegnere, ca saglie ncopp' 'e muntagne! Nun so' abituate...» Ma il più delle volte i motivi non esistono, l'innesco non è necessario, è come se un'elettricità repentina e ostile le si accumulasse lentamente dentro aggrottandole i lineamenti, smozzicandole le parole in un silenzio ingrugnato e scattoso che si approfondisce nel mutismo solo per scoppiare, a un certo punto, con maggior fragore.

Dopo l'eruzione dobbiamo affrontare i postumi della catastrofe.

Dalla sua finestra la Talpa controlla ogni movimento nel cortile.

A un paio di settimane dal litigio si tiene nascosta, ma passato il periodo di sdegno taciturno si apposta, o alla finestra o sulle panchine del giardino. Aspetta che passi qualcuno della famiglia, adulti o minorenni, perché adesso aspira al confronto violento e plateale, come è tipico delle *vaiasse* nel *facciaffrunto*, lo scontro pubblico a base d'ingiurie barocche. La Talpa ne ha visti molti quando viveva a Sedil Capuano e ne è una cultrice: «Zoccola a me? Mammeta s' 'a fatte 'e matarazze co' 'e pili 'e copp' 'o cazzo d' 'e niri americani!», «Tu tiene cul' e fess' una cosa!».

Da giovane ne è incuriosita e affascinata, ma non può lasciarsi andare apertamente a quel mondo che la seduce perché la sua acquisita condizione borghese glielo impedisce; adesso però è vecchia e sola, i freni inibitori sono caduti e la permanenza a Milano fortifica la sua identità meridionale, quindi non avrebbe nessuna remora a mostrare davanti a un condominio nordico che cosa può uscire dalla bocca di una vasciaiola.

Noi abbiamo le nostre manovre evasive e i percorsi alternativi per non passare davanti alla sua finestra quando attraversiamo il cortile. Se non usciamo dal portone ma scivoliamo attraverso le cantine, possiamo sbucare alle sue spalle, dalle parti del parco giochi, senza farci notare.

Certo, forse uno dovrebbe essere libero di entrare e uscire da casa sua come gli pare, se non ha infranto la legge e non è un latitante, ma poi le vite di ciascuno sono piene di menomazioni, di diritti minimi negati, di limitazioni che sembrano assurde ma a chi s'è abituato o rassegnato a patirle appaiono perfettamente naturali.

Eppure i condomini continuano a chiedermi di lei: «Come sta tua madre?»

«Come vuoi che stia? Sta esclusivamente per rovinarci la vita.»

«No, ma che dici? È troppo forte tua madre, troppo simpatica. Che donna! Che vitalità...»

Il Nord è istintivamente benevolo verso ciò che non comprende, penso. Se qualcuno è esagerato, sopra le righe, fuori dagli schemi, gli sta simpatico, purché non debba averci realmente a che fare. È come quando ospitai per qualche giorno un ragazzo americano e una mia amica mi ammonì: «Mi dispiace dirtelo, ma tu non parli l'inglese sufficientemente bene per capire quanto è stronzo il tipo che ti tieni in casa...»

Anche un mio amico d'infanzia che si è rifatto vivo dopo quarant'anni, perché la vita è fatta di mareggiate che ti riportano esseri viventi dall'altra parte dell'oceano, mi dice: «Sai, ho un ricordo bellissimo di tua madre, mi ritorna in mente spesso...»

E Angela lo detestava, lo considerava un figlio di papà stupido e viziato e non amava che lo frequentassi, ma lui adesso se la ricorda con nostalgia.

«Me lo ricorderò sempre, una volta ci aiutò a fare una versione di latino e trovammo l'espressione *sine litteris* e lei sai come ce la tradusse?»

«No. Come la tradusse?»

«Se non ci fosse la letteratura. Hai capito? Se non ci fosse la letteratura...»

Guarda che cosa uno si va a ricordare. Eh già, questo siamo. Neanche la vita che abbiamo vissuto possediamo, perché ognuno se la ricorda a modo suo e la vita nostra non è affatto la vita nostra ma il racconto che ce ne siamo fatti e che chiunque abbiamo incontrato è in grado di raccontare in tutt'altro modo.

Se non ci fosse la letteratura...

Ho conosciuto anche un'altra sgherra: sua cugina Carmela, la figlia di Luigi, il fratello di suo padre, coetanea di Angela e, come lei e come previsto dallo *scontranomme*, il soprannome, riconoscibile per «avere un brutto carattere».

Così si diceva: «un brutto carattere», come il tumore era «un brutto male» e come l'infinita varietà dei problemi della psiche veniva derubricata sotto la definizione di «malattie nervose».

Carmela era assai bella, ma per il suo brutto carattere non si era sposata.

Si diceva di alcune – e lo si diceva a fatica, con la stupefatta sospensione che si prova di fronte a eventi incomprensibili – che non si erano sposate perché scorbutiche e indocili, anche se erano belle. Nei paesi per la verità si è belle con poco, bastano seno, fianchi e salute, quella, magari solo apparente, della carne, del grasso e del rosso in faccia, caratteristiche che garantiscono capacità di sgravare, allattare, faticare, ma Carmela, io me la ricordo, è bella davvero.

Un paesano che la viene a trovare a Napoli dice a mia nonna: «Comare, voi al paese tenete una nipote che io non ho mai visto una ragazza più bella.»

E mia nonna, che se può parlare male di qualcuno è felice e si sente realizzata quando può rovesciare qualsiasi unanime giudizio positivo nel suo esatto contrario, riferisce quel parere aggiungendo nel tono un sovrappiù di stupore, la meraviglia di uno che ha assistito a un evento prodigioso, e lo fa perché la bellezza di questa sua nipote proprio non si può negare. Neanche una perfettamente maligna come lei può farlo. Può solo limitarsi a sottolineare che il carattere della ragazza è veramente fetente e quindi, per il contrasto generato dall'aver riconosciuto un pregio fisico, accentuarne la spettacolare negatività dell'animo.

Alla fine, che una donna simile possa non sposarsi, non fare figli e dedicarsi all'orto, alle galline, a un padre sempre più vecchio e, poi, ai nipoti è uno spreco del quale i paesani si fanno una ragione solo perché intuiscono che lei forse è troppo per loro e ha qualcosa che li mette a disagio. E lei, perfettamente sgherra, disprezza tutti e a tutti trova un difetto, e la leggenda vuole che abbia respinto con fastidio un pretendente ricchissimo e pure bello venuto da un paese vicino solo perché ha tirato fuori dalla tasca un fazzoletto sporco e piegato male.

Quando comincio a conoscerla davvero avrà una quarantina d'anni, che all'epoca, per una donna che di fatto fa la contadina, sono già considerati tanti, ma basta guardarla per capire: è magra e una grazia imbronciata e insofferente s'irradia dagli zigomi alti, dalle labbra carnose e dagli occhi scintillanti nel volto che è già segnato da numerose rughe, nessuna delle quali lo ferisce ma tutte lo increspano come per un capriccio passeggero. Assomiglia all'attrice Lea Massari, nota in quel periodo per il fascino ombroso.

Le sue radici si riappropriano di lei quando comincia a invecchiare sul serio e non rimpiazza i denti che le cadono, non tinge il grigio che avanza sui capelli, non nutre la pelle che si dissecca, così che, poco alla volta, da fiore smagliante venuto chissà da dove ritorna a far parte del paesaggio bruno di pietre e ulivi che la circonda e si lascia riassorbire da quella nube d'incuria e di aromi di fumo e di legna bruciata che il paese deposita sulle persone e sulle cose che gli appartengono.

Per anni Angela questiona con lei per i soliti dissidi a proposito di confini, di servitù di passaggio, di visuali tolte, senza però quell'accanimento stizzoso e ossessivo che nutre di strepito e clamore tutti i suoi altri conflitti, ma con un'ostilità asciutta, rassegnata.

Un giorno le ha detto la frase che non ha mai rivolto a se stessa: «Carme', simm' addiventate vecchie e ancora stai ccà a me rompere 'o cazzo! Ma ancora nun ti sì stancata?»

Non so che cosa quell'altra sgherra, entrambe *the last two of a vanishing people*, come l'ultimo dei Mohicani, le abbia risposto, ma mi chiedo: quali prove ho avuto io del brutto carattere di Carmela? posso dire di aver fatto personale esperienza della sua indole sgherra?

Come molti di quelli che di Angela conservano una buona memoria, anch'io devo ammetterlo: no.

Forse perché solo i legami stretti lasciano segni e tutti gli altri, inavvertiti, passano nell'indistinzione, sono magma indifferente eruttato un giorno lontano e lasciato a seccare sul fianco della montagna.

Una volta dipinsi il paesaggio che si vedeva da casa di Carmela perché avrei voluto replicare sulla tela la valle di ulivi che digradava verso il cimitero con la cerchia di montagne azzurre a chiudere l'orizzonte, e quel quadretto, che lei veniva ogni tanto a controllare con curiosità mentre lo facevo, glielo donai ed è rimasto appeso nel suo soggiorno.

Mi ha sempre salutato e regalato le verdure dell'orto, anche quando con Angela non si parlava, evidentemente perché pensava che io non c'entrassi.

Basta questo? Ha veramente rifiutato un uomo perché portava in tasca un fazzoletto sporco arrotolato male o l'ha fatto perché era un coglione? Aveva davvero un brutto carattere?

Io posso solo confermare che sì, era stata bella, assai bella.

I vecchi diventano infantili anche nel non essere più capaci di aspettare. Se gli dici che vai a trovarli a una certa ora, quell'ora deve essere: ogni ritardo gli provoca angoscia, per loro l'attesa non è solo un vuoto, ma uno strappo, una cicatrice nel tempo. E se i bambini semplicemente restano sgomenti davanti al vuoto dell'attesa, i vecchi quel vuoto sanno bene come riempirlo: di catastrofi, perlopiù, di tutte le sciagure alle quali hanno assistito nella vita che hanno vissuto e di quelle di cui hanno sentito raccontare.

Mia sorella ha molti impegni e quando viene a prelevare Angela la domenica mattina per portarla a casa sua per il pranzo festivo non è mai puntuale. E se io la domenica mattina passo sotto le sue finestre la trovo col cappotto addosso, affacciata a scrutare il cortile, e già sversa.

«Addó sta soreta? Dice che veniva alle dieci e mezza, so' le undici e un quarto, l'hai vista tu? Sempre in giro co' quella sardegnola e co' quell'altra amica sua divorziata dal marito, "ciao cara", "ciao bella", "tesoro"! 'Na bella cumpagnìa 'e zoccole! Addó la semini non la recogli! Già m'ha fatto tuccà 'e niervi! Mò mi svesto e mi rimetto a letto! Che sono, un pacco postale che lo vai a ritirare quando vuoi tu?»

Quando viene a cena da me va tutto più liscio solo perché arriva assai prima dell'orario stabilito.

Molto più liscio per modo di dire.

Sembrerebbe di buonumore. Si siede, mi guarda che cucino, e parla: «Ti sei imparato a cucinà, eh? Nun sapivi fà niente e guarda mò comme sì bravo... C'è voluta Milano... Te vulette proprio io mandà a Milano! Tua nonna non mi parlò pe' cchiù e nu mese. "'Sta zoccola" mi diceva, "l'ha mandato a Milano... 'o figlio mio!" Pe' essa eri 'o figlio suoio... nun eri figlio a me! T'aveva fatt' essa, co' 'a fessa soia... Ma io lavavo i piatti e chiagnevo, che ne sapeva essa? Milano t'ha fatto addiventà omm'... Muglieretа sarrà cuntenta... È cuntenta o no muglieretа? Pateto nun sapeva fà nu cazzo... Quando se facette viecchio faceva 'o ccafé... Però era bello! M' 'o pigliai bello! Tutte 'e ffemmene 'o guardavano, ma io nun ero gelosa...»

«No, per niente...»

«Era più gelosa mia madre, tua nonna, che io... Steva sempre 'mmiezo... 'o controllava cchiù 'e me! Tuo padre era elegante, no comm' a te... 'E ccamicie 'e Balbi, 'e ccravatte 'e Marinella... Hai visto 'a Merkel? Quant'è brutta! Sempre 'o stesso tajer... Me pare Hitler femmina... Nun facette buono Berlusconi c' 'a chiammaie culo 'e cuofano? E mò chesta ci adda cumannà a nuie... Il peperoncino non ce lo metti? Metticene assai, il peperoncino fa bene, elimina le infezioni... Comme sta l'amico tuoio, Fusco?»

«Bene. Adesso ha il figlio che si sposa...»

«Si sposa? Cu chi? Cu l'indiana?»

«Sì, con la ragazza indiana.»

«Gesù Gesù, cu n'indiana... Ma pecché? Nun ce steveno cchiù femmene in Italia?»

«Che significa, si è innamorato di un'indiana... E allora?»

«Comme fa a se capì cu 'n'indiana? Nun ce capimmo nuie tra Nord e Sud, se capisce isso cu 'n'indiana? Se si separano, gli indiani si pigliano i figli e se li portano al paese loro! Quante volte è successo?»

«Non lo so, quante volte è successo?»

«Nu sacco 'e vote! Ma che è, musulmana?»

«Hindu.»

«Che fanno gli Hindu? So' chilli ca credono a 'e vvacche sacre? So' chilli c'hanno sequestrato i nostri marò e non ce li vogliono ridare?»

«Ma che c'entra?»

I *nostri* marò.

Quando mai sono stati suoi, che c'entrano i marò con la Talpa?

Ha mai sentito la parola «marò» in vita sua prima che la televisione sempre accesa le piantasse quel bizzarro bisillabo nel cervello?

Come fa presto a diventare nostro tutto ciò che non ha senso, e quante sono le cose che non diventano nostre mai e pure dovrebbero esserlo da sempre...

«Comme che c'entra? Chilli fetient' 'e merda hanno sequestrato i nostri marò e vedi se ce li restituiscono e chillo se va a spusà 'n'indiana! C'adda fà, Pasqualino Marajà? Pecché nuie nun ce sapimmo fà rispettà! Nun ce sta rispetto dint' 'e ffamiglie, tra mamma e figli, comme ce pò stà rispetto fore? Va' va', me ne vaco, nun voglio cenà cchiù, me ne torno a casa, m' 'e fatto tuccà 'e niervi, m' 'e fatto passà 'a voglia... Arrivederci!»

Sbattendo la porta ribadisce la sua condanna del meticciato, dell'ibridazione, della mésalliance, di tutti i concetti dei quali, peraltro, prima o poi si stancano anche gli intellettuali che li hanno elaborati.

Quando i rapporti tra noi sembrerebbero normali, allora dobbiamo soltanto gestire il flusso di cibi da un appartamento all'altro, perché la Talpa non fa che cucinare e non parla che di mangiare.

Al caffè della mattina mi chiede sempre che cosa deve preparare, di che cosa hanno bisogno i ragazzi.

«Me so' venute in mente 'sti mmulignane arrustute, comme te piacciono a te, cu' l'uoglio e l'aceto e basta, e nu poco d'aglietiello... Che dici? 'O peperoncino ce lo metto o no? Comme staie sotto? 'A tien' ancora chell'infiammazione? 'O peperoncino e l'aglio fanno buono, nun 'e stà a sentere 'e miedici... O preferisci 'na parmigiana? Nun 'o ssaccio si me vene 'a parmigiana... E mmulignane ccà so' chiene d'acqua... Tutto è chieno d'acqua a 'o Nord... 'o Nord sta ncopp' all'acqua... acqua 'e palude... Site paludosi... Nuie tenimmo 'a roccia! Tenimmo 'o ffuoco! Vuie tenite 'o fango, 'a melma! Site melmosi! Allora me so' venute in mente 'sti mmulignane... stammatina, mentre me scetavo...»

Se le rispondo con fastidio che non mi piace parlare di parmigiana di melanzane mentre sto bevendo il caffè, mi dice risentita: «Con te non si può parlare mai di niente. E fammi dire qualcosa...» Oppure, malinconica davanti al mio silenzio: «Aggio parlato solamente io... Tu nun dici mai niente, va buo' che parl'io pe' tutt'e duie, ma aggia dicere quoccosa, no? Sto sempre sola... Sola tutt 'o iuorno...»

«Non è venuta Nives?»

«Sì, è venuta, ma io che tengo a ce dicere cu chella ignorante? È 'na cretina. Passa tutti i giorni sotto 'a fenestra mia pe' vedé si so' viva o so' morta...»

C'è questa vecchia che si chiama Nives e sta nella scala a fianco, e nonostante la Talpa non la sopporti lei continua a passare. Più per una normale ricerca di compagnia, immagino, che per controllare se è morta, ovviamente, e la Talpa la insulta o le dice cose cattive in napoletano stretto e quella non capisce; ma non gliele dice in napoletano perché non le capisca, bensì per metterla a disagio: «A 'bbiccanno! [Eccola!] Tutta storta e va camminnan'... Ma addó vai? Statte â casa, no? 'O ssaie addó va chesta?» chiede a me indicandola come se Nives non fosse lì. «Va in piscina! Nun se mantene allerta e va in piscina! Va in piscina c' 'o bastone...»

Che una vecchia non faccia le cose che lei ritiene consone a una vecchia la indispone. Nives si impegna in attività che non sono cucinare e vivere la vita dei figli, cerca di vivere una vita sua e questo per Angela è imperdonabile.

Però nei momenti in cui non è aggressiva verso di lei precisa che «chella vene dall'Appennino tosco-emiliano», e lo dice come riconoscendole qualcosa di autentico. Valuta questa origine positivamente, forse perché la vede affine alla sua, entrambe montanare di quote più basse, più umili, meno turistiche, a nord come a sud, dimenticate in un oblio rispettabile perché l'Appennino tosco-emiliano, come il Sannio, non è alla moda, ma suona familiare alle sue orecchie, con quel nome che forse le è entrato nella memoria uscendo da un sussidiario di geografia di ottant'anni fa. Poi aggiunge che, come tutte le vecchie del Nord, è stata assai più furba di lei e ai figli non ha lasciato niente: devono aspettare che muoia.

«'E mmulignane quann' 'e mimett' in frigorifero nun 'e ccapisci chiù...» dice addolorata, e l'incomprensione con la melanzana messa in frigorifero le sembra assai più grave di quella con Nives e con ognuno degli esseri umani coi quali va battagliando da quando è nata.

Non prepara quasi mai quello che ha promesso, la capa le dà sempre indicazioni contradditorie. Non è più in grado di cucinare le normali quantità di un piatto che serve a sfamare una famiglia, ma si disperde a mettere in tavola porzioni singole o mezze porzioni di tre o quattro cose diverse, col risultato che, se davvero dovesse aiutarci a dar da mangiare ai ragazzi, il suo contributo sarebbe comunque del tutto inutile. L'incapacità di concentrarsi su una sola cosa, fosse pure una ricetta, si traduce in un pulviscolo di cibo sminuzzato per piatti e piattini, una delirante dispersione alimentare che adesso è diventata inadatta sia a nutrire sia ad assumere una forma riconoscibile. È la sua unica fede che si disintegra, il crepuscolo di un'esistenza spesa in cucina che scuce le ultime sue monete bruciacchiate. Polpette solitarie in un sugo casuale, frittate sfilacciate, grumi di verdure indistinte, come spiccioli di rame ormai inutili, la rendita restituita in centesimi arrugginiti dell'unico capitale sul quale abbia investito nella vita.

Io, comunque, da tempo non mangio più il cibo che prepara. Non riesco. Mi sembra che emani un tanfo che mi disgusta. Avverto solo io questo marciume, non altri, non i miei figli. Per me è come se la sua cucina avesse seguito la parabola della decadenza fisica, e questo appare evidente soltanto ai miei occhi perché solo io vedo l'arco della sua vita dal culmine alla fine.

Solo io posso conoscere il suo legame col cibo e come si sia andato stringendo per approdare negli ultimi anni a una fusione innaturale, mostruosa, perché i vecchi non mangiano quasi niente, distaccandosi da un nutrimento che gli serve sempre meno, e invece a lei serve sempre di più perché ha sostituito tutto il resto, ha annientato ogni altra presenza.

Non serve al suo corpo scheletrico come la spoglia secca di un asceta, ma al suo spirito inchiodato alla terra e negato a ogni forma di trascendenza.

Non mangia ma parla solo di mangiare, di cibo sono i suoi vaghi progetti per l'avvenire, di cibo i suoi più tenaci ricordi.

Per donne come Angela e sua madre, per il loro mondo, il cibo è tutto, è la necessità e il piacere, l'aspirazione e il sogno, è il terrore mai superato di non averne abbastanza.

Niente conta quanto il cibo, non il mondo esterno, non il paesaggio, le montagne, il mare, le piante e gli animali, tanto meno il mondo interno, l'anima, lo spirito, gli dèi, la morale.

Solo il cibo.

Il sesso? Sì, forse il sesso, l'istinto per il richiamo dei corpi, per il godimento e la riproduzione, ma il sesso ha una scadenza per loro. Il sesso per quelle donne ha un tempo che finisce e anche se non finisce si distorce, s'inabissa nella mente e s'infratta nella carne, talvolta ancora è esibito come oltraggio, smania orgiastica, furore, oppure occultato come una colpa mai espiata del tutto.

La fame, invece, quando si è provata veramente, non passa più, la vergogna è non aver da mangiare e il piacere del cibo racchiude ogni altra perduta consolazione.

La materia. In quella sì, sprofondano, senza nessuna esitazione.

«'A materia!» mi ha sempre ripetuto Eduardo Avolio, il mio cognato buddista. «Dint'a famiglia toia esiste sulo 'a materia! 'A materia s' 'e cchiamma... La materia li tira giù... a tutte quante...»

Adesso Angela si cura con l'aglio.

Su ogni ferita, lesione, scottatura, applica impacchi d'aglio che sigilla malamente con giri di garza che liberano all'intorno sfoglie svolazzanti, trasparenti come elitre d'insetto.

«Ma che fai con quello schifo sul braccio?»

«Cretino, lo vedi che non sai niente? L'aglio è un disinfettante! Un antibiotico naturale. Quando non c'erano gli antibiotici e i disinfettanti la gente si curava con l'aglio!»

«Ho capito, ma adesso gli antibiotici ci stanno. E ci stanno l'alcol denaturato, l'acqua ossigenata, la tintura di iodio.»

«E a me mi piace l'aglio, mi fa bene l'aglio, che ne sai tu?»

Quando era la mia giovane madre preparava cose semplici, un sugo di pomodoro fresco, d'estate, col basilico, e sempre col pomodoro un succo che invece si poteva bere, col ghiaccio, come la spremuta d'arance che faceva ogni mattina con l'aggiunta di mezzo limone, perché sono vitamine contro infezioni e febbri. Cucinava una zuppa leggera di fagioli spollichini, friggeva alici e aguglie, era il cibo che mangiavo quand'ero giovane con lei.

Adesso prepara pezzi di parmigiana di melanzane unta, con una salsa rappresa e scagliosa, scogli informi di pizze fritte bruciacchiate ripiene degli avanzi del banco di salumeria attorcigliati in un abbraccio soffocante dai filamenti di una mozzarella vulcanizzata come un copertone. La pizza fritta è sempre stata il suo sogno proibito: un corpo di pasta dotato di interiora, salame, ciccioli, gli scarti che le regala Salvatore, il titolare del supermercato di fronte, che la ama e la chiama Sophia Loren.

Frulla insieme diversi tipi di frutta facendone beveroni melmosi, e tutto puzza di stantio, del piscio che impregna il locale dove vive e che nessun disinfettante cancella.

Può essere che diventando molto anziani si finisca con il cucinare meno bene, ma non dovrebbe esistere una relazione diretta tra l'invecchiamento e l'abilità nel cucinare come c'è con altre capacità fisiche che si vanno perdendo per forza. Invece esiste per Angela. Il suo cucinare s'è andato corrompendo come la carne del suo corpo, diventato uno scheletro grinzoso e incattivito.

Schizza olio e grasso dappertutto, sui bicchieri, sui piatti, sui mobili, una patina che non va via. Talmente intimo è il legame tra lei e il mangiare che adesso il suo corpo esausto trascina nella rovina anche il cibo che prepara, lo insozza, lo riduce in poltiglia o lo carbonizza in bocconi pietrosi che, quando vanno a finire nel piatto, è come se avessero perso la loro natura commestibile. Sembrano piuttosto i residui abnormi prodotti da un organismo malato, le concrezioni calcaree dei calcoli, la sabbia, la renella, gli inusitati scarti minerali della carne. E gli spicchi ingialliti dell'aglio schiacciato si fondono nelle sue ferite, nelle spaccature della pelle, come in un vuoto di memoria, un'improvvisa incertezza tra condimento e cura.

Una puzza simile, quello stesso sentore che si trasferisce dal corpo agli ambienti, il disagio davanti alla vita che si sfalda, li avevo avvertiti con una vicina di casa molti anni prima.

Era una vecchia che viveva da sola nell'appartamento accanto al mio. Appena inserivo le chiavi, cautamente, per non attirare l'attenzione, subito sentivo sferragliare la sua nella serratura, fragorosa e disorientata, perché andava avanti e indietro un bel po', una cascata di schianti prima che la porta si spalancasse e la sua testa bianca si protendesse a salutarmi. Mi aspettava. Quello che faceva era attendermi, stava lì appostata ad avvertire un rumore qualsiasi sul pianerottolo, perché non aveva nessuno con cui parlare. Qualche volta m'invitava per un caffè e non riuscivo a dirle di no, benché dovessi trattenere il fiato per respirare il meno possibile dell'aria che stagnava in quel monolocale sempre sigillato per non disperdere il calore e intossicato dai vapori acidi delle sue zuppe serali e del caffellatte mattutino.

Aveva un figlio emigrato tanti anni prima in Venezuela e mai più rivisto. S'era sposato con una donna del posto, perché, mi disse, sono mulatte molto belle e i nostri ragazzi italiani quando le vedono non capiscono più niente. Lei era una vecchia piccola, gentile, rotonda, più del tipo fisico e psicologico di Ciccia, anche se, al fondo, quello che pensava su donne e uomini, anzi, su femmine e maschi, non differiva molto dalle idee di Angela. Ma non ero concentrato su questo, allora, quanto sul fatto che da un giorno all'altro sarebbe morta senza più rivedere il figlio.

Invece un giorno il figlio tornò e rimase per diversi giorni: era venuto per prendersela e portarla via con sé, e ormai era un vecchio anche lui. Mi colpì fino a che punto lo fosse – cauto e disorientato, in un paese dal quale mancava da almeno trent'anni e che oramai non era più il suo – e come la condizione di madre e figlio, inoltrandosi negli anni, si appiattisse in una degenerazione comune, così diversa dall'aspetto dolcemente carnale della maternità ai suoi esordi e implacabile nell'esibire la devastazione equanime del tempo.

Qualche giorno prima di partire mi invitarono a una cena al ristorante di quartiere, perché avevo fatto compagnia alla mamma ed ero quasi diventato uno di famiglia. In realtà non avevo fatto niente se non prendere qualche caffè con lei e scambiare due parole sul pianerottolo. E avevo pensato: chissà, forse un giorno toccherà anche a me andarmi a prendere mia madre e portarla nel posto dove muore.

Sarà quando farà fatica a girare la chiave, che è una delle prime cose semplici che a un certo punto ai vecchi non riescono più. E infatti adesso Angela s'imbroglia, non è capace di infilarla al primo tentativo, impreca, si agita, tenta in una direzione, poi s'inceppa e va nell'altra.

Ora, quando vado da lei è meglio che entri con la chiave mia.

«Chiudi tu?» mi chiede quando me ne vado.

«Sì, faccio io.»

«Chiudi buono che ccà accidono 'e vecchie... Fai sotto e 'ncoppa?» dice riferendosi alle due serrature della porta blindata.

«Sì, faccio sotto e 'ncoppa.»

«Ah, e allora sì fetentone se fai sotto e 'ncoppa!»

Come le viene in mente di alludere ancora al sesso a questo scheletrino sdentato che almeno adesso ride del doppio senso della sua battuta?

La vicina partì per il Venezuela, dove c'erano le bellissime mulatte cui bastava poco per irretire uomini bianchicci, pelati e benestanti come suo figlio.

Almeno, pensai, mi risparmierò l'ingresso del palazzo addobbato per lei con i paramenti funebri, la quinta teatrale portatile di drappi neri e viola che allestiscono qui a Milano nei condomini visitati dalla morte.

La prima volta che vengo a Milano ho diciannove anni e passo a trovare la zia Maria, l'unica sopravvissuta dei numerosi fratelli del mio nonno paterno.

Negli anni Venti sposa a Napoli un militare di carriera e vanno in Friuli, poi si stabiliscono a Milano, dove il figlio diventa un avvocato importante. Non so prima, ma quando la conosco io odia Milano e si rivolge a tutti in napoletano. È da tempo la donna più rispettata della famiglia di mio padre, i parenti napoletani la evocano con reverente timore.

Angela racconta da sempre la storia del loro primo, e unico, incontro, quando è scesa a Napoli per partecipare al suo matrimonio e lei e mio padre sono andati alla stazione a prenderla.

Tutti dicono che zia Maria «è terribile».

Appena scesa dal treno, la fissa negli occhi e la scruta: «Piccere', fatte vedé...» Considera la ragazza che ha di fronte, e i capelli neri e ricci, la statura, le forme meridionali la rassicurano, però all'improvviso le chiede: «Ma tu sì cattolica?»

Più che una domanda è un'affermazione in attesa di una conferma, che subito, esitante solo per la sorpresa e l'apprensione, arriva. Il fatto è che il figlio di Maria sta per sposare una ragazza inglese, bionda, anglicana.

A me zia Maria, a tavola, chiede che cosa faccio e se sono fidanzato; è la prima volta che mi vede e i miei cugini milanesi le dicono: «Ma nonna, che dici? Saranno fatti suoi, no?»

Invocano il principio di riservatezza che è sempre stato in uso al Nord. Lei ribatte, ferma: «Io sono la prima zia, a me deve dire tutto.»

In realtà la sua indiscrezione non mi dispiace, la rivendicazione di essere la prima zia è un gesto forte. È la certezza di un ruolo che conferisce importanza anche a me: sono un maschio della sua famiglia, porto il suo cognome e lei, che pure mi vede per la prima volta, mi reclama.

La linea del sangue potrebbe non essere, sempre e comunque, l'orrore, quando serve a riconoscersi, a ritrovarsi nel disordine del mondo.

La seconda volta che sono venuto a Milano è stato per i funerali di zia Maria. La terza, per rimanerci.

Ho più di sessant'anni e ancora, quando litigo con Angela, mi adiro come da ragazzo, anzi peggio, perché adesso il mio è un livore nero, una rabbia densa e quintessenziale. L'affronto come lei aggrediva sua madre, nello stesso modo stridulo, irrancidito dal tempo, ma peggio di lei perché all'avversione generata dall'abitudine e dall'insofferenza io aggiungo il disprezzo intellettuale. Ne detesto il qualunquismo, il razzismo, il classismo, l'egoismo, l'opportunismo, il trasformismo, la mezza cultura peggiore dell'ignoranza, il rancore, il coacervo di mali nazionali che lei incarna in blocco, nessuno escluso, al punto da essermi convinto che se c'è una figura simbolo degli orrori dell'Italia, una creatura di carne e ossa che tutti li racchiude, questa è Angela, mia madre.

Tiene la televisione accesa giorno e notte, e il mondo intero le passa davanti e le entra in casa: la politica locale e internazionale, la cronaca nera e quella bianca, le sagre di paese, il papa e i presidenti americani e quelli del Consiglio, e ogni evento e personaggio si mescola e confonde nella sua mente, si rovescia nei suoi pensieri spandendosi come un liquido da un contenitore urtato per caso o per disattenzione, e attossica il caffè bruciato che mi serve in quei dieci minuti che passo da lei ogni mattina.

«Faccio 'o ccafé.»

«Dammene poco.»

«Stai nervuso?»

«L'ho già preso.»

«Chist' è ccafé casalingo, nun fa male... Lucarie', scetate! Come diceva Pupella Maggio in *Natale in casa Cupiello*? Lucarie', scetate! Conce', tu 'o ccafé nun 'o sai fà! 'O ccafé nun è cosa per te! 'O ssai che tuo padre l'aveva conosciuto a Eduardo?»

«Sì, sì, lo so.»

«Ma che succede cu 'st'Unione europea? Seh... seh... l'Unione europea... Vonno fà l'Unione europea... Nun ce sta l'unione dint' 'e ccase... dint' 'e ffamiglie... e vonno fà l'Unione europea, come no? Chella tedesca... 'a Merkel, quant'è brutta! Me pare Hitler femmena... Ué, sempe 'o stesso tajer se mette, semp' 'a stessa burzetta... e chesta ci adda cumannà a nuie... doppo ch'hanno fatto chello ch'hanno fatto, 'e tedesche dint'all'ultima guerra... A me però 'a vita m'a salvaje nu soldato tedesco, 'o ssaje? Dint' 'o rifugio, scuppiaie 'na bomba, fiamme accà e allà, 'stu surdato m'avvolgette dint'a 'na cuperta, me mettette ncopp' 'e spalle e passaie mmiezo 'o ffuoco... E gli inglesi se ne vanno, e quando mai ci sono stati in Europa, gli inglesi? Quanto so' brutti, tutti cu' 'e dentiere, portavano tutti 'a dentiera... Seh, seh... L'Unione europea, nun ce sta l'unione dint' 'e famiglie... Hai sentuto a chella zoccola 'e soreta? L'hai chiammata? Mò secondo te chi adda chiammà, 'a mamma o 'a figlia? Chella gran puttana, aggia avuta studià 'a psicologia p' 'a spiegà a chella cretina... Va a lascià l'insegnamento doppo trent'anni, chella stupida, ma che se credeva 'e fà? A chest'ora stesse in pensione! Essa e chillo muort' 'e famme d' 'o marito! Se credeva d'avé vinciuto 'o superenalotto... Gesù Gesù... Comme se 'o marito pigliasse chissà quali soldi... nu muorto 'e famme! Ma secondo me ci colpa isso! L'unico stipendio sicuro e 'a fa dimettere... Quando qua contano solo i soldi... Quanti habet? Quanto possiedi? Genitivo di stima e di prezzo... Io nun ci pozzo pensà... Cu tutta 'a religione che m'aggia avuta 'mparà e tutte chelle visite a padre Garofalo... l'anna accidere... Ma chella, ci scommetto, fa 'a fine d'Elena Ceste, chella che l'accidette 'o marito... Accussì va a fernì pure cu' soreta, che 'o marito l'accide. Fa Elena Ceste seconda. 'A verità, hanno fatto cierte matrimonie 'e ssore toie, nu calabrese e nu buddista, che è chill'ato? Buddista? Si è preso una stanza della casa, una stanza intera, pe' ce mettere gli strumenti magici... E nisciuno pò trasì dint' a chella stanza... Ma che è? 'A stanza 'e Barbablù? 'A stanza d' 'o mago! E soreta se sta zitta, tutte quante ce le fa passare! Perché si fosse stata io... E tu pure ti sì stato sempe zitto... ma tanto, tu... tu sì animale a sanghe friddo, ci stai buono a 'o Nord tu... Tu sì fatto pe' stà cu chesta gente... Tu fai cchiù schifo 'e tutte quante! E mò chist'ato presidente ch'hanno fatto, che pienze? Nu bello fetente 'e merda me pare, 'stu presidente americano, tene 'na faccia! A me me piaceva 'o niro, era niro ma me piaceva... Che pienze tu che capisci, eh? Ammesso che tu capisci... "E io chi sono?" dicette 'o prufessore Monaldi, chillo ca me salvaie a me. Steva leggendo nu referto 'e nu miedico che aveva scritto, sotto a 'o nomme suoio, professore di qua professore di là, primario a n'ata parte... e Monaldi, che era chello che era, dicette: "E io chi sono?" Ah, che brutto munn'è chisto! Morto un papa se ne fa un altro, e ccà ce ne stanno dduie! Meno male c'aggia murì! 'O ssaie comme si dice ca morono 'e viecchi? O 'e cadute o 'e cacate... Accussì amma murì nuie... Ma io m'aggio già fatto scrivere 'o nomme 'ncopp' 'o loculo! E ce vonno treciento euro pe' m'appiccià, m'aggio informata. Sta già tutto scritto, accussì nun perdite tiempo... Che brutto mundo è chisto! 'A notte per la televisione si vedono ciert' fetenzie... Aspettano 'a notte p' 'e ffà vedé...»

«Spegni, se non vuoi vedere, no? Vabbuo', vado.»

«Te ne vaie? Te ne vaie tutto quanto?»

Quando la notte passo sotto le sue persiane abbassate già dalle sei del pomeriggio e vedo l'alone azzurro della televisione oltre le stecche, immagino il suo corpo circondato dai cuscini e steso di traverso mentre s'imbeve delle voci del mondo che si fondono coi ricordi della sua vita, e a quell'amalgama il dormiveglia aggiunge incubi e sogni, come il pannolone ricevuto gratuitamente grazie al cento per cento d'invalidità s'inzuppa di urina e resiste fin quando albeggia, garantendole perlomeno la tranquillità di non doversi alzare, e poi lo ritrovo buttato sul pavimento, avvolto in un sacchetto di plastica, malloppo bianco dietro la porta, residuo spugnoso delle sue vecchie reni, mentre i rifiuti della sua mente li serve a me insieme al caffè, e penso al mattino, a che liberazione, per l'umanità fragile, è la luce del giorno.

Anche la sua puzza, quel fetore che ha sempre sparso con ostentazione in ogni ambiente nel quale ha vissuto, forse serve, come le ghiandole di certi animali, a ribadirne la presenza e a tenere lontano chi sconfina nel suo territorio. Al tempo della sua giovinezza era l'esplosione maleodorante della vita, un vento che spalancando le finestre si dileguava, adesso è la nebbia che ristagna, che marcisce negli angoli, che s'incista nei piatti e nelle posate, offusca il vetro dei bicchieri. Una volta era la merda che concima, adesso è il piscio che filtra dai pannolini regalati dall'Asl, il liquido che trasuda, la goccia che segna il tempo che finisce.

All'inizio il Nord per me è un ascensore che entra direttamente dentro l'appartamento di mio zio all'ultimo piano, è una rosa di pane gonfia e vuota, una finestra che inquadra una pianta di cachi immersa nella neve, è un piatto di carne cruda e sottile che si chiama carpaccio, la mortadella che si chiama Bologna e l'hamburger svizzera, è la nebbia d'autunno attorno alle cascine e lo strato croccante di ghiaccio invernale sulle siepi, la luce di primavera sulle rogge. Il Nord è mio zio Francesco che mi ospita a casa sua, è sua moglie Elizabeth con i miei cugini, è un'altra famiglia e un modo diverso di stare al mondo.

Mio zio Francesco è più giovane di mio padre, ma porta anche lui il marchio della guerra come una ferita silenziosa.

In casa mia si è sempre parlato di Francesco, il figlio di zia Maria, perché ha fatto fortuna, è un avvocato importante, ha sposato una ragazza inglese e ogni tanto viene a Napoli e invita a cena tutti i parenti in qualche ristorante di Posillipo. Io sono troppo piccolo per prendervi parte, vado a letto presto e lui di solito arriva la sera tardi, a sorpresa, e le sue improvvisate diventano leggenda familiare.

Si dice che abbia proposto a mio padre di trasferirsi a Milano e di lavorare nel suo studio e che mio padre abbia rifiutato per tre ragioni: perché è troppo vecchio e ha la bronchite cronica, perché senza il mare non saprebbe vivere, perché a Napoli ha i suoi morti.

In nessuna persona come in Francesco il Nord e il Sud si fondono.

È nato a Napoli ma è cresciuto in Friuli, la giovinezza non l'ha vissuta nel golfo ma sulle Dolomiti. Nelle sue foto di ragazzo, quelle antiche istantanee di piccolo formato con le cornici bianche, non indossa mai un costume sulla spiaggia ma sta tra rocce e abeti con le brache da escursionista, gli scarponi e la piccozza. Per ritrovare i luoghi della sua infanzia ha comprato una casa a Pocol, una frazione di Cortina, un nome che per me ha lo stesso suono esotico di un'isola del Pacifico.

È arrivato a Milano a diciott'anni, ospitato anche lui da una zia. Ritiene che nella vita si debba restituire quanto si è ricevuto, per questo ha accolto me. Ama ripetere, citando D'Annunzio: «Io ho quel che ho donato.»

È un uomo di destra, ma su qualunque tema il suo pensiero è imprevedibile, non va mai a incasellarsi in uno schema noto.

A sua moglie dice che la immagina con la faccia dipinta di bianco tra i selvaggi britanni schierati a fronteggiare urlanti le legioni, ma in realtà ha una grande considerazione degli inglesi e rispetta l'impero britannico quanto quello romano. Legge le memorie di Churchill e i suoi eroi non sono solo Scipione e Giulio Cesare, ma Francis Drake, Nelson, Lawrence d'Arabia. Gli piacciono gli individui che si piegano a un'idea superiore, coloro che la servono conservando tuttavia dentro di sé, come un segreto tenuto a freno, qualcosa d'irriducibile.

Passa per essere duro, e lo è, ma è un uomo generoso. Somiglia a certi imperscrutabili tiranni che alternavano munificenza e ferocia. Il Nord l'ha plasmato secondo un modello darwiniano, mi ripete che Milano è una città spietata e, se voglio provare a viverci veramente, devo stare alle sue regole.

Anche un altro nostro parente ha lavorato a Milano sotto la sua tutela e i suoi ammaestramenti, un giudice bravo, promettente, che stava facendo bene, ma ha preferito tornare a Napoli.

Ha scelto la via più facile, l'ha deluso, Francesco ne parla come di un tradimento. Da me si aspetta che non lo emuli: prendere una decisione e fare marcia indietro, accettare una sfida, partire e poi desistere è da deboli, da meridionali molli che non sanno rifiutarsi al richiamo della comodità, del tepore di casa, e rinunciano alla carriera per mammà e papà.

E però ha un senso della famiglia molto forte e io e lui fisicamente ci somigliamo forse più di quanto gli somiglino i suoi figli, che sono alti e chiari. Anche se non portiamo lo stesso nome perché la parentela è da parte femminile, si vede che abbiamo lo stesso sangue. Dice di aver sposato una donna del Nord per migliorare la razza e lo dice come se fosse una battuta, ma chi lo conosce sa che lo è fino a un certo punto.

Si diverte quando usiamo l'espressione «*salire* a Milano» e «*scendere* a Napoli».

«Vi immagino» dice, «appesi a dei fili, che scendete e salite...»

Non vuole essere chiamato zio, il vocabolo lo infastidisce come fosse un'ostentazione pleonastica del legame di parentela; non vuole essere baciato, l'espansività meridionale non gli appartiene, ma un giorno mi fa vedere un libro di storia che parla di scontri tra piemontesi e briganti in due frazioni in provincia di Benevento: Moiano e Melizzano.

Moiano è il suo cognome. Sembra un uomo del Nord, lo sono il suo accento, i suoi modi, il suo pensiero, ma da come legge «Moiano e Melizzano: quindici caduti piemontesi in scontri con briganti» e dalla luce che gli splende negli occhi nel mettermi davanti quell'antico bilancio di guerriglia, capisco da che parte sta veramente, quale fede feroce fiammeggia sotto le sue apparenze da convertito.

Come mio padre parla poco, ma la sera, dopo una cena abbondante per gli altri, frugale per lui, fumando e bevendo il suo whisky, mi parla come mio padre non ha mai fatto. Può essere che parli soprattutto a se stesso, ma non importa.

Se mi domanda qualcosa, sta a sentire quello che dico, un dettaglio che con gli uomini adulti non è scontato. Una volta gli ho raccontato, chissà poi perché, di un filosofo chiamato Filodemo di Gadara. Non mi ricordo proprio da dove fossimo partiti per arrivare a quello. Gli ho detto che l'officina dei papiri ercolanesi è tutta fondata sulle opere di Filodemo di Gadara e che quando gli archeologi hanno scoperto questa ricca biblioteca credevano di aver trovato chissà che: opere perdute di Platone, di Aristotele, di Tacito, dei tragici... E invece niente, c'erano solo scritti su scritti di questo Filodemo, un modesto pensatore epicureo, poco più di un imbrattacarte dell'antichità. Francesco si è divertito moltissimo, questo smacco storico lo conferma nel suo pessimismo caustico che riguarda il futuro ma affonda nel passato. Qualche giorno dopo mi domanda: «Com'è che si chiamava quell'imbrattacarte dei papiri?»

Poi mi racconta che ha dato del Filodemo di Gadara a un suo oppositore in un consiglio d'amministrazione e ha suscitato scompiglio. «Non sapete chi era, vero?» ha ghignato. «Andate, andate a informarvi.»

Dice che li ha fatti diventare matti.

Ho l'impressione che anche a lui, come a mio padre, non interessi particolarmente vivere a lungo. Certo non gl'importa niente della salute, se ne frega di preservarsi, fuma una sigaretta dopo l'altra, beve whisky, non mangia niente. Per questi uomini la vita è un arco che ascende, fa la sua curva breve e precipita. L'importante è aver fatto quel che bisognava fare. Per quelli che vengono dopo non sarà più così, coltiveranno l'illusione di durare.

La sua biblioteca è ricca di libri di storia. In uno di questi, che mi sono messo a sfogliare, leggo l'episodio di un sergente inglese che nella Grande guerra guida la carica dei suoi buttando un pallone fuori dalla trincea e gridando: «Bastardi! Volete vivere per sempre?»

Benché sia anche amministratore di un'azienda farmaceutica, si fida di due sole categorie di medici, i veterinari e i pediatri, «perché curano pazienti che non possono parlare».

Una sera mi chiede come va con le ragazze. Quando mi sposerò, certo non adesso, che è presto, ma non devo neanche aspettare troppo, è meglio, sostiene, che mi scelga una donna spendacciona. Pagare per i suoi capricci mi servirà da incentivo a lavorare, a guadagnare di più, a migliorarmi.

Gli confido che le ragazze della mia età mi interessano poco, mi piacciono le donne più grandi.

«È perché sei giovane» mi gela. «Quando comincerai a guardare le ragazze significa che sei diventato vecchio.»

Vorrebbe che nell'arena della vita prevalessero i più preparati, non i più determinati tra quelli senza qualità, non i più stronzi. Lui ce l'ha fatta, ma non è contento. I suoi bilanci sono come quelli delle grandi aziende, dove gli indicatori che non tornano sono tanti anche nelle annate migliori. Il mondo com'è non gli piace o non gli piace più. Anche lui, strano, parla di un periodo in cui i night erano frequentati dalle famiglie e non solo da criminali, cocainomani e puttane. Nel dopoguerra c'è stato un momento in cui ha sperato. Ha creduto nell'avvenire forse perché lo spirito del tempo l'ha illuso, forse perché era giovane anche lui, ma si è ricreduto in fretta: «La mia generazione è in debito con la vostra perché non siamo stati capaci di fare la rivoluzione.»

Non so quale rivoluzione intenda, lui vorrebbe il potere dei migliori, ma il mondo non è dei migliori e non lo è mai stato, e lui è troppo intelligente per non saperlo e troppo duro per non accettarlo, ma forse non abbastanza cinico da essersene fatto una ragione.

Quando viene fuori la Lega a evocare la secessione, gli chiedo: «Francesco, ma se l'Italia si divide, tu che fai? Resti al Nord o torni al Sud?»

Sorride, cosa che fa raramente: «Faccio l'ambasciatore del Sud. Al Nord.»

«Faccio 'o ccafé.»

«Dammene poco.»

«Staie nervuso? Comme 'e ttieni le analisi? T' 'e ffai? Chist' è ccafé fatto in casa, t' 'o può piglià. Lucarie', scetate! Te piace 'o presepe? 'O presepe nun me piace! Quant'era forte Eduardo! Pateto 'e vvedette recitare a tutte e tre assieme i De Filippo: 'e duie frati e 'a sora, Eduardo, Peppino e Titina, che spettacolo! Poi Eduardo e Peppino s'appiccicarono... Sempre accussì fernesce dint' 'e ffamiglie, dint' a tutte 'e ffamiglie... Che peccato... 'Mbe', che si dice? Dimme tu quoccosa... Cuntame quoccosa... Se non me lo dici tu che succede? Ci sta qualche scrittore emergente? Nisciuno?»

«E se ti dico un nome che ti cambia?»

«Niente... Accussì... Pe' parlà... Nun se pò manco parlà? Chi 'o vince chist'anno 'o premio Strega?»

«E che ne so io?» mento, per non fare la fatica di darle spiegazioni che comunque non seguirebbe, perché le domande che fa non sono fatte mai per prevedere una risposta, anche se la fissa per il premio Strega ce l'ha davvero, e non perché riguarda il mio lavoro ma perché è beneventana e l'essere strega, indipendentemente dal premio e dal liquore, è orgoglio, vanto, parte cospicua della sua identità: *sotto 'o sole, sotto 'o viento, sotto 'o noce 'e Beneviento...* Formula che le si addice ben più delle preghiere cristiane.

«Iesci chist'anno dinto 'o premio Strega o no?»

«Non ne ho idea.»

«T'arricuordi quando chiammai 'o scrittore perché tua figlia non vuleva dormì?»

«Sì, mi ricordo.»

Ero andato al premio Strega con mia figlia di pochi mesi e gliel'avevo lasciata da accudire. La bambina piangeva e lei non riuscendo a placarla aveva chiamato la segreteria del premio per cercarmi. Le avevano passato, forse per le confuse spiegazioni che dava a proposito di un figlio che lavorava in Mondadori, Fosco Maraini, che era, quell'anno, il candidato di Mondadori.

Quando tornai a casa la trovai con le braccia tese, che reggeva, fissandola disperata, una neonata che le restituiva, senza più piangere, uno sguardo di sfida.

Lei disse che *'o scrittore* si era divertito molto a sentire le sue confidenze. Di sicuro, partendo dalla nipote irrequieta, poteva benissimo avergli raccontato, per non tanto brevi cenni, la sua vita intera comprensiva di tutte le malattie e delle terapie miracolose del professore Monaldi. E conoscendolo, in effetti, poteva darsi benissimo che anche Fosco Maraini si fosse divertito.

«Carmina non dant panem! È vero? Chi 'o ssape... Va a finì che 'o scrivo io nu libro 'ncoppa a te... Accussì me vendico 'e tutte 'e ccattiverie che m' è fatto...»

«Che cattiverie t'ho fatto?»

«Tu? Nun ne parlammo. Tu m'he' acciso 'a dint' e 'a fore... E i libri e lo sport e gli amici, non hai mai trovato pace... E 'o pallone e 'a palestra e 'a lotta e 'a muntagna e 'a boxe e 'o fiumme e 'a canoa, e manco 'a vuo' fernì mò che tieni 'na famiglia e sì addiventato viecchio... Chilli ca morono facenn' 'e ccose che fai tu nun me fanno nisciuna pena, è meglio che 'o ssaie! Ncoppa 'a spiaggia nisciuno sapeva ch'eri figlio a me... "Signora, ma voi tenete anche un figlio maschio?" Accussì me dicevano quando te vedevano sotto l'ombrellone... Chi ha cucinato per gli amici tuoi? Quanti pranzi e cene m'hai fatto fà? Tu e soreta: "cara", "bella", "amore mio", "tesoro"! Tutte 'e zzoccole che conosce so' tutte "cara e tesoro", avesse chiammato 'na vota "cara e tesoro" 'a mamma soia! La casa vi faceva schifo a te e a soreta. Vi vergognate d' 'a mamma! Mettitevi scuorno vuie! Va' va', nun me facite tuccà 'e nierve! M'avisseve ditto 'na vota grazie, tu e chell'ata stronza! Si turnasse a nascere, me ne futtesse 'e vuie! Ma nun se torna a nascere, pe' fortuna... E mò stai sempe fore... e io sto sempe sola, chiusa ccà dinto...»

«Esci.»

«Iesco? E addó vaco? Addó me puorte tu! Manco â Spagna m'è purtato! A chella cretina 'e Teresa i figli l'hanno portata in crociera, a me manco 'o flamenco m'è fatto vedé! "Manola non sei spagnola, te piace 'a pizza c' 'a pummarola..." Io esco dint' 'o cortile, ma nun voglio vedé a nisciuno. Passa 'o condomino d' 'o terzo piano cu' 'a mugliera e chella me guarda comme se me vulesse piglià a 'o marito... Ma chi ci 'o tocca! Ccà cumannan' 'e ffemmene. Isso fa 'a spesa e quanno mi vede mi fa: "Che cosa compri, Angela? Che spesa fai?" "E a te che te ne fotte?" Isso e chella moglie chiattona... È 'na balena e se veste tutta a fiori! 'A guagliuncella... Ma me facessero 'o piacere! Nu poco 'e dignità! Io nun piglio amicizia cu nisciuno! Loro schifano a me e io schifo a loro! Io, se uno mi saluta, rispondo, perché sono educata, mio padre m'ha dato una buona educazione, se sbagliavo mi prendeva con la cinghia. Io me stongo zitta, nun m'appicceco cu' nisciuno, pecché se me vulesse appiccecà... Comme si tenesse bisogno 'e loro! Io nella vita aggio tenuto sulo buone amicizie! C'aggia vedé ccà fora... Tutte 'sti vvecchie scartellate cu' tutte 'sti straniere... Va' va'... Io almeno sto dritta! Guarda ccà! Guarda che spalle dritte ca tengo, no comme 'e ssore toie... Io nun me cagnasse cu' loro! Io so' sgherra! Appartengo alla razza dei sgherri. E discendo dagli antichi Sanniti! Chilli ca vattettero ai Romani... 'E facettero nuovi nuovi! A mio zio Duminico che iette in America lo rimandarono indietro, perché si ammalò 'e tbc, 'o facettero murì â casa. A vint'anni. Perché gl'italiani li rimandavano indietro, no comme a nuie cu' chisti che venono, che comme songo c' 'e pigliamm'... Che ci preparo ai figli tuoi pe' stasera? Che vuoi? Vuoi 'e ccosce 'e pollo? Tengo una porzione di ragù di carne, 'a vuo'? O una bella frittata con le cipolle? Quella ci piace a tua figlia... Aggio capito, comme me dice 'a capa, faccio, adesso non lo so. Te ne vaie? Te ne vaie tutto quanto? E anche stavota nun hai aperto vocca... Nun e' ditto nient'... Meno male ca parl' io!»

Francesco ha un Cartier tutto d'oro. Quando torna a casa dal lavoro se lo sfila e lo poggia sul bracciolo della poltrona in salotto di fronte al televisore. Quella è la sua poltrona e nessuno ci si siede. Quando il prezioso splende sulla stoffa verde significa che lui è in casa e sta lavorando in cucina, dove il segno della sua presenza è un mezzo bicchiere di birra che sembra dimenticato sul piano di lavoro e una sigaretta accesa che si consuma nel posacenere. È un cuoco raffinato e preparare ogni sera la cena per la famiglia gli distende i nervi dopo la giornata di lavoro. Si muove con gesti lenti e precisi e fuma in silenzio. Non ama che gli si rivolga la parola. Se qualcuno lo fa per ragioni urgenti risponde a monosillabi. Prepara piatti buonissimi che lui quasi non tocca. Il suo piacere sta nel veder mangiare gli altri. Ripete una ricetta finché non arriva all'eccellenza, poi passa a un'altra.

La vita di coloro che inseguono la perfezione è monotona e inquieta, inanella uno dopo l'altro gesti che sembrano uguali ma non lo sono, e fanno la differenza tra il successo e il fallimento, anche se è un fallimento del quale si accorgono solo loro.

In famiglia ricordano gli anni, le stagioni, le epoche della vita comune a partire dai piatti dell'Avvocato. I figli e la moglie lo chiamano «l'Avvocato», o scherzosamente *Avucàt*, alla milanese.

A mezzogiorno pranza in un ristorante del centro, un locale che ha un nome incongruo, ma proprio per questo memorabile, e innesca associazioni insolite: si chiama L'Assassino.

L'Avvocato sta nel consiglio d'amministrazione del Milan e L'Assassino è il luogo in cui si ritrovano dirigenti e calciatori. Mio padre per pranzo tornava a casa, si metteva in pigiama e vestaglia, pranzava tra le urla di una famiglia invasata. Che l'Avvocato abbia il suo tavolo fisso all'Assassino e che discuta di affari a tavola o che non ne discuta affatto ma voglia semplicemente starsene da solo mi sembra la prima manifestazione di un mondo diverso, fatto di relazioni, di una socialità che non ho mai visto, ma anche del suo contrario, liberale nel concedere a un uomo i suoi spazi di solitudine. Angela non ha mai potuto frequentare nessuno e anche mio padre si dovette adeguare interrompendo ogni contatto al di fuori del lavoro, ma non ho mai veramente saputo come e se riuscisse a coltivare la propria solitudine.

Devo abituarmi a sentir dire «L'Avvocato è all'Assassino», ma è una formula che mi mette allegria.

Anche a pranzo lui poi mangia poco o niente, perciò ogni tanto, per rifarsi dei soldi che versa all'Ottavio, il patron del ristorante al quale paga un abbonamento per trecento pasti all'anno, porta me.

«Questo è il mio cugino di Napoli, ed è uno che mangia» gli dice la prima volta, indicandomi. «È qui per fare le mie vendette. Almeno mi riprendo qualcosa dei soldi che mi rubi.»

«Siamo sempre ai suoi ordini, avvocato!» gli risponde l'Ottavio con un tovagliolo sul braccio e la smorfia di chi è abituato a sopportare.

La sera a cena è poco loquace, ma dal tono con cui chiama «A tavola!» imparo a capire di che umore è. Una sera racconta che, in seguito a un suo intervento per responsabilizzare le fasce più estreme della tifoseria, Gianni Brera ha scritto: «L'avvocato Francesco Moiano ha trasformato i bracconieri in guardiacaccia.» Questa battuta lo diverte e io penso subito che è una formula molto brillante. Io sono in questa città nuova per lavorare e per lavorare con le parole, ma a concepire una frase così arguta non riuscirei. Del resto l'ha formulata Gianni Brera, non il primo che passa, e mi consola anche pensare che è un concetto elaborato da un uomo adulto, c'è dentro un sapere che viene dall'aver vissuto.

Io sto provando a scrivere una storia i cui protagonisti sono due vecchi che, guarda caso, sono ispirati a una coppia di zii napoletani parenti anche dell'Avvocato, ma è una storia inconcludente. Io anche dei giovani come me so poco e dei vecchi non so niente, provo a descriverli solo perché mi pare una sfida più ardua. E scrivo perché voglio scrivere e non perché abbia qualcosa da raccontare, una velleità che posso arrivare a capire da dove viene e anche, purtroppo, dove va: da nessuna parte.

Qualche tempo dopo l'Avvocato dice che sempre Gianni Brera un giorno gli ha confidato: «Ho passato la vita a scrivere di una manica d'imbecilli.»

Non so perché, ma anche questa frase m'impressiona, la metto da parte allora e la riporto adesso dopo decenni perché ci vedevo dentro qualcosa che mi colpiva per quanto non l'avessi ancora messa a fuoco. Già allora però di una cosa mi ero accorto: la cifra degli uomini quando invecchiano, anche degli uomini di successo, è lo scontento. Avere avuto tanto non basta. Forse non basta neanche avere avuto tutto. La vita è una cosa che, anche quando va bene, non va mai bene fino in fondo, e anche quando è stata ricca non è mai limpida, lascia un residuo amaro.

«Te faccio 'o ccafé? Nu bello ccafé c' 'o zzuccariello?»

«Fammene poco.»

«Eh, se avanza lo lasci. Staie nervuso? Tieni 'a pressione alta? Lucarie', comme 'a tieni 'a pressione? T' 'a fai misurà? T'aggia fà vedé 'na cosa...» Va verso il forno e lo spalanca. «Guarda ccà che bellezza! Guarda 'stu casatiello, ci aggio miso tutte 'e ccose ca tenevo: salame, prosciutto, mortadella, pecorino, guarda ccà comm'è crisciuto bello! Ce lo dai a tuo figlio, a isso ce piace. Poi dicono che tengo la preferenza perché è maschio, e va bene, tengo la preferenza, e allora? Io vulevo tre maschi, nun 'e vvulevo proprio 'e ffemmene. 'E ffemmene danno sulo guai, comm' a chella zoccola 'e soreta... L'hai sentita? Gesù, 'e chisti tiempi, chella va a lassà l'insegnamento! L'hanna accidere a chella disgraziata! Chella nascette pe' me fà murì a me! M'aggia avuta studià 'a religione pe' chella... 'O ssaie pecché nasce 'a religione, eh, tu che dici che saie tutte cose? 'O scrittore! 'O scrittore d' cazzo, chesto sì tu! Te l'aggia scrivere io nu libro! Vedimmo si poi nun m' 'o pubblichi... La religione nasce per la paura della morte... A meglia morte 'a facette 'a mamma 'e l'amico tuoio, Fusco, iette dint' 'o cesso e sbattette 'n terra... Chella è 'a meglia morte, ma io, io pure 'a morte m'aggia faticà... 'E viecchi morono o 'e cadute o 'e cacate. 'O ssapivi? Comme 'a 'sti vecchie in carrozzella pe' dinto 'o ciardino, tu nun 'e vvidi pecché vai all'ufficio, ma ccà è tutto chieno 'e vecchie ricche accompagnate... Chissà che se credono, comme si nun ascessero d' 'a fessa pure loro...»

«Non vuoi andare in giardino accompagnata in sedia a rotelle?»

«Vaffanculo! Voglio murì 'e subbito! E poi m'ata appiccià e purtà 'e ceneri a Napule vicino a mio marito. M'aggio già fatto scrivere 'o nomme ncopp' 'o loculo: "Qui riposano Eugenio Franchini e sua moglie Angela Izzo"! Aggio lasciato scritto tutte cose, ce vonno quattrociento euro. Io so' cattolica apostolica e romana, ma so' cattolica a modo mio... Tutte 'e religioni so' belle... Comm'agli indiani, che se vanno a purificà dint' 'o Gange... Nun è bello 'e se purificà? Comm' 'a tuo cognato, che si purifica, ma chillo è buddista... Che fanno 'e buddisti? Nun magnano 'a carne... Ma chillo mò ha levato 'a miezo pur 'o pesce, e pure 'e ppummarole... Ma 'e ppummarole pecché? Che ci hanno fatto 'e ppummarole a chisto? Mannaggia a isso e a comme ci ascette annanz' a soreta! Che fanno 'e buddisti? Nun se magnano 'a carne e va buono, ma manco 'e ppummarole se magnano? Chi ce l'ha vietate 'e ppummarole, Buddha?»

«Magari ha scoperto che a lui non fanno bene. Non tutto fa bene a tutti. I pomodori sono acidi.»

«So' acide? 'E ppummarole? È acida 'a capa vostra...»

A onore di Eduardo Avolio, il mio cognato buddista e rinnegatore dei pomodori, vanno alcune uscite formidabili.

Teosofo, sensitivo, ispirato da una religiosità sincretica che lo spinge a frequentare quasi esclusivamente gli aspetti mistici delle religioni rivelate, da Milarepa ai Sufi ai monaci del monte Athos, i primi tempi lo conosco soltanto come un amico di mia sorella capace di aggiustare televisori e stereo, computer e congegni elettronici. È la dimostrazione della nota teoria secondo la quale l'anima e lo spirito possono dimorare nei circuiti stampati e nei microchip come sulle giogaie dell'Olimpo e dell'Ararat, sulle vette dell'Himalaya e alle Meteore.

Meticoloso nel riparare apparecchi, è però del tutto indifferente alla dimensione del tempo, per cui di rado porta a termine un lavoro iniziato e nella sua stanza si accumulano schermi, casse e altoparlanti, che restano a prendere polvere come parti anatomiche di un automa che aspetti di essere riportato in vita.

In casa nostra, dove nessuno sa avvitare una lampadina, si rivela prezioso: può riparare qualsiasi cosa, anche se con i suoi ritmi. La sua lentezza pensosa non è banalmente pigrizia ma indugio metafisico, un riflessivo trattenersi sulla soglia che disattiva l'aggressività prevedibile della Talpa e la sfinisce nella stessa schermaglia di allusioni, rinvii, evasioni con cui Rikki-tikki-tavi la mangusta disorientava il serpente Nag e la sua venefica stirpe.

«Eduardo, ma non è che tu stai qua per mia figlia?» lo interroga melliflua la Talpa, quando comincia a vederlo girare per casa. Si informa, con una circospezione insolita per lei, più che altro per essere rassicurata su un'eventualità che oscuramente teme ma che razionalmente non la preoccupa, perché ritiene Eduardo Avolio non all'altezza della figlia e fonda la sua convinzione sul fatto che il giovane non abbia completato gli studi, lacuna della quale, in assoluta coerenza con la sua visione del mondo, non incolpa lui ma sua madre Ciccia, che, per l'indole arrendevole e succube alla volontà dei figli, «manco nu fetente 'e diploma ci ha fatto piglià...».

E lui fa esattamente quello che la Talpa si aspetta, la rassicura: «Io con vostra figlia, signora? Volesse il cielo!»

Ma per quanto privo di diploma e della volontà di rispettare gli stringati tempi di consegna pretesi dall'efficientismo capitalistico, Eduardo Avolio non è un contemplativo svaporato. La sua volontà è tenace, lo spirito irriducibile. Mia sorella, poi, a nostra madre l'ha dichiarato più volte: «Quello che io sposerò non sarà uno che piace a te, ammesso che qualcuno possa piacerti.»

La Talpa da parte sua non è neppure sfiorata dal pensiero che il matrimonio della figlia possa essere anche un atto di protesta verso di lei e le idee di merda che professa, ma attribuisce quel legame che a un certo punto diventa innegabile alle arti magiche di Avolio, che avrebbe irretito la ragazza sfruttando chissà quale fluido, quale potente pozione e il moto incantatorio delle sue mani ipnotiche.

Dopo il primo figlio Eduardo Avolio si ammala di tumore a un testicolo, che gli viene asportato. Nonostante la menomazione fa subito un secondo bambino e, attribuendo forse non a torto il suo male alla negatività da cui è circondato, mi esprime consapevolezza e volontà di riscossa: «Dint' 'a famiglia toia m'hanno già schiattato 'na palla, mò stanno cercann' 'e me schiattà pure chell'ata, ma io t' 'o ddico: non ci riusciranno!»

Per Eduardo Avolio venire al Nord significa liberarsi in un colpo solo dell'aggressività invadente della Talpa e dell'apprensiva dolcezza di Ciccia, che alla lunga non è meno deleteria.

Finalmente è libero, distante dal troppo aspro come dall'eccesso di zucchero. Al Nord coloro che condividono le sue stesse passioni si ritrovano attorno ai loro venerabili maestri più come un'accolita di affini che come un accrocco di matti.

Lui segue il suo percorso e, anche se si tratta di viaggi astrali, riti iniziatici, esperienze extracorporee e guerre invisibili ai più contro le minacciose forze del male per il bene dell'umanità, si applica alla conoscenza con scrupolo e metodo e considera con ironia i lamenti dei nostri concittadini cui una sorte avversa ha imposto esili definitivi o temporanee prove di emigrazione rese ancora più dolorose dall'attesa del ritorno.

Tra questi l'ha raggiunto il suo amico d'infanzia Aurelio Auriemma, un bel giovane appena sposato che un concorso pubblico ha spedito a Milano, ma siccome Aurelio sogna di fare il giornalista, Eduardo Avolio l'ha presentato anche a me perché gli faccia conoscere qualcuno dell'ambiente. Entrambi, però, Aurelio Auriemma lo sopportiamo a fatica: è appiccicoso e lagnosissimo. È nostalgico, curioso in maniera pettegola e sospettoso di tutto, dal clima al cibo. In realtà sogna anche, come ci ha rivelato, «una relazione extraconiugale» e ingenuamente immagina che sia più facile realizzarla nel mondo rutilante dei reporter che negli uffici asfittici del ministero.

Ci chiama di continuo perché si sente solo e abbandonato, non sappiamo come liberarcene. Una sera che l'abbiamo portato a mangiare una pizza da lui giudicata pessima e costosa, sperando nel nostro conforto ha cominciato a dire: «Certo, Eduardo, questa nostra città di Napoli che con noi è stata matrigna...»

Ma Avolio, nella cui memoria, nonostante il diploma non preso, alcuni fondamentali di cultura generale sono rimasti vividi, l'ha stroncato subito: «Aure', ma chi sì? Leopardi?»

Quando vengo a Milano per rimanerci, Angela e mio padre mi accompagnano e l'Avvocato ci ospita in un appartamento libero due piani sotto il suo. Angela è intimidita dall'Avvocato, ma al suo posto proprio non riesce a starci. Basterebbe che stesse zitta, che andasse a girarsi la città che non conosce, che si presentasse a cena e lì magari tentasse di fare conversazione, quando le sciocchezze che normalmente dice sarebbero apparse quasi giustificate dal vino e dall'oziosità conviviale.

Invece no, a lei di vedere Milano non importa niente, a lei interessa solo che l'Avvocato mi prenda in casa per i primi tempi, e per ottenere il suo scopo lo insegue parlandogli nelle orecchie, gli trotterella addosso mentre lui si muove per la cucina cercando l'ispirazione per il piatto che ha in animo di preparare, lo asfissia con discorsi molesti, superflui e queruli. Fa tutto ciò che Francesco detesta e io sto sulle spine, mi aspetto che lui da un momento all'altro, infastidito, la scacci, ma ancora una volta non succede niente. Francesco la tollera. In nome di che cosa non la manda affanculo? Forse in nome di un'idea di Meridione a cui ritiene di dover pagare un tributo di sopportazione e di pazienza, benché lui con una certa cerimoniosità lamentosa non c'entri più niente e sia sempre stato estraneo al rito della questua e dell'omaggio esagerato e finto. Forse ancora conserva dentro di sé una memoria ancestrale di Sud verso la quale prova un residuo d'indulgenza, e mantiene coi suoi Mani un legame che non vuole recidere completamente.

La sera, a cena, le dice: «Tu non dovevi sposare quell'uomo lì», e indica mio padre, «ma un contrabbandiere. Avresti dovuto essere la moglie di un boss e andare in giro coperta d'oro e ingioiellata...»

Ridono tutti, Angela è raggiante, si sente riconosciuta nella sua segreta essenza, e Francesco, in famiglia lo sanno, quando vuole sa essere molto divertente, perché spiazza chiunque con le sue battute paradossali. Nessuno fa caso al fatto che di paradossale, in quel che ha appena detto, non c'è assolutamente nulla.

Un fine settimana di giugno Francesco mi porta a Cortina. Ho poco più di vent'anni e vedo le grandi montagne come un bambino vede per la prima volta il mare.

Ci fermiamo a Mel, in un ristorante che cucina cacciagione. Francesco fuma e mi guarda mangiare piatti di pernice e polenta con la fame che lui non ha più. Mi spiega che prima di entrare in Ampezzo attraverseremo il Cadore e che «cadorino» per gli ampezzani è un'offesa. Racconta di aver sentito lui stesso apostrofare un automobilista con la targa tedesca che ha fatto una manovra avventata con l'insulto «ciadorin d'un todesc». Per istinto di avvocato un po' si bea delle beghe altrui. Mi indica le vette e mi dice i loro nomi. Quello che si chiama Becco di Mezzodì non è altissimo come sembra a me, ma svetta perché sta isolato e la sua cima scintilla a mezzogiorno. Prima puntiamo verso Pocol per aprire la casa e lasciare i bagagli, poi risaliamo verso il passo Giau.

Mel, Pocol, Giau sono i nomi del Nord, come Bèco de Mesodì, mentre i posti a me familiari si chiamano Frattamaggiore, Casoria, Afragola, e io so che si dice Afragòla, ma ho visto uno sceneggiato televisivo in cui un ufficiale francese lo pronuncia «Afràgola» e un graduato borbonico gli dice: «Se lo pronuncia così, le pernacchie saranno più forti delle cannonate...»

Quindi so già che l'esotismo è bifronte, ma sono emozionato lo stesso.

Vedo questi boschi che bordeggiano la strada e gli chiedo se posso scendere dall'auto per tornare a Pocol a piedi. Lui approva l'idea. Non faccio niente di particolare, seguo la strada asfaltata in discesa camminando sul bordo di prato e aghi di pino e foglie che la costeggia, ma è il primo contatto con l'ambiente ignoto, sono il bambino sul bagnasciuga che tenta l'acqua col piede e fa un salto indietro quando l'onda lo insegue.

Ogni tanto faccio una deviazione nel bosco. Avvisto una capanna di tronchi sul bordo di un laghetto per la pesca alla trota e per arrivarci scendo da una parete di roccia lungo la quale è inchiodata una scala di metallo e mi sembra di compiere chissà quale impresa. Sento il vuoto nella pancia, come quel piccolo che valuta con ansia l'acqua che sale a ogni passo. Anche l'acqua del lago di montagna è diversa, è limpida, bassa e ferma sopra un tappeto d'alghe immobili come l'erba di un prato sommerso.

A Cortina compriamo il carré di maiale affumicato e un pane che si chiama puccia, parola che al Nord indica anche, genericamente, il sugo nel quale sono immersi i cibi e che si raccoglie con la mollica.

Anche Francesco dimostra l'affetto cucinando.

La casa sta nel mezzo di un bosco e in questa stagione potremmo incontrare i caprioli, perché ancora non ci sono turisti e gli animali scendono a valle indisturbati. Nell'intervallo tra l'imbrunire e la notte mi apposto sulla veranda di legno e al crepuscolo ne avvisto due che arrivano e non hanno intenzione di dileguarsi. Stanno nella luce ferma della tarda primavera, quella che sembra immune dal tramonto, e mi lasciano tutto il tempo di guardarli pascolare prima di sparire nello stesso lampo in cui sono apparsi. Così una mattina al mare mi capitò, stupefatto, di inseguire nell'acqua bassa una grossa aguglia disorientata.

Apparizioni, al Nord e al Sud.

Dormo nella stanza dei miei cugini immaginando un'infanzia che non ho avuto con la neve al posto del mare.

La mattina seguente scopro che dietro le case nel bosco c'è un sacrario militare.

Non mi aspettavo un tempio della morte alle spalle di tutto quell'incanto.

Ci entro in punta di piedi e mi ritrovo, solo, in una specie di torre dalle alte pareti di marmo che scendono fin sottoterra, coi nomi dei caduti, molti dei quali sono solo gruppi di lettere seguiti da punti sospensivi, quel che è rimasto di leggibile sulle piastrine spaccate. Nomi che si sono lacerati come i corpi. Mi dico che un giorno devo scrivere un racconto intitolato *Il sacrario di Pocol*, su come improvvisamente si può scoprire la presenza della morte nell'Eden, ma non lo farò mai. O forse lo faccio adesso. Scrivere di solito o è aspirazione o è dilazione, più raramente è atto; come l'amore e molte altre cose importanti della vita, del resto.

All'ingresso del sacrario c'è un'iscrizione firmata da D'Annunzio, una delle tante sue, ma qui ci trovo qualcosa che mi colpisce e mi resta dentro, perché fa leva su una mia ossessione antica, poi sepolta e rinnegata. È un'immagine legata al sangue e alla luce. La leggo e quasi la cancello mentre la leggo; non voglio vederla, non voglio che quei deliri riprendano signoria su di me.

Diversi decenni dopo, preso da una curiosità improvvisa, la recupero: qual era l'epigrafe da cui quasi scappai?

È dedicata a un caduto ventenne ed è insopportabile nella sua farneticante retorica funebre, e comunque, come succede spesso col Vate, nell'orrore c'è anche un'appiccicosa grandezza, simile proprio alla natura del sangue, alla sua chimica profonda: IN QUESTA TERRA DI FURORE / DOVE EGLI RICADDE RAGGIANTE DI SANGUE / PER RIMANERVI IMMAGINE DI LUCE.

È il «raggiante di sangue» che m'indigna quando ho vent'anni, perché sono nato tra gli ultimi fuochi del patriottismo risorgimentale ma sono cresciuto come figlio dell'antiretorica, mentre i coetanei di Francesco nel culto di parole simili ci sono nati e cresciuti.

A sedici anni Francesco è stato fotografo di guerra. Immagino che fosse un titolo conferito per incoraggiamento, per far sentire coinvolti anche i ragazzi troppo giovani per combattere, ma lui ne è ancora fiero ed era bravo da quel che posso vedere delle foto di allora che mi mostra, nitide nel loro piccolo formato con il bordo dalle bianche cornici frastagliate come francobolli. Un intero servizio è dedicato a Primo Carnera, quando faceva esibizioni di wrestling in giro per il Friuli, gigante italiano ormai decaduto dai ring americani alle fiere di paese.

Per crescere in un'epoca di morte la generazione di Francesco è stata allevata nell'esaltazione del sacrificio, ma dopo, nell'ebbrezza della pace, la voglia di vivere ha preso il sopravvento.

Quelle parole false però erano la loro giovinezza, li avevano plasmati, anche se dovettero presto rendersi conto che, semplicemente, realisticamente, l'esplosione del sangue non porta alla luce ma al buio.

Le montagne ci sono anche al Sud.

Come il selvoso Taburno, patria dei Sanniti Caudini, i più bellicosi.

Angela si considera donna di montagna, ma la sua era una montagna che si guardava solo da lontano.

Salivamo in auto un versante del Taburno fino a un punto dal quale si ammirava, in fondo a un baratro, una piana punteggiata di cavalli al pascolo, il campo Cepino. Mio padre accostava la vettura e dal ciglio della strada erano pochi passi per affacciarsi sopra un miraggio verde verso il quale nessuno aveva mai pensato che si potesse andare incamminandosi giù per qualche sentiero.

Così vedevamo quella gemma deserta di umani splendere distante, come davanti ai sopravvissuti di un esercito in rotta appare una valle dove ricominciare a vivere. È la scena iniziale di un film intitolato proprio *L'ultima valle*, e infatti era come se fossimo al cinema e solo la lontananza rendeva verosimili quei branchi selvaggi che avrebbero potuto galoppare nelle praterie tra il Wyoming e lo Utah.

Poi risalivamo in auto e si tornava indietro.

Anni dopo, quando da tempo vivo al Nord, raggiungo la piana con l'intenzione di scendere per uno di quei sentieri e arrivare in fondo, come si fa dappertutto nelle Alpi.

M'incammino sentendomi un pioniere, la luce è quella di un mezzogiorno di giugno, folgorante, vuoto, ma vengo circondato all'improvviso da un branco di cani, forse randagi, forse guardiani di greggi. Arretro piano, senza sfidarli con lo sguardo, preoccupato, fino a che non respiro di sollievo: mi è andata bene.

Poi penso che sono gli spiriti dei guerrieri sanniti, non mi volevano.

Non vogliono nessuno nelle loro plaghe scintillanti e ostili, non vogliono turisti del Nord ben equipaggiati per le loro esplorazioni ispirate da curiosità e vaghezza.

Pochi giorni prima che lasci casa sua, io e Francesco siamo soli nel salone.

Lui è seduto nella poltrona verde, il Cartier d'oro sul bracciolo, il bicchiere di birra sul tavolino; dalla sigaretta poggiata sul posacenere si alza un filo di fumo perfettamente verticale.

Fissa la finestra aperta che inquadra il giardino pensile con un albero di cachi. È l'angolo della casa che più mi ha colpito fin dal primo momento, assieme all'ascensore che entra direttamente nell'ingresso.

È l'albero che ho visto immerso nella neve, illuminato come un quadro da un faro esterno quando tutte le luci della sala erano spente, ma adesso è primavera inoltrata e non mi aspettavo che la primavera al Nord fosse così piena di luce.

«Lo trovo bellissimo quell'albero.»

«Sotto quell'albero di cachi c'è una scatola di lingotti di platino. Se moriamo tutti te li vieni a prendere.»

«Come, scusa?»

«Quello che ti ho detto. Può succedere.»

Non devo sorprendermi. La prospettiva di una tragedia, la possibilità di una catastrofe non sono inverosimili per Francesco, che con lo stesso tono neutro qualche mese prima mi ha detto che, se a Napoli succedesse un altro terremoto, dovremmo fare riferimento a lui come collettore d'informazioni per tutti noi, oltre che come coordinatore degli interventi necessari. E non solo nel caso di un terremoto ma per qualsiasi altra emergenza possa capitarci sarebbe importante avere un piano preventivo nostro, sapere che cosa fare. Devo dirlo agli altri parenti di Napoli. Lui è il nostro uomo al Nord.

«Adesso vai, adesso comincia l'avventura, veramente. Finora abbiamo scherzato.»

«Sì.»

«Hai finito di fare il professore. Hai salutato le tue formaggiaie di Melzo?»

«Sì» rido. Per tutto l'anno scolastico mi ha chiesto come stavano le mie formaggiaie, l'ha divertito vedermi catapultato direttamente da Napoli nella Lombardia profonda, ma l'insegnamento per lui non è un lavoro vero.

«Ora entri in un'azienda, un'azienda americana.»

La parola «azienda» ha un'aura sacra nella sua voce, ora che non ci sono eserciti né guerre.

«Già, non so...»

«Non sai? Che cosa non sai?»

«Niente. Tutto bene.»

«Bene.»

Lo vedo di profilo, sulle guance ha un velo di barba che

sta imbiancando, il collo magro nella camicia aperta dal nodo della cravatta allentato, il naso aquilino di molti della nostra famiglia, una di quelle imperfezioni che a un giovane come me procurano ancora insicurezza e che al suo viso adulto danno invece un marchio di carattere.

«C'è una cosa che non sai. Insieme alle molte altre che non sai...»

Lo guardo interrogativo, ma lui fissa qualcosa oltre l'albero di cachi, verso un orizzonte più lontano nel tempo e nello spazio. Lo vedo deglutire.

«Io ero molto legato al fratello di tuo padre, Antonio, Tonino... Era più grande di me di qualche anno. Passava spesso da noi a Spilimbergo, quando andava a Venezia, ma gli piaceva anche la montagna. Lo presentavo a tutti i miei amici. Ero fiero di avere un cugino come lui, più grande, e così in gamba, un artista. Io ero orgoglioso di lui. La guerra ha fatto molto male alla nostra famiglia. Molto male. Tonino, Maria Rosaria... Si è presa i migliori. Pagano sempre i migliori, i migliori pagano per tutti.» Si alza per andare in fondo alla stanza e torna con un quadro: «Questo lo dipinse per mia madre e per me. L'ho sempre tenuto nello studio, ma ho pensato che era giusto che lo avessi tu. Tu hai qualcosa di lui, qualcosa che me lo ricorda... Ma ho detto "qualcosa", eh! Solo qualcosa, non farti illusioni...»

È una natura morta vista dall'alto: una brocca e un piatto con dei pesci, una prospettiva complicata e un quadro scuro, denso, un po' Cézanne, un po' Morandi.

Faccio per abbracciarlo, mi scansa: «Che fai? Come ti permetti? Voi e questa maledetta abitudine di abbracciarvi e baciarvi sempre! Vai, adesso! Vattene...»

Ho immaginato la scena così tante volte che, quando succede, tutto scivola senza sussulti, con una sua lenta deriva ineluttabile.

Non risponde, ma non può che essere in casa, e allora vado a prendere le mie chiavi ed entro. La trovo abbandonata sulla poltrona vicina al letto, dove si è trascinata e da dove non si muove, respirando a stento.

«Nun ce voglio ì a ô spitale, voglio murì ccà...»

«Chiamo l'ambulanza.»

«Nun chiammà a nisciuno. Famme murì ccà. E nun chiagnere...»

«Chiamo l'ambulanza.»

«No, no, nun chiammà... a nisciuno...»

Nell'attesa dell'ambulanza e di mia sorella le prendo la mano, gesto che non ho mai fatto e mi esce forzato.

Nulla pesa più di un gesto d'affetto privo di spontaneità. Anche lei è imbarazzata: «Stai chiagnenno? Nun chiagnere...»

Le vorrei dire che no, non piango, ho gli occhi gonfi per l'allergia, ma è più facile stare zitto, e comunque non è solo per l'allergia. È più facile tenerle la mano e carezzarla, è un pezzo di lava freddo.

Da come si dispongono appena ti entrano in casa capisci che quella che per te è una disgrazia che ti segna la vita per la squadra del pronto intervento è la regola di ogni giorno. E questo ti conforta, e placa anche lei, che dopo aver ripetuto che no, all'ospedale non ci va, risponde alle domande che le rivolgono. Lo fa dopo che le hanno dato una potente botta d'ossigeno attraverso una maschera collegata al respiratore, mentre tengono d'occhio la saturazione.

«Signora? Signora, mi sente?»

«Dotto'...»

«Non sono dottore. Come si chiama, signora? Mi dice dov'è nata?»

«Mi chiamo Izzo Angela... e sono nata a Cautano, un piccolo paese della provincia di Benevento, ma all'età di sei anni mi sono trasferita a Napoli...»

Ecco, realizzo subito guardando mia sorella, è cominciata la recita. Non muore più.

«Dotto', e voi come vi chiamate?»

«Io mi chiamo Giovanni.»

«Vi chiamate Giovanni... Come mio padre! Mio padre si chiamava Giovanni... E da dove venite? Siete milanese?»

«Sono nato a Milano, ma i miei genitori sono tutti e due calabresi.»

«Ah, ma allora siete calabrese! Lo dicevo che eravate del Sud! Io le persone subito le capisco...»

«Non si affatichi, Angela, cerchi di respirare...»

«Dotto', la Calabria è sempre entrata nella vita mia! Io 'a Calabria 'a saccio sotto e 'ncoppa... Sapete che io ho avuto due fidanzati calabresi; no uno, due...»

«Ah, Angela, allora è stata birichina...»

«Eh, dotto', voi mi vedete adesso...»

«Ma no, si capisce subito che è stata una bella donna...» fa l'infermiere con l'occhio sul misuratore della pressione.

«No, dotto', io nun so' mai stata bella, però me sapevo movere...», e cerca di scuotere quel che rimane delle sue spalle.

«No! Ferma, Angela, che fa!»

Il resto della squadra ride.

«... E lo sapete chi mi ha operato a me? Mi ha operato il professore Monaldi! L'ospedale delle malattie polmonari di Napoli si chiama il Monaldi e a me lui m'ha salvato sessant'anni fa! Propr'isso!»

«Angela, si calmi un momento, sennò non la possiamo salvare noi!»

«... Il professore Monaldi mi operò e mi dette un farmaco nuovo, veneva d' 'o Giappone 'sta medicina! Si chiamava Ketamicina. La sperimentarono 'ncuollo a me... Mio figlio sa tutta la storia... Quello è mio figlio, 'o scrittore, lo vedete, e quella è mia figlia, una brava ragioniera. Un'altra la tengo a Napoli, ma quella è una disgraziata, fetente di merda! Insegnava religione e ha lasciato 'o posto! Ma là ci colpa 'o marito, perché essa è sempre stata un essere inutile, ma isso è 'o vero fetente...»

«Adesso faccia la brava, Angela, la portiamo con noi.»

«Mamma, mettiti tranquilla, senti che cosa ti dice il dottore...»

«No, signora, non sono dottore...»

«No, io nun vado a nisciuna parte! Dove mi portate? Che mi volete fare?»

«La portiamo dove la guariscono.»

«Aspettate... Dite a mia figlia che mi prende la camicia da notte bianca coi fiori, ché io sono molto vanitosa...»

«Ah, bene!»

«Eh, dotto', e che ci posso fà! So' vanitosa...»

«Se ci seguite con l'auto, appena ce lo dicono vi comunichiamo dove la portiamo. Il quadro è complicato, ma... è troppo simpatica vostra madre...»

«Sì» confermiamo rassegnati io e mia sorella, «è molto simpatica.»

Seguiamo l'ambulanza consapevoli che anche loro, in mezzo alle urgenze che diventano ordinarietà, il prelievo della Talpa moribonda se lo ricorderanno.

È una donna anziana e grande, un vasto corpo informe e pallido sotto il lenzuolo che l'avvolge come una crisalide blindata nel suo involucro di seta. Sembra avere capelli chiari, forse una volta biondi, o rossicci. È collegata a un respiratore e sussulta, spossessata d'ogni moto volontario, al ritmo violento impresso da quel soffio artificiale.

Il marito invece è piccolo e i suoi capelli sono neri di tintura. Porta occhiali dalla montatura spessa e forse è più vecchio di quello che sembra perché, pur esprimendo ancora un residuo di vigore nel portamento, è scavato da rughe che devono da tempo aver preso il dominio della sua faccia per averla incisa così profondamente. Per tutta la durata della visita resta in piedi di fianco a quel tronco esanime e meccanico che è ormai la moglie tenendole la mano, mentre con l'altra le carezza il busto coperto da un lenzuolo che è quasi già un sudario e la striscia di pelle del viso lasciata scoperta dalla maschera dell'ossigeno.

Quando non è fisso sulla donna, il suo sguardo si posa intorno con aria attenta, caso mai possa rendersi utile a qualcuno in qualcosa. Mi sorprende quanto poco gli costi stare così a lungo in piedi, mi emoziona la sua dedizione efficiente e silenziosa. Mi scopro a cercarlo con lo sguardo appena entro, schivando gli insulti della Talpa che carica di vaffanculo me e mia sorella per un supposto ritardo appena ci avvista nel vano dell'ingresso, e quando esco è l'ultimo che saluto. La Talpa accompagna torvamente i nostri sguardi che s'incrociano e gli scambi di cortesie tra lui e mia sorella, come se la sua premurosa presenza ci distraesse dal doverci occupare di lei.

Le danno l'ossigeno con tre maschere diverse. La prima, la più leggera, è formata da due semplici cannule che le entrano nelle narici, ed è la stessa che usa a casa e l'unica che sopporta. La seconda le copre il naso e parte delle guance e la terza prende la faccia per intero, e quando si accorge che l'infermiera la sta preparando, impazzisce, si dibatte con tutta l'energia rabbiosa del suo corpo scheletrico, scuote la testa sul cuscino per non farsela applicare e continua a smaniare una volta che gliel'hanno messa. Dilata gli occhi, sbatte la faccia, urla e inveisce anche se le parole, schiacciate dal plexiglas, non prendono corpo. Non cessa di contorcersi nemmeno quando l'abbandonano le forze e le grida si smorzano in un mugolio che tuttavia non prende mai la tonalità dell'implorazione, rimanendo una protesta che non si rassegna.

Se devono posizionarle la maschera coprente, le infermiere sono costrette a legarla al letto stando attente a non trovarsi nella traiettoria dei suoi calci.

Quando riconosco le sue urla silenziose dietro lo schermo, la bocca che si deforma nel grido, la faccia che si scuote in un diniego disperato, provo la soddisfazione di vederla costretta a subire con la violenza un trattamento che, se rimanesse tranquilla, non le costerebbe troppo sopportare e le servirebbe a stare meglio. Tante volte ho desiderato proprio questo, di imporle con la forza ciò che rifiutava, facendo a lei ciò che lei ha sempre cercato di fare agli altri, a me e alla mia seconda sorella senza riuscirci, e alla mia prima sorella accanendosi sul suo animo chiuso e remissivo.

Entrambe, ormai, sia la mia sorella vessata sia la sua torturatrice, sono l'animale che si rifiuta, il cavallo che scarta l'ostacolo, l'essere umano che non vuole sopportare neppure ciò che gli gioverebbe, la creatura che dice no e non sente ragioni, il diniego opposto al mondo per principio.

Sul muro di fronte al suo letto c'è un crocifisso, e a quello Angela ha preso a rivolgersi con cenni misteriosi delle mani, convinta che le serva assai più delle infermiere straniere che maltratta e apostrofa in napoletano: «'A vidi a chesta? Chesta è fina fina, è 'na bella figlia 'e zoccola chesta ccà! Comm'è, nun capisci? Ah, fai vedé ca nun capisci? T'aggio capito io a te... Puortami fore 'a ccà dinto, famm' ascì che sto vedendo certe schifezze...»

«Che schifezze stai vedendo?»

«Fanno schifezze una continuazione... 'O vidi a chillo?», e indica l'uomo gentile che assiste la moglie moribonda, ma me lo aspettavo, lo sapevo da subito dove andava a parare. «Chillo fa ammore cu' 'e mmane... 'A siente a essa comme se lamenta? Fa venì gli orgasmi â mugliera, accussì, annanz' a tutti quanti... Aggia avuta venì a Milano pe' vedé 'sti schifezze...»

«Che vieni a fà?»

«...»

«Vieni a vedé che me stanno facenno? Ce vuleva 'o spitale San Cristoforo... Ma io ieri sera aggio pigliato a calci un'infermiera. Mi stava legando ma mi so' difesa a cavuce... Tre punti l'hanno dato... E vaffanculo! Quando viene tua sorella? Tu nun me sierv' a nu cazzo... Che sì venuto a fà? 'O scrittore! 'O scrittore d' 'o cazzo! Avissa scrivere chello che fanno ccà dint' 'o spitale San Cristoforo, si sapissi scrivere...»

«Che fanno?»

«Non lo sai che fanno? No?»

«No, non lo so.»

«Eeeh... Nun 'o ssai...»

«Cercano di guarirti.»

«Eeeeh... Lo sai e lo strasai... S'arrobbano 'o respiro! S'arrobbano 'o respiro mio e 'o danno a chella vecchia là... e se credono ca io nun me n'accorgo... Seh, seh, ma ce sta Gesù Cristo là, meno male, nun ce sta sulo san Cristoforo, ce sta pure Cristo ca vede e provvede», e lancia baci verso il crocifisso.

«'A Ta', guarda che ti ho portato» fa mia sorella, «il tè alla pesca che piace a te.»

«'O ttè me fa schifo, a me me piace 'o ccafé. Lucarie', scetate! T'aggio purtato 'o ccafé!»

«Il caffè ti fa male. Il tè ti idrata, tu devi bere, devi ingerire liquidi...»

«Non ce la faccio, non voglio bere.»

«Ti do un cucchiaio di acqua in gelatina, su, apri la bocca...»

«Fa schifo... Ccà fa tutto schifo, chiama all'infermiera, dici che 'a facesse fernì a chillu fetent' 'e merda 'e tuccà 'a mugliera... All'età mia aggia vedé 'sti ccose... Chesta nun parla manco italiano... E' 'ddó sì, tu? Da dove vieni?»

«Dal Salvador.»

Ma lei già non la considera più perché con la coda dell'occhio controlla i movimenti del paziente che le hanno appena messo vicino, un vecchio la cui camicia ospedaliera, aperta sulla schiena, si è slegata mettendogli a nudo le scapole disallineate, le terga sbilenche, e intanto il tessuto di garza gli risale sulle gambe secche che cercano di guadagnare una posizione seduta.

«Guarda a chist' ato fetente! Guarda che schifo, vedite c'aggia vedé ccà dinto...»

La morbosità innata e l'istinto animalesco per il sesso affilano il suo sguardo, mentre la curiosità e l'avversione per la carne inculcatele da legioni di ave nerovestite e puzzolenti di fumo di camino aguzzano il suo disgusto.

Nella tenuta ospedaliera che serve solo ad acuire la sensazione di fragilità del corpo, l'uomo capisce che le smozzicate bestemmie della Talpa sono destinate a lui e le restituisce un'occhiata torva. Cerco d'intercettare l'attenzione di qualche infermiera e finalmente ne arriva una a frapporre un séparé di tessuto ondulato, di quelli che si usano per restituire un minimo d'intimità durante le medicazioni, tra gli sguardi d'odio di due vecchi che fanno fatica a rimanere concentrati sui piatti di minestra della cena per scrutarsi sospettosi e ostili nelle rispettive indifese carni messe a nudo.

L'ospedale le ha sempre provocato deliri. Dieci anni prima è stata ricoverata nel reparto di terapia intensiva della clinica Santa Rita e nessuno pensava che ce l'avrebbe fatta.

Allora è più giovane e però mi dice, quando la riportano in corsia, che la notte ha sentito fermento, un agitarsi di presenze attorno al suo letto, come una ridda di demoni impegnati a contendersi la sua anima, e una voce che le chiedeva: «Che cosa ci dai tu a santa Rita in cambio della vita tua?»

La stranezza è che, soltanto qualche mese più tardi, alla Santa Rita si scopre uno dei casi di malasanità più sinistri della storia italiana, con decine di anziani pazienti sottoposti a operazioni non necessarie pur di intascare i contributi regionali. I giornali la battezzano «la clinica degli orrori».

Quando si viene a sapere tutto questo mi ritornano in

mente quelle parole della Talpa che allora avevo attribuito in parte al marasma che l'abita da sempre e in parte alle allucinazioni create dagli anestetici, ai fantasmi che abitualmente levitano nei reparti di rianimazione...

A lei invece, tra i fumi di una nebbia chimica, santa Rita, che le ha proposto chissà quale scambio, salva la vita.

«Hanno portato un bambino.»

«Dove?»

«Qua.»

«Dove? Non lo vedo.»

«Eh... non lo vedi... Si chiama Leonardo.»

«Leonardo?»

Annuisce: «Leonardo Altamura.»

«Non credo proprio, questo è un reparto per adulti.»

«Eeeh... Tu 'o ssaie...»

«Che cosa so?»

«Le cose. Tu le sai. Sai che fanno qua dentro. Sai la notte che succede.»

«No, non so niente. Che succede la notte?»

«Eeeh... Si sì scrittore... Pecché nun 'o scrivi?»

Viene dimessa dal San Cristoforo non perché sia guarita, ma perché non ne possono più. Anche se non ha ferito nessuna infermiera come immagina nelle sue esagitate visioni di vendetta, è vero che scalcia. È vero che rifiuta le cure e il cibo, è vero che dà fastidio a tutto il reparto. Ancora una volta ce la restituiscono per disperazione e ci consegneranno una cartella clinica dalla quale non si capirà nulla, la solita vaga diagnosi che rimpalla sempre a qualcun altro l'onere di esprimersi su quella assurda, convulsa materia che è la patologia della Talpa.

Rientra in casa e attraversa il cortile gridando: «Sola! Sola!», e facendo il gesto di cullarsi al seno il bambino Leonardo Altamura, che non si capisce se sia suo figlio, partorito al San Cristoforo, o un innocente che lei ha salvato dagli aguzzini dell'ospedale.

Ritorna convinta della mia avversione, per la prima volta.

Non è una presa di coscienza ovvia. Quello che di lei pensano gli altri non le importa, non l'ha mai calcolato. Essere invisa al mondo è una possibilità che razionalmente non contempla, è un sospetto che può abitarle solo l'inconscio, dove fermenta il risentimento oscuro che l'avvelena, ma che qualcuno della sua stessa famiglia possa allontanarla è sempre stato impensabile, per lei, del tutto inconcepibile.

L'ospedale l'ha sfigurata. Nel fisico, perché sostiene di non avere più il naso: dice che le maschere per l'ossigeno le hanno spianato le narici, che l'hanno scotennata. Ma soprattutto l'ha sfregiata nella mente, perché è come se i giorni di degenza non fossero serviti tanto a regolarizzare il suo respiro quanto a sciogliere le furie che l'abitano, quei demoni incatenati che prima si limitavano a scuotere i ferri e adesso invece scorrazzano liberi in ogni suo gesto, come se le belve della savana avessero preso possesso delle strade di una città.

Angela non può curare e non può essere curata.

Quando mi dava le medicine da bambino me le passava insultandomi per essermi ammalato. Salvata giovane da una chirurgia brutale che le ha aperto la pancia e gliel'ha ricucita alla bell'e meglio come nelle retrovie di un campo di battaglia, l'unica carezza che conosce è quella del bisturi.

È un momento difficile e mia sorella si è trasferita da lei perché non si può lasciarla da sola. Una mattina mi chiede se posso sostituirla per un paio d'ore. Vado. Angela urla che non mi vuole, poi emette un grido lamentoso: «Leonardo! Leonardo Altamura!» E accusa: «Tu! Lo vuoi uccidere! Leonardo! Altamura!»

«Non voglio uccidere nessuno.»

«Sì, invece! Esci! Fuori! Te ne devi andare... Leonardo è buono... è bello... Leonardo... Altamura... Bello! Bello...»

Vorrebbe spalancare la porta e far sentire al pianerottolo il suo amore per Leonardo Altamura e lo sdegno verso l'ospedale in cui l'hanno seviziata e verso i figli che vogliono rinchiuderla. Ha il terrore che noi facciamo con lei quello che lei ha fatto con sua madre: ricoverarla in un istituto per anziani.

«Io a te t'aggia chiudere!» Angela ha minacciato così sua madre ogni giorno più volte al giorno per anni, poi l'ha fatto.

«Te chiudimmo!» ripetiamo adesso io e mia sorella quando non sappiamo come placarla, sapendo benissimo che così peggioriamo soltanto le cose aizzandola a ribadire, a gridare: «Io aggia murì ccà! Ate capito o no? Io so' sannita, so' sgherra! Io aggia murì ccà!»

Mia moglie mi dice: «Ma perché usate sempre quella brutta parola, rinchiudere, che si addice più alla prigionia di un animale...»

«Perché è quella che ha sempre usato lei» rispondo, «ed è l'unica che capisce.»

Ma è vero in parte, perché è anche l'unica parola che conosciamo noi, l'unica che lei ci abbia insegnato nell'educazione senza grazia che ci ha impartito.

Mi posiziono davanti alla porta per impedirle di uscire. Lei piazza una sedia in mezzo alla sala e ci si apposta, come se lo scatto di una vecchia prossima alla paresi potesse approfittare di una mia distrazione, e tuttavia è pronta a usare la bombola per l'ossigeno montata sul carrello come uno scudo o un ariete. Mi fissa con uno sguardo di antica sfida e di nuova follia, e quando prova ad alzarsi io la respingo verso la sedia. Una volta, due. Benché sia uno scheletro, sento il residuo di energia nervosa che le scorre attraverso le membra prosciugate, l'ostinata avversione che le infiamma il sangue.

Per interrompere lo stallo fa una manovra diversiva e spinge la bombola dell'ossigeno dall'altra parte, verso la cucina, minacciando di accendere il gas e di far saltare tutto.

La lascio fare senza bloccarla solo per poi staccarle le dita dai fornelli con uno schiaffo.

Qualche anno fa l'ho aggredita e per non colpirla ho sfogato la mia rabbia contro la porta d'ingresso prendendola a pugni e calci. Da allora alla porta è successo qualcosa perché geme sui cardini tutte le volte in cui qualcuno entra nel palazzo e l'eco del portone principale, sbattuto, fa vibrare anche l'uscio del suo appartamento. Di giorno non ci si fa caso, ma la notte questa scossa si avverte amplificata dal silenzio e allarmante – l'intera porta sembra tremare, come se si trattasse di un essere vivo che si scrolla qualcosa di dosso –, per cui comprendo perché lei, prima di mettersi a letto, ci piazzi contro una sedia carica di panni e coperte, per sentirsi più sicura visto che i suoi incubi sono popolati di effrazioni, di incursioni di creature maligne.

La frase ricorrente «M'aggia chiudere buono perché ccà accidono 'e vvecchie», nella sua totale assenza di razionalità, ha un che d'infantile, rimanda alle paure ancestrali, richiama il mondo favoloso e terribile in cui streghe e orchi mangiano i bambini, solo che al posto dei piccoli ci sono i vecchi. Se c'è una porta che trema, forse fuori c'è un lupo che soffia.

Qualche volta, sentendo l'uscio scuotersi mentre prendiamo il caffè, mi guarda con un rimprovero raffreddato dalla distanza e diventato semplice constatazione, un monito vago, quasi rassegnato: «'Sta porta nun è cchiù 'a stessa dopo che l'hai pigliata a calci tu. Me vuliv' accidere...»

Nella casa del mare anche la porta della loro camera da letto portava il segno di un pugno di mio padre, quando lei si era chiusa dentro dopo un litigio. Per nascondere la crepa ci avevano appeso sopra un quadro che con la sua anomalia – un quadro piazzato nella parte alta di una porta – serviva più a sottolineare il danno che a occultarlo. Rappresentava un vaso di fiori e l'avevo dipinto io alle scuole medie con entusiasmo e pennellate incerte.

Senza la possibilità di aprire la porta, impedita dal mettere in scena l'esplosione reale o simbolica del palazzo, Angela si dirige allora verso le finestre e le spalanca.

L'aria fredda invernale si mescola allo sbuffo bollente del riscaldamento tirato al massimo.

Questo non ho problemi a concederlo, siamo al pianoterra e ci sono le inferriate. Mi siedo e spero che mia sorella torni presto.

«Signore, signore, mi scusi!»

L'uomo che attraversa il cortile, apostrofato in maniera leziosa da una signora anziana, si ferma di buon grado, ma capisce presto che c'è qualcosa che non va. Rallenta, ma non si ferma, fa già capire che non dispone di troppo tempo.

«Signore, mi aiuti, mio figlio mi vuole ammazzare...»

L'uomo si guarda attorno, vede me che faccio dei larghi gesti di rassicurazione che significano *non si preoccupi, è tutto a posto*, ed è contento di affrettare il passo verso l'uscita. Io invece aspetto mia sorella e provo lo stesso disagio di un bambino in attesa che la madre lo venga a liberare, la madre che non ho avuto da quella che ho avuto.

«Buongiorno, qui è la tenenza dei carabinieri di piazza Aspromonte. Parlo con il signor Franchini Antonio?»

Sospiro, ho già capito: «Sì, mi dica.»

«Abbiamo ricevuto una telefonata da sua madre, la signora Izzo Angela.»

«Mi dica.»

«Sua madre le rivolge delle accuse molto gravi.»

«Maresciallo, che cosa vuole che le dica? Come vi comportate voi in casi come questo? Venite a fare una verifica, un sopralluogo?»

«Mi sta dicendo che... la signora... potrebbe non essere completamente in sé?»

«Eh...»

«Lei che professione esercita?»

«Sono il direttore editoriale di una casa editrice.» Pronuncio per la prima volta in vita mia con tono stentoreo una carica che non ha mai impressionato nessuno e per la prima volta mi accorgo che ho fatto effetto.

«Ah... capisco. Allora bisognerà cercare di tenere la signora sotto controllo. Va bene?»

«Certo, maresciallo, ci proveremo, grazie.»

Non è la prima volta che chiama i carabinieri, le redazioni dei giornali, gli uffici del sindaco. Con il cellulare si trova a disagio, ma il telefono tra le sue mani è sempre stato un'arma mai rimasta inattiva. Qualche volta, sotto elezioni, le hanno anche dato retta e qualche sondaggista incauto l'ha perfino chiamata per chiederle un'opinione. Una volta i carabinieri del paese della Calabria jonica dove la mia sorella reproba va a fare le vacanze le si sono presentati in casa. Forse non avevano molto da fare e hanno dato retta alla richiesta della Talpa che li aveva chiamati perché mia sorella non rispondeva al cellulare. A lei è venuto un colpo, ma alla Talpa sembrava un gesto del tutto normale «pe' 'na mamma», e lo rivendicava con me, che stavo al mare da un'altra parte: «Aggio mandato i carabinieri â casa 'e chella zoccola 'e soreta, pecché nun me rispondevano cchiù a telefono, essa e chillu fetent' 'e merda d' 'o marito...»

E io che lo raccontavo a tavola ai miei figli bambini: «Sapete che cos'ha fatto la nonna Talpa?»

Meglio non divertirsi troppo con le sfortune altrui.

La degenza sembra aver sconquassato ulteriormente il suo disordine mentale: non mi rivolge la parola e non vuole che metta piede nell'appartamento. Poi entra in una fase più ecumenica e spiritata in cui dispone della casa come se fosse sua e proclama che intende lasciarla alla figlia di mia sorella che è pasticcera e potrà aprirci un laboratorio di dolci napoletani, dove «'o Nord e 'o Sud si abbracceranno e faranno pace».

Mi chiede se le firmo una scrittura privata per siglare questo nuovo accordo, perché si è pentita di «essersi spogliata di tutto».

Le rispondo che lo farei anche, ma temo che non abbia valore legale, finché mia sorella non le ingiunge: «Questa è casa di mio fratello, perciò entra ed esce quando vuole. Se vuoi, te ne vai tu.»

A questo punto si fa una ragione di trovarsi contro un fronte compatto e gran parte delle sue farneticazioni si dissolvono; si rimette in tasca l'odio per me e alla prima occasione in cui siamo soli, obbedendo alla consolidata strategia di usare sempre uno di noi per denigrare gli altri due, mi parla male di mia sorella: «Soreta non la capisco più. È cambiata. L'altro giorno mi ha messo le mani 'n canna... Chissà che mi voleva fare, mi voleva strangolare... Guarda ccà, m'ha lassato 'o segno! Sta ascenno pazza... Secondo me è 'o buddista che 'a scemunisce... cu chelli mane... boh... o forse sarrà 'a menopausa... Chi 'o sape...»

Adesso sospetta del portinaio salvadoregno. L'ha sempre guardato con diffidenza.

Ramòn è vedovo di una signora avellinese che si chiamava Addolorata.

In nome della comune patria meridionale Addolorata mi aveva eletto suo confidente: «Signor Franchini, meno male che posso parlare con voi, che siete un signore del Sud! Ramòn sono stata io che l'ho salvato, quello stava sempre triste e deperito! Io l'ho fatto mangiare bene, per la prima volta in vita sua, con il cibo buono della nostra terra! Voi non potete sapere che schifezze si mangiano al paese suo! Un fango, signor Franchini, una melma! Io l'ho salvato, io e il dottor Giordano! Lui con le cure e io con il mangiare! Io fino al paese suo sono andata, ma poi là abbiamo litigato... e allora ho cambiato il biglietto e me ne sono tornata in Italia, da sola! Io prima non avevo mai preso un aereo e all'aeroporto di Real Madrid mi sono perduta e stavo perdendo la coincidenza... Non so neppure io come ho fatto, signor Franchini! Ma quant'è grande l'aeroporto di Real Madrid? È più grande di una città...»

Per qualcosa – l'ossessione nutritiva e l'utopia meridionale –, Addolorata mi faceva pensare a mia madre, che allora stava a Napoli. È morta prima che la Talpa salisse a Milano, ma non ho nessun dubbio al riguardo: se si fossero conosciute, dopo un iniziale momento di agnizione e confidenza, Angela avrebbe detestato anche lei, quella conterranea troppo *camminante* e avventurosa per i suoi gusti.

Addolorata aveva tre figli da un precedente matrimonio e Luz, la nuova moglie peruviana di Ramòn, ne ha quattro, tutti maschi, di bassa statura e in scala.

Il più alto è piccolo, il più basso minuscolo, ma sono assai graziosi nelle loro dimensioni mignon, e nei giorni di festa girano vestiti in giacca e cravatta, con completi di un tessuto sgargiante, elettrico, tra il raso e la plastica bluette. Tutti e quattro sono fidanzati con altrettante ragazze variopinte come bambole e inguainate in gonne a balze di una stoffa lucida, colorata in varie sfumature di rosa. Sembrano i protagonisti di un musical amerindo e non possono sfuggire all'attenzione di nessuno, tanto meno a quella della Talpa, che li ha subito ribattezzati «i nanilli».

Già prima del ricovero in ospedale i figli del portinaio erano per lei «i nanilli», personaggi reali caratterizzati dall'essere vistosi nell'abbigliamento e precoci nei sentimenti («Fanno ammore tutt'e quattro, pure 'o cchiù piccerillo!»), adesso invece sono diventati apparizioni oniriche, che s'introducono nelle case attraversando finestre e serrature, e rubano cibi, spostano oggetti, trafugano preziosi, sorta di munacielli, spiriti folletti, presenze indiscrete, dispettose, che perseguitano la Talpa con le loro incursioni notturne.

«So' venuti pure stanotte... Ma che vonno 'a me 'sti nanilli? Che vanno trovando?»

«Ma di chi stai parlando?»

«Dei nanilli. 'E figli d' 'o purtiere...»

«E che fanno?»

«Vengono la notte.»

«Ah sì?»

«Eh, ridi! Ride, 'stu cretino! Invece 'e te fà rispettà, ridi!»

«Scusa, ma come fanno a entrare?»

«Con le chiavi! 'O purtiere tene 'e chiavi 'e tutte quante...»

«Vabbè, ti fanno compagnia, no?»

«E io nun 'a voglio 'a compagnia loro!»

«Tu non vuoi la compagnia di nessuno.»

«E nun faccio buono? È perché mi sono spogliata di tutto che sto sola. Se non vi lasciavo niente, vi tenevo a tutti quanti attorno, come fanno a Milano, che i vecchi nun lasciano niente a nisciuno primma 'e mmurì... Che l'hanno lasciato a mugliereta?»

«Lasciamo stare mia moglie...»

«E lassammo perde... lassammo sempre perdere cu' te... Io m'aggio spugliata! M'aggio spugliata pe' vuie! Ma io songo usufruttuaria! Che significa usufruttuaria? Che aggia stà ccà! Che aggia murì ccà! Meglio nu fetente 'e merda 'e Napule ca nu signore 'e Milano! Ccà a Milano trasono dint' 'e ccase!»

«Ma chi vuoi che entra? Si pigliano a te! Sei troppo bella...»

«'Stu cretino! Tu me vidi mò! L'aviva vedé giovane a mammeta! Io ce facevo girà 'a capa a nu cretino comm'a te! Tu nun hai capito mai niente 'e femmene... Pateto ne capeva, no tu! E mò statte zitto che qua ci ascoltano...»

«Ascoltano a te?»

«Perché? Perché se ne fottono 'e me? E io me ne fotto 'e loro!»

«Ma chi ti pensa, pensano a te, guardano a te, ma chi ti sente?»

«Eh, il nemico... Diceva Musulino: il nemico ti ascolta! Una donna che viene dalla guerra è un'altra donna! Una che ha visto i tedeschi quando erano amici e quando furono traditi... Io prego sempre di non far venire la guerra. A me mi fa paura la guerra, per i giovani, e la droga... Nun me piace 'a droga! Nun me piace 'o munno comme è addiventato e nun me piace comme curano a Milano... Comme diceva Eduardo in *Natale in casa Cupiello*? Adda passà 'a nuttata...»

«È *Napoli milionaria*.»

«Che?»

«È *Napoli milionaria*, non è *Natale in casa Cupiello*.»

«E chi se ne fotte? Guarda qua... Nun tengo cchiù 'o naso, nun tengo cchiù 'e nnarici, m'hanno scotennato! A Napule, a 'e miedici che sbagliano ci 'o ddicono 'n faccia! 'E vattono! A Milano t'accidono e ti hê 'a stà zitto!»

«Ecco. Statte zitta ch'è meglio.»

«Statte zitto tu! E fai quello che devi fare!»

«Che cosa?»

«'O ssaie.»

«Non lo so.»

«Firmami quella carta.»

Ma figuriamoci se si sta zitta. La sindrome postospedaliera l'autorizza anzi a indulgere in una pratica nella quale finora si è trattenuta, un'usanza che a Napoli è diffusa, mentre a Milano è riservata soprattutto a matti sperduti e solitari: spalancare la finestra e gridare insulti al mondo e al vento.

Ieri nel silenzio del primo pomeriggio i miei figli l'hanno sentita urlare: «Condominio, sveglia!», una nobile apostrofe degna di un oratore greco, dopo la quale ha caricato d'ingiurie il portinaio; l'invocazione aveva però una sua severità stentorea, una sua incoerente grandezza, se la si pensa rivolta non alla *boulé* ateniese ma al pollaio dello stabile, e però anche la *boulé*, anche l'agorà, erano un pollaio e la larga maggioranza di coloro che hanno invitato i popoli a svegliarsi non erano meno matti della Talpa...

Le hanno dato l'accompagnamento.

Sono venuti a esaminarla a casa.

«C'aggia fà» ha chiesto a mia sorella e a me prima della visita. «Aggia fà 'a pazza? Io 'a pazza 'a saccio fà bona...»

«Vai tranquilla. Fai come fai normalmente e vedi che stavolta te lo danno.»

E così è andata, e non saprà se l'ha avuto perché è stata brava a fare la pazza o perché sta morendo.

Per un attimo è contenta: «Adesso che con l'accompagnamento è andato tutto buono, manca solo una cosa e me faie murì felice...»

«Che cosa?»

«Firmami quella carta.»

«Che me n'aggia fà d' 'a dama 'e compagnia, io nun tengo bisogno 'e nisciuno!»

In effetti mettere qualcuno vicino a una persona prossima alla morte e che ha rifiutato per tutta la vita qualsiasi forma di compagnia è paradossale, ma – per quanto lei protesti di non volere nessuno e faccia continui proclami di autonomia – non si può fare diversamente. Si alza a fatica, si muove a stento. Mia sorella, che passa da lei ogni mattina, l'ha trovata a terra nel cesso, stesa su un fianco e puntellata con il gomito su un cuscino, sporca di merda e silenziosa.

Quando ha visto la figlia, non ha fatto nessun gesto di sollievo, come se lo stato in cui si trovava fosse normale, e ha detto che stava così da poco, da un'ora al massimo.

Una domenica mia sorella mi ha svegliato presto e dal telefono m'è arrivata la sua voce esausta: «Vieni a vedere come l'ho trovata, ti prego. Io non ce la faccio a muoverla... Io non ce la faccio più...»

Sta con la testa e tutto il busto sotto la poltrona vicina al letto, le gambe piegate ad angolo retto, tranquilla. Non riusciamo a capire la meccanica, come abbia fatto a finire lì, a mettersi così. E lei questa volta non parla, non strepita, come se fosse la versione deformata di una bambina che si è nascosta e che nessuno ancora ha scoperto nel suo rifugio segreto.

Scosto con precauzione la poltrona, sollevo il mucchio d'ossa che mi ha messo al mondo, la rimetto nel letto.

Uomini e donne sani sanno nascondere il mistero delle loro notti. Vecchi, malati e pazzi no. Te lo consegnano quel mistero. E qualche volta, anche quando sono incontinenti, agitati, logorroici, te lo consegnano in un tremendo silenzio, come se nulla fosse.

Tenendo in conto il carattere difficile che ha subito annientato una giovane ucraina fuggita in lacrime dopo due giorni, e considerando la scarsa propensione dei vecchi più bellicosi verso gli stranieri, l'agenzia ha pensato di proporci una signora siciliana più esperta e meno indifesa.

È durata di più, ma è andata peggio: interagire con la Talpa non è mai una buona strategia, e innalzare il livello della comprensione serve solo a rendere lo scontro più sicuro e meno sanabile.

Per cominciare, la siciliana è ancora abbastanza giovane, tiene al suo aspetto e porta jeans attillati, il che la iscrive di diritto alla categoria delle zoccole. Ma questo non è grave, perché se fosse stata più anziana, meno piacente e vestita di palandrane nere, sarebbe stata zoccola lo stesso. Poi è stata estetista, e la maggior parte del tempo lo passa a strapparle i peli, sistemarle le sopracciglia, passarle oli e creme sui lividi creati dal sangue che ristagna nelle gambe, sulle macchie dei capillari rotti, sulla pelle raggrinzita delle braccia.

All'inizio funziona e al mattino la trovo in poltrona con le gambe distese vicino a una mensola dove stanno in fila flaconi di oli profumati che adesso usa per frizionarsi al posto dei soliti impacchi d'aglio e che diffondono un aroma intenso di essenze e volatile di spiriti. Però alla lunga la perizia di Rosaria nella cura del corpo più che farla apprezzare le gioca contro perché evidenzia, per contrasto, le sue lacune in cucina e un modo di pulire la casa che la Talpa giudica approssimativo, ma in realtà sono io che involontariamente provoco la catastrofe, perché un giorno in cui per ammansirla le porto una vaschetta di gamberi rossi di Mazara da mangiare crudi faccio l'errore di dirle che provengono dal paese della sua badante.

«E da dove vieni tu tenite 'stu pesce e tu sì venuta a Milano? E allora sì proprio scema! E che sì venuta a fà? Gesù, vuie vedite a 'sta cretina...»

Poi arriva la boliviana Mercedes e va un po' meglio perché fa i servizi e non pretende di far conversazione e ha un carattere allegro, cosa che naturalmente alla Talpa non piace: «Chesta ride sempre! E che ride a fà? Ccà nun ce sta niente 'a ridere...»

Flor, peruviana, non parla e non ride, è efficiente e sparge intorno a sé una contenuta tristezza, che esplode soltanto la sera prima di mettersi a letto, quando scioglie i capelli che di giorno porta composti in una crocchia che non lascia capire quanto siano lunghi; una volta liberati, si rivelano una malinconica cascata grigia che le ricade fino a metà delle spalle suscitando lo stupore della Talpa: «Quanta capilli tene chesta...»

Il motivo per cui Angela non tollera le badanti e cerca di liberarsene è soprattutto economico.

Ha aspettato l'accompagnamento per così tanto tempo

da essersi convinta di ricevere una cifra mirabolante che, sommata alla sua pensione di vecchiaia e alla reversibilità del marito, ha prodotto nei suoi calcoli immaginari una somma vertiginosa con la quale ha sognato di sistemare per sempre anche la famiglia di mia sorella restando lei, come al solito, al centro di tutto. Ha talmente accarezzato nei suoi sogni la sovvenzione statale che la sola idea di versarne una parte nelle tasche di queste «straniere» la fa impazzire. Vorrebbe essere accudita da sua figlia o al massimo da sua nipote, perché i soldi restino in famiglia. Vorrebbe ancora gestire, amministrare, essere lei a distribuire ricchezza, comandare.

Con l'assegno degli arretrati ha comprato due materassi e una poltrona che si alza e s'inclina di vari gradi passando, grazie ai tasti di un telecomando, dalla posizione orizzontale simile a un letto a una quasi verticale, per cui rimettersi dritta in piedi non le costa sforzo.

Che congegni mirabili produce il nostro tempo, ma insieme a quali orrende storture, per cui una madre vecchia non viene accudita dai figli ma da estranei...

I vecchi di casa sua, al paese, *spippiavano*, fumavano la pipa di canna e terracotta davanti al camino. Rugosi, mummificati, vivi solo per l'atto della suzione evidenziato dal risucchio delle guance, come fossero ritornati poppanti, e tutti li rispettavano.

Non comprende perché non sia più così; quelle immagini le ritornano in mente quando è da sola, e allora si carica di risentimento.

Non se ne fa una ragione e, messa in questo modo, devo ammettere che anch'io la capisco.

E capisco mia sorella, che è distrutta.

«Ho pregato perché le si fermasse il cuore, nel suo letto, mentre dormiva, ma non è successo. Ora non ce la faccio più, non sento più niente, sono vuota. Faccia quello che vuole. Gliel'ho detto: non vuole una badante perché è zoccola? Benissimo. Ne arriva un'altra. Fuori una zoccola, dentro un'altra zoccola. Se ne deve fare una ragione.»

L'assiste da più di un anno, fa le notti e allo stesso tempo lavora in ufficio, cura la sua famiglia. Non si è mai fermata un momento, è sempre stata una donna oblativa, sempre con un sorriso, ma da qualche mese ha i nervi a fior di pelle, le dà sulla voce, fatica a trattenersi, cambia umore in un attimo, parla con me ed è una persona, si rivolge a lei e diventa subito un'altra. Come me, non osa dirlo ma vorrebbe che morisse.

Ha preso tre giorni di vacanza e l'aereo è appena atterrato che Angela le telefona per dirle che sta male. Mia sorella mi chiama e scoppia in lacrime: «Che cosa devo fare? Dimmi tu, che devo fare?»

«Guai a te se torni.»

Ma a differenza di me, ha sensi di colpa.

«Ma come?» le dico. «Nessuno farebbe quello che stai facendo tu, che cosa ti rimproveri?»

Come fa una madre che ha sempre sbagliato tutto, ma tutto, a suscitare tanta devozione quando persone assai più decorose seminano risentimenti, incomprensioni, indifferenza a ogni passo? È davvero meglio essere una carogna con lampi di umanità piuttosto che una persona decente per conquistare l'affetto di chi ci sta vicino?

Eppure noi sappiamo che cos'è, in realtà, questo lungo, occulto bisogno dell'approvazione di un genitore, fosse pure un mostro, avvinto a noi più strettamente proprio in ragione della sua mostruosità; conosciamo questo senso d'inadeguatezza che non si placa, questa ricerca di un cenno di approvazione da parte di chi ci opprime...

Mia sorella ha grandi occhi umidi e luminosi che da tempo vedo affondare sempre più in due laghi d'ombra. Usa spesso vezzeggiativi e diminutivi quando parla, ma non ha niente di lezioso. Moribondo, il nostro taciturno padre ha invocato solo lei, con lei si è confidato. È l'ultima figlia, quella riuscita meglio, quella che si sacrifica, colei che tramanda la memoria, che custodisce. Porta il nome della ragazza che morì ventenne sotto i bombardamenti, e le somiglia, ha i capelli bruni, l'alta statura, il seno grande delle donne della famiglia di mio padre. Lei al Nord non ci voleva venire, ha vissuto il trasferimento a Milano non come scelta ma come una sconfitta, si è dovuta piegare all'inevitabile.

«Hai ancora scrupoli? Non ti sembra di aver fatto abbastanza?» dico con la nettezza di chi ha già giudicato ed emesso la sentenza.

«Non siamo tutti uguali» dice.

Ne ha fatta un'altra. Come gesto di protesta contro di me e mia sorella, ha chiamato l'ambulanza. Per fortuna sono in casa e accorro subito, ma il risultato è che adesso i due giovani infermieri vogliono ricoverarla a ogni costo e lei, ringhiando, a ogni costo rifiuta il ricovero.

«Guardi che sua madre ha la saturazione a 65, è grave, dobbiamo ricoverarla subito!»

«Iate affanculo! Nun ce voglio ì a 'o spitale!»

«Vedete, mi sembra che il ricovero lo voglia rifiutare...»

«Ma è una situazione molto compromessa! Lei è sicuro di quello che dice?»

«Iate affanculo! Affanculo!»

«La sentite?»

«Come fa a stare così con la saturazione a 65?»

«Guardate, non se lo spiega nessuno. Ha un'anemia devastante, dovrebbe fare le trasfusioni, ma potete immaginare se le fa. Si è già fatta un ricovero di dieci giorni al San Cristoforo, ha tirato scemi tutti, l'ospedale non le serve a niente, anzi, le fa malissimo...»

«Iate affanculo, io aggia murì ccà!»

«Lei vuole prendersi la responsabilità di non ricoverare sua madre in queste condizioni?»

Esito un momento, ma è solo un attimo: «Sì.»

«Mi spiace, ma noi dobbiamo chiamare il nostro responsabile in centrale...»

«Sì, capisco, va bene...»

Attivano la radio, spiegano la situazione, mi passano il responsabile. Gli parlo, con lei che in sottofondo manda affanculo l'universo intero.

Quando firmo il rifiuto del ricovero sono tranquillo: ho rispettato la sua volontà, ribadita al di là di ogni dubbio da un diluvio di maledizioni. I ragazzi non si spiegano come possa stare così piena di energia con una saturazione a 65 e l'emoglobina a 6, parametri che dovrebbero comportare il deliquio. Ma io lo so, è tutta la vita che lo so.

Però adesso alzarsi dal letto e spostarsi dal letto al tavolo di cucina le costa sempre più fatica e sia per stare stesa sia per stare seduta ha elaborato una complicata architettura di cuscini grandi e piccoli il cui arduo ordine tiene bene a mente comandando a chiunque, con gesti infastiditi, che venga eseguito secondo la sua volontà.

Il suo letto è diventato un campo di battaglia, con i cuscini che sembrano una trincea contro le incursioni dei suoi nemici notturni, nanilli e fantasmi d'ogni natura. Gli stessi supporti, una volta trasferiti sulla sedia, assomigliano a una claudicante torre di Babele, una sbilenca batteria di puntelli per il sostegno della sua persona disfatta. Da questa squinternata stazione di comando di coperte e cuscini traballanti abbaia ordini a mia sorella e alle badanti: «Puortami 'e carciofe! Tu non sai comme se pulezzano 'e carciofe! Tu nun sì casalinga, sì contabile! Casalinga s'impara da bambina. Io e mia madre ci capivamo con gli occhi! Ci bastava uno sguardo: a tavola ci sta troppa gente e troppo poco pane... E io subito me susevo e andavo a vedere chi ce lo poteva dare... Ma vuie che ne sapite! Addó s'hanna mettere 'e carciofe? 'O ssaie? Dint'all'acqua e limone s'hanna mettere! Ma tu che ne saie... 'E spine? Che dici? Ce stanno 'e spine? E allora? Nun 'e ssaccio levà 'e spine io?»

«Perché, mammeta è cretina? No, tua madre nun è cretina, io so' fina fina. Secondo te nun aggio capito che quella mi ruba la corrente dal contatore?»

«Chi ti ruba la corrente dal contatore?»

«La vicina.»

«Come fa a rubarti la corrente?»

«Eeeh... Chi l'aiuta secondo te?»

«Non lo so. Chi?»

«Eh, nun 'o ssaie? Figuriamoci si nun 'o ssaie...»

«Non lo so.»

«'O purtiere, semp' isso! Ma non l'avevano arrestato?»

«Ma chi?»

«'O purtiere.»

«Ma che dici?»

«Per un sacco di tempo non s'è visto.»

«Era ammalato.»

«Io sapevo che l'avevano arrestato.»

«Sì, vabbè.»

«'A vicina s'è misa d'accordo cu' 'o purtiere pe' rubà 'a corrente a me. Secondo te è bello? È una bella cosa?»

«No.»

«Chella sta scavando ccà sotto...»

«Dove?»

«Ccà sotto. Sottoterra. So' anni ca sta scavando sotto terra... Ha fatto 'na stanza p' 'a figlia, nu laboratorio... Se credeva ca io nun me n'accurgevo... Seh, seh... Se crede 'e me fottere a me... Ancora adda nascere chi fotte a me... Ha chiesto 'o permesso a tua moglie e tua moglie ce l'ha dato. Ha pensato a me che me n'importa e ci ha dato 'o permesso 'e scavà. So' mesi ca scavano, notte e ghiuorno... Di giorno nun se sente, ce stanno l'ati rummore, ma 'a notte io 'e sento! Se credono 'e me fottere a me! Tutti se fanno 'a stanza sottoterra.»

«Tutti chi?»

«Tutti i condomini. Tua moglie ha dato 'o permesso, ha ditto: "A me nun me n' 'mporta..." E loro scavano. E mi pigliano la luce del contatore, ma io gli ho abbassato 'a levetta, aggio fatto buono?»

«Hai fatto benissimo.»

«La notte, per queste scale, si sentono solo rumori... Ma che fanno? Sagliono e scennono, scennono e sagliono...»

«Chi sono?»

«Chi 'o ssape! Secondo me hanno messo una moschea clandestina, 'sti fetienti!»

«Eh, questa ci mancava, la moschea clandestina...»

«Che ne sai tu? 'Stu cretino! Sissignore, ccà sta chieno 'e moschee clandestine, l'ha ditto pure 'o telegiornale! Addó si riuniscono tutti 'sti musulmani secondo te? 'A notte se sente 'e pregà...»

«E non va bene? Non è meglio che pregano?»

«Ah, chesto sì! Basta ca nun se credono 'e me fottere a me! Seh, seh... Io mi ricordo ancora il nome della medicina ca me salvaie 'a vita... si chiamava Ketamicina... Venette d' 'o Giappone 'stu farmaco... 'E vecchie d' 'o Nord s'infessiscono perché magnano burro! 'O burro è melmoso, fa male! Io sempre olio! 'O burro 'a casa mia nun c'è mai stato! E se credono 'e fottere a mammeta... seh, seh...»

Da giovane innalzava tettoie, da vecchia immagina il mondo che scava dimore ctonie, da giovane sentiva trascinare mobili nella controra estiva, da vecchia avverte bisbigli di preghiere nel buio, ma l'ossessione è la stessa. L'umanità che lei tiene d'occhio, se non può distendersi in altezza, si espande verso il basso. Se non può impiegare il tempo in assurde dislocazioni di arredi, eleverà altrettanto inspiegabili orazioni nel cuore della notte. Ognuno per sé, in una corsa a conquistarsi terreno, metri quadrati, spazio vitale, dove che sia e a danno di chiunque altro: questo fa l'umanità secondo lei, una moltitudine che trama compatta a danno suo e del suo sangue, ma lei per fortuna è vigile e non si farà confondere, non si lascerà ingannare dai maligni traffici del mondo.

Sono passati anni, ho visto molte montagne, disceso pendii, arrampicato pareti, percorso sentieri quando portiamo a Pocol le ceneri di Francesco ed Elizabeth.

Le giovani inglesi che arrivano in Italia negli anni Cinquanta per fare le ragazze *au pair* e insegnare la lingua ai figli di famiglie ricche sono pioniere. Ne scenderanno eserciti, dopo, di americane, australiane, neozelandesi, insegnanti, modelle, viaggiatrici, ma loro sono la prima, sparuta avanguardia. Sposeranno uomini italiani, frequenteranno la chiesa anglicana, si adatteranno, ma conservando sempre qualcosa di leggermente spaesato, una sorta di perenne, disorientato candore. L'Inghilterra che lasciano non è ancora quella dei Beatles, degli Stones, di Carnaby Street, di Mary Quant, della libertà e delle trasgressioni, ma un paese povero e devastato dalla guerra, austero. Non sono ancora quei simboli di emancipazione che saranno le loro connazionali vent'anni più tardi, ma ragazze timorose e timorate che in assenza dei genitori lontani vengono tutelate dalle famiglie presso le quali lavorano. Elizabeth insegna ai ragazzi di casa Bompiani e il giovane avvocato Francesco, quando comincia a frequentarla, deve sostenere un colloquio con Valentino per dimostrare la serietà delle sue intenzioni.

Si dedicano alla famiglia, ma conservano qualcosa di più avventuroso delle nostre madri, non sono ossessionate dalla cucina e dallo spolvero delle case, ma sanno riparare le cose, rammendare gli abiti perché durino, anche se non sono più di moda. È come se si portassero dentro le distese della brughiera, un soffio di vento, l'urto delle onde che si rompono contro i *cliffs*, gli aromi di spezie ignote, la *Worcester sauce* che si pronuncia «*wuster*», la crema Marmite, l'estratto di lievito che o piace o fa schifo... Indossano magliette con le maniche corte anche in inverno, girano senza calze, sanno usare il trapano e cambiare una ruota bucata, comprano roba usata e le cose che non gli servono più non le buttano ma le rivendono, si accontentano di un modesto *bargain* e sognano un futuro di libertà.

Elizabeth e le sue compagne l'hanno sintetizzato, decenni prima di internet, nella formula *w.w.w.w.*: *when we will be widows...*

Quando saranno vedove viaggeranno il mondo come i loro avi corsari nei Caraibi, missionari in Cina, mercanti della Compagnia delle Indie.

Adesso il mio cugino giovane porta le due urne, quella di metallo, arrugginita, con le ceneri di Francesco che hanno atteso sua moglie qui, in una cappella di amici nel cimitero di Cortina, e quella di legno lucido di Elizabeth.

Ha trovato nel terreno il punto, nel prato dei caprioli davanti alla casa nel bosco, dove si apre una crepa di roccia a imbuto. Lì rovescia il contenuto delle urne, insieme, e vediamo le ceneri mescolarsi in un fiotto scuro che svapora alla fine in uno sbuffo, una nuvola di polvere bianca, leggera.

Li saluta con una formula di congedo così semplice che mi lascia senza fiato: «Ciao, cari!»

Apro la porta e la vedo in piedi, nuda dalla vita in giù, poggiata con le mani sul tavolo per non cadere; la badante Flor, accovacciata, la pulisce in mezzo alle gambe con una spugna.

L'asciuga da dove sono uscito io senza gratitudine e senza tenerezza, e che senza tenerezza ho ricambiato. Chi ha cominciato per primo? Certo io, che di sicuro non sono stato il bersaglio iniziale del suo malessere, mentre lei lo è stata del mio.

È sempre stata fiera del suo culo, non era soddisfatta della faccia ma del culo sì, e ancora conserva, nel crollo della carne morente, un vago accenno di rotondità nei fianchi.

La guardo e mi viene da associare la sua carne nuda all'estraneità che ho sempre provato davanti alla *Lettera alla madre* di Quasimodo, quel «*mater dulcissima*» che commuove il Prete quando la recita...

Il Prete in realtà si chiama Michele ed è un prete spretato che sposa la cugina Gemma, un matrimonio che per Angela non dovrebbe costituire uno scandalo, visto il suo cattolicesimo eterodosso e la conclamata allergia alle regole; ma come farsi sfuggire un'occasione migliore per mandare affanculo la cugina? E infatti Angela le toglie il saluto e la cancella dalla sua e dalle nostre vite. Anzi, un pomeriggio che sul lungomare li incontra entrambi, sposini freschi, li insulta in una scenata storica, che va avanti a raccontare per anni, aggiungendo ingiurie diverse e più mirate a ogni nuova versione.

Per Angela la *damnatio memoriae* non coincide con l'abrasione e il silenzio, ma con la reiterazione e l'arricchimento infinito dell'oltraggio.

Il momento centrale del racconto però resta invariato ed è il Prete (sarà sempre chiamato spregiativamente così: «'O Prevete») che con voce flautata, flebile, pretesca per l'appunto, prende la mano della sposa e la sottrae alla valanga di contumelie che Angela le scarica addosso sussurrandole soltanto: «Gemma, andiamo...»

Quel «Gemma, andiamo» è l'unica costante della storia e viene recitata da Angela con tutte le sfumature di una voce servile abituata a porgere l'altra guancia.

Una decina d'anni dopo, ancora una volta senza nessun particolare motivo, decide che l'ostracismo è finito e come nulla fosse stato riprende a parlare a Gemma e al Prete, che per l'occasione è diventato zio Michele. E il bello è che, ancora una volta, né Gemma né zio Michele rivendicano qualcosa, ma ci aprono casa loro, ci presentano due figlie cresciute, ci regalano i rosoli che lui sa preparare per antiche competenze conventuali e ci invitano ai concertini che organizza, perché da quando è stato riportato allo stato laicale fa il professore di musica alle medie. E recita poesie, quell'anima d'artista di zio Michele, e Quasimodo gli piace più di tutti i poeti e si commuove quando con la sua voce sottile recita: «*Mater dulcissima*», che tra il latino e la sua "s" sibilante sembra una preghiera sussurrata, «*ora scendono le nebbie, il Naviglio urta confusamente sulle dighe, gli alberi si gonfiano d'acqua, bruciano di neve*...» E la voce delicata freme davanti a quel minaccioso paesaggio nordico di nebbie e neve e gelo che incombono sul giovane emigrante e preoccupano la sua mamma apprensiva...

Sì, *mater dulcissima*, come no? E mentre queste associazioni mi attraversano la mente, fisso la mia *mater dulcissima* seminuda e ridotta, come dice lei, a un «ciacchero», una parola che ha appena tirato fuori da chissà quale repertorio lessicale dimenticato e che in effetti funziona, rende con efficacia un'idea di carne acciaccata e pesta.

La chiamo: «'A Ta'!»

«Che vuo'? Che vai truvanno?»

«E come sei sempre simpatica! Lo sai che sei proprio simpatica?»

«Vaffanculo a mammeta!», e ride anche lei, con due gengive allegre nella bocca vuota.

Per un attimo si è ricordata del nostro antico gioco.

Sì, perché cominciò come una recita, di questo sono sicuro. O era *anche* una recita.

Per lungo tempo Angela ha finto, ha interpretato una parte.

Ha finto come normalmente fingono gli esseri umani, non inventando di sana pianta una se stessa completamente diversa, ma esagerando i tratti di quella che era per assomigliare di più a quella che voleva essere.

Tutti lo facciamo, chi per periodi brevi, chi più a lungo, chi per sempre, finendo col dimenticarci com'eravamo prima della finzione.

Lo facciamo per sopravvivere, per illuderci, per stare meglio, perché non siamo fatti per la verità, per essere quel che siamo come se fosse una libera scelta e non un destino o una condanna.

Lei voleva essere anticonformista, ha sempre perseguito una sua idea di diversità, di scarto dalla norma, la deriva di uno spirito ribelle. Non le piaceva il modello di madre e figlio che mettono in scena l'amore scontato che vedevamo nelle pubblicità degli anni Sessanta. L'attraeva l'idea di una madre e di un figlio che si amano mandandosi affanculo. Rispondeva meglio alla sua anarchia istintiva, al suo spirito contrario.

Per alcuni anni, quando io ero un adulto e lei non ancora una vecchia, i nostri litigi furono vere e proprie messe in scena, un teatro rituale per noi, un intermezzo comico per amici e conoscenti che venivano a cena. «Dite la verità, li avete mai visti una madre e un figlio così?» ripeteva agli invitati non del tutto sconvolti solo perché erano stati preavvertiti, ma comunque disorientati da quello spettacolo che faceva parte della cena e che in effetti era divertente e non ricordava niente di già visto, con lei che faceva la mossa, diceva battute a doppio senso, sosteneva teorie paradossali ma non completamente assurde, volte in genere a ribadire verità brutali contro ogni sentimentalismo e ogni versione edulcorata della vita: lei e suo marito che si capivano solo a tavola e a letto, i soldi che contavano più dell'amore, fare la zoccola che era meglio dell'essere onesta, tesi così.

Col tempo, impercettibilmente, mi accorsi che quelle eccentriche sbandate dal senso comune le controllava sempre meno. Anch'io che come lei, come tutti, ho recitato, avevo sempre meno voglia di fingere e, come gli uomini della mia famiglia, mi votavo al silenzio mentre lei si dava allo strepito.

Il vaniloquio e il mutismo erano davvero le sole possibili conseguenze del gettare la maschera?

È stata questo la nostra vita insieme, una commedia tirata troppo per le lunghe, una recita finita male?

Come ha tolto l'anatema al Prete, così, poco dopo la morte del marito, ha riabilitato la sorella, la sua nemica di sempre, la «scorteca», e così zia Anna è passata dall'essere «chella zoccola d' 'a sora» a «chella puverella».

Si vedono, ogni tanto. Si parlano, si scambiano piccoli regali, per quanto la cosa mi sembri inverosimile. Tanto mi fa piacere, questa novità, che non la rimarco, non la sottolineo con stupore, come se il farlo potesse annullare il miracolo riportando una tenerezza appena nata alla ferocia del passato.

Il rancore si è estinto perché è mancato l'uomo che si contendevano, perché il tempo ha consumato le fiamme del risentimento o per l'esatto contrario, perché il fuoco che la divora brucia tutto, alla fine, anche l'odio?

Adesso che non si muove più, il pesce glielo porto io. Hanno aperto vicino a casa un negozio di gastronomia con un banco di pescheria che il sabato espone ostriche, ricci, aragoste, gamberi rossi. Il proprietario è un uomo molto alto, di una robustezza che confina col gonfiore, cerimonioso e inquietante, con due figli altrettanto alti e grossi, perfettamente silenziosi, che servono al banco ed eseguono i comandi paterni come automi succubi a un ossequio del sangue di stampo antico, un'obbedienza filiale del tipo che non esiste più e mette a disagio chi ne è testimone.

Lui è addetto a fare conversazione coi clienti, questo è il ruolo che si è ritagliato per sé, e lo incarna con la stessa meccanica applicazione con cui i figli mettono in pratica le sue direttive sviscerando, impacchettando, pesando.

Dal momento che la sua offerta di pesce è ricercata – *coquillages*, granchi e crostacei, erbe di mare –, a tutti chiede: «Lei questo come lo prepara?», come se dalla correttezza della risposta dovesse dipendere la concessione dell'acquisto. In realtà fa la stessa richiesta anche a chi compra i più scontati branzini e tranci di tonno e spada. Ogni volta che entro penso che sarebbe l'interlocutore ideale della Talpa perché si limita a domandare. Lui una ricetta non la suggerisce mai, chiede soltanto e ascolta quello che fanno gli altri. Non parla, aspetta, e m'imbarazza perché non ho mai preparazioni particolari da raccontargli, anche se lo vedo assentire alla banalità delle risposte che gli do con la stessa grave, imperscrutabile concentrazione che dedica ai complessi manicaretti suggeriti dagli altri acquirenti, segno inequivocabile che in realtà di quello che dicono non gli importa niente e pone la sua reiterata e indiscriminata domanda solo perché qualcuno deve averlo istruito che al cliente bisogna prestare la dovuta attenzione.

Un giorno che mi ha visto portare sottobraccio due volumi sulla battaglia di El Alamein, ha commentato: «Vedo che lei legge i libri giusti.»

Solo il cibo è riuscito a crepare la sua crosta di pregiudizio, sospetto, avversione verso gli altri.

È vero, non l'ho mai portata da nessuna parte nel mondo, dove non sarebbe comunque mai venuta, terrorizzata dagli aerei ma diffidente anche di automobili e treni, stremata in anticipo dalla semplice prospettiva di trasferimenti, attese, ritardi, i contrattempi inevitabili di ogni spostamento. Però non c'è cucina esotica che non le abbia fatto assaggiare. Cinese, giapponese, indiano, thai, greco, eritreo, messicano, in tutti i ristoranti che danno l'illusione di viaggiare senza muoversi è sempre venuta volentieri. L'ho vista avventurarsi con entusiasmo sui curry più estremi, sulle più bollenti salse vindaloo e masala. Lei che conosceva solo pepe e peperoncino, che ha sempre sparso con larghezza dappertutto, ha scoperto la curcuma mettendo ovunque anche quella e chiedendo solo dopo: «A che serve 'sta cuccuma? Fa bene a quoccosa?» E assieme alla curcuma compra barattoli su barattoli di una bruciante salsa messicana che manda giù a cucchiaiate quasi fosse sciroppo o spalmandola sulle fette biscottate come una marmellata, perché quel sapore forte le è grato, anche se non ha nessuna idea di quali preparazioni dovrebbe accompagnare.

Dei cinesi apprezza la varietà, l'agrodolce che si alterna al piccante, le carni già sminuzzate, pronte da mangiare senza bisogno del coltello. Ma anche la semplicità, la purezza giapponese, quel fermo rigore che dovrebbe costituire l'esatto contrario del suo furore scomposto, l'hanno incantata.

La religione del pesce, che è stata la sua fede unica e sincera, la sola teologia che abbia davvero sempre studiato con costanza, non poteva che condurla tra i suoi adepti più intransigenti, i devoti del crudo.

Così davanti ai sushi e ai sashimi misti l'ho vista raccogliersi in un piacere estatico: «Quant'è bello! Me pare 'n'opera d'arte!», e mangiare quasi a malincuore, in silenzio e compostamente, come se un sacerdote invisibile le portasse alle labbra quell'ostia che invece non le ho mai visto inghiottire.

Quando le porgo il pacchetto con il pesce prezioso che ho trovato il sabato mattina è l'unica volta che sento di fare per lei qualcosa che abbia un senso.

«Che m'è purtato?» mi chiede speranzosa, e se sono i gamberi di Mazara dal rosso di sangue appena sprizzato dalle vene, i ricci di mare dagli aculei d'ebano, i moscardini rosa come le più segrete delle mucose o il calamaro fresco bianco come la particola consacrata e lucido neanche fosse ancora immerso nella teca di un mare scintillante, nella voce le vibra una gratitudine incapace di durare, ma, come tutte le cose che non durano, miracolosa.

Sulle alici è più esigente, quelle che le porto di solito le critica. Non le piace trovarsele davanti già spinate, decapitate, così da non poter controllare la vivacità dell'occhio, e aperte a libro con le carni esposte che subito si scuriscono.

È come se dicesse: il pesce dei ricchi non mi spetta e va bene comunque, quello dei poveri dev'essere perfetto. Con il pesce le regole sono molto più chiare e non generano risentimenti, con le altre manifestazioni della vita no, e questo innesca la sua rabbia senza fine.

Le cozze le pretende, con tre tonalità diverse. Che vanno, a seconda dell'umore, dal lezioso «M'è puorti dduie cozzechelle?» all'ancora ottativo, ma asciutto «Vulesse ddoie cozze...», fino all'imperioso «Voglio 'e ccozzeche!».

Le cozze sono povere e vistose, nere e arancio, si nutrono delle impurità e le filtrano. Hanno sapore forte, mettono a rischio chi le mangia. Per umiltà dell'origine, decisione del gusto e pericoli connessi, nelle cozze si riconosce.

«Mamma mia, che schifo di mondo, devi combattere sempre! Co' i medici, co' i portieri, co' i condomini, cu' tutte quante! Però stanotte m'aggio arricreata: 'a televisione ha fatto un programma su Napoli, ha fatto vedere la storia dei taralli 'nzogna e pepe! A me me basta 'a televisione, nun tengo bisogno 'e nisciuno! Fino a mezzanotte m'aggio arricreata e poi m'aggio 'ntussecata cu' chillo nanillo ca nun se ne ieva cchiù... Ah, ma 'sta storia adda fernì! Mò s'arrobba pure gli utensili: 'a pentola p' 'o pesce nun ce sta cchiù, 'o cucchiaio 'e legno nun se trova... Ma comme facite a Milano! Tutti i depravati vengono ccà! E s'arrobbano 'a corrente e s'arrobbano 'o mmagnà e s'arrobbano 'e ffurchette e vuie nun dicite niente! Ma pecché adda venì ccà 'stu nanillo? Chillo tene 'e cchiavi d' 'a fenestra...»

«Ma quali chiavi, ma non dire scemenze!»

«Sì, tene 'e cchiavi! E si pure nun 'e ttene, se fa comm' a nu gomitolo, passa sotto 'e pporte e me vene a sfottere a me!»

«Le cozze che ti ho portato ieri dove stanno?»

«Stanno ccà, dint' 'o frigorifero, avvolte nel panno bagnato.»

«Allora il nanillo non se le è prese...»

«Se l'era pigliate, chillu fetente, ma io me ne so' accorta! Gli ho strillato: "Addó vai? Puortame subito 'e ccozze ccà!"»

«E lui le ha riportate.»

«E si nun m' 'e ppurtava, andavo dal padre.»

«Bel ladro, tu gli dici di riportare le cose e lui te le riporta.»

«Cretino, io saccio addó sta, io so' figlia 'e carabiniere, io chiamo i carabinieri, vi mando in galera a tutti quanti, a te e a' 'e ssore toie! 'O documento che mi devi firmare me l'hai firmato? No? E vidi 'e fà 'o dovere tuoio!»

Buddista tibetano ortodosso, mio cognato Eduardo Avolio è preoccupato da come potrebbe reincarnarsi la Talpa: «Mamma mia, e che c'è qua dentro? Tua madre è un generatore d'oscurità! Io cerco di non mangiare più neanche le cose che cucina... Ci mette dentro tanta rabbia... tanta carica negativa, che poi non sto bene, mi accorgo che mi fa male! Qualche giorno fa, a tavola, all'improvviso, le è venuta una collera, ma una collera... Gli occhi le si sono fatti... rossi, ma era un rosso, mi devi credere, che non esiste in natura: era lo sguardo del male! Io certe cose le ho viste solo in frangenti estremi, mò non ti posso dire tutto... in certe azioni cerimoniali, c'erano in ballo cose gravi... Io credo che nelle vite precedenti lei abbia vissuto...

che abbia fatto cose non belle, ma poi nella vita che tu fai ti si aprono delle porte e tu puoi decidere, perché noi abbiamo facoltà di scelta, quella c'è sempre, siamo noi che decidiamo dove andare a finire... Ma una così dove va? E dove vuoi che vada? Quando andiamo di là, le cose non sono facili, non sono belle... Quando tu fai certe scelte in questa vita, nell'altra, poi... non è che va bene, capisci... Quando tu, dentro, di luce non hai niente, nemmeno una fiammella, quando hai prodotto solo tenebra e buio, dall'altra parte, poi, non è che te la passi bene... L'altro giorno ho fatto una seduta a tua sorella, nella mia stanza, e ho visto una cosa che... A un certo punto, dalla testa, le è uscito un corvo... un corvo nero! Uh, Maronn'! Per tutta la negatività che tua madre le ha caricato dentro... Vedi, lei ci ha dentro una rabbia che non si placa mai, perciò si aggrappa alla terra con le unghie e con i denti, con tutta la volontà! Nun vo' murì! Non ha neanche idea di che cosa è la pace, sta sempre in guerra, è stata in guerra tutta la vita, che può trovare da quell'altra parte? È terrorizzata. Io avevo questo maestro che ho perso un anno fa, un grande maestro, un Lama, sul lago Maggiore. Alla fine di un periodo di raccoglimento gli siamo sfilati davanti per salutarlo, e a ognuno di noi dava qualcosa. A me ha dato una rosa. L'ho portata a casa, l'ho poggiata sulla scrivania e l'ho lasciata là. Dopo tre giorni l'ho presa e l'ho infilata in una brocca d'acqua. Era stata sulla scrivania per tre giorni! E dopo un altro giorno è sbocciata una gemma, grande, bellissima. È veramente raro che succeda una cosa del genere. Ma se porti una rosa qua dentro, muore subito! Uh, Maronn'! Si secca all'istante!»

«Io l'aggio partorita, ma non me la sento proprio comme a 'na figlia. La dovevo abortì.

«Io ero contro all'aborto, ma aggio votato sì!

«Perché hann'abortì solo 'e zzoccole ca tenono 'e soldi?

«A me mi spettava.

«A me me piace 'o ballo.
«So' contadina, me piaceva 'e fà 'a contadina.
«Me piace 'o pecorino.
«Meno male ca tengo 'a capa bona! Perché il cervello tu lo sai a che cosa è uguale? Lo sai, sì o no? È uguale all'intestino. Se tu vedi la fotografia del cervello e quella dell'intestino non sai qual è l'uno e qual è l'altro... Io la forza la tengo nei piedi. Nei piedi e nel culo, perciò mi difendo coi calci. A un'infermiera del San Cristoforo ci ho dato un calcio che le hanno messo cinque punti, mannaggia a me! Che ci tengo!
«Mi piacciono gamberi e alici fritte, e triglie, e me l'aggia scurdà pecché ccà nun ce stanno...
«Non tengo forza nelle braccia, si aggia spostà 'na cosa 'a sposto co' 'o culo! Vuo' vedé comme faccio? Tu nun sì psicologo, io aggio studiato pure 'a psicologia, e aggio fatto tre figli senza avere un punto. Mi sapevo aprire, diceva 'o ginecologo. Chella tenevo bona, 'a fessa. E 'a capa. Mò me fai scema a me. Prova a me fà scema!
«Che ore songo?
«Le sei?
«Di mattina o di sera?
«E che giorno è? Nun saccio manco che giorno è... Sto sempre sola... Chella zoccola 'e soreta, nun tene manco 'o coraggio 'e me chiammà a' telefono... Le vedi quelle vecchie fuori al giardino? Ha chiamato al telefono una 'e chelle là... Ha chiammato una 'e chelli zoccole, pur' 'e nun chiammà a me! E io poi secondo lei non me ne accorgevo! 'Na mamma nun se jetta! Non si butta una mamma, accussì... Tu hai fatto sempre quello che hai voluto... Che significa "educare"? Dal latino *ex ducere*, tirare fuori. Non imporre! Io nun aggio mai imposto niente a nisciuno... Ha chiammato a una 'e chelle pe' nun chiammà a me. Ma io me ne so' accorta. Mò me fai fessa a me! Seh, seh... Anche l'altra sora tua non è più la stessa, è impazzita, mi ha messo le mani in canna, guarda qua, m'ha lassato 'o segno... me vuleva accidere... Meno ma-

le ch'io m'aggio già fatto scrivere 'o nomme 'ncoppa 'a tomba! Vicino a mio marito. 'A cenere mia vicino 'a cenere soia... Se vedesse quello che mi state facendo, ve sputasse 'n faccia a tutti e tre! A te pe' primmo, e poi a 'e ssore toie! Ma tu non c'entri. Eh già, tu non c'entri mai.

«Che c'entri tu?»

Non vuole cambiare per nessuna ragione con un letto ospedaliero il letto matrimoniale che è già stato nella casa di vacanza e nel quale dormiva con suo marito, e allora per sistemarla come vuole lei sono costretto a togliermi le scarpe e a salirci sopra. Faccio in modo che si aggrappi con le mani alle mie spalle stendendo le braccia e la sposto tenendola per la schiena finché non trova la posizione che preferisce. Non mi piace arare con le ginocchia il letto dei miei genitori, è una brutta sensazione: per un bambino può essere una gioia incosciente, per un adulto è una goffa profanazione.

Poi mi siedo nella poltrona vicina al letto.

«Contami quoccosa...»

«Ti faccio sentire un poco di musica napoletana?»

Annuisce, arresa.

«Che vuoi sentire?»

«Chello ca vuo' tu.»

«No, dimmi tu. Tanto qua c'è tutto.»

«*Lazzarella*.»

Ho l'iPad sulle ginocchia e digito su YouTube.

«La vuoi sentire cantata da chi? Carosone, Aurelio Fierro, Modugno, Massimo Ranieri?»

«Comme vuo' tu.»

«E mettimm' Aurelio Fierro, va'... Andiamo sul classico. Sentimmo...»

Conosce le parole una per una e si mette a cantare.

Ho sempre saputo che è la sua canzone e la scuola del Gesù è quella dove ha fatto il liceo, però nei versi non c'è solo la scuola o la camicetta a fiori blu e la grazia dell'Italia povera, c'è anche, e soprattutto, il negarsi, il dire no come prima risposta e solo per ripicca: ma la negazione è bella a primavera, nella brutta stagione il rifiuto è solo una spina in più nel ramo secco della vecchiaia.

Più di una volta nel salone, quello che non si apriva mai, nelle sere di festa ha cercato d'insegnarmi a ballare. Senza riuscirci, non ho sensibilità per la musica ma avverto solo i suoi fianchi che si scuotono e mi fanno un effetto strano e oscuro.

Lazzarella è la canzone che mette più spesso e la balla da sola, perché neanche mio padre, che pure si dice sia un buon ballerino, la segue. Forse trova disdicevole esibirsi in vestaglia nel salone di casa davanti ai figli. Degli spessi dischi a 78 giri avvolti in una preziosa carta velina a lui piace solo mettere *I Love Paris* e ascoltarla seduto in poltrona, raccolto, con un'espressione concentrata e chiusa, chissà che cosa gli ricorda. Non è la versione di Ella Fitzgerald, che è più leggera e luminosa, ma quella di un'altra cantante nera, che non sono stato mai più capace di ritrovare, una che ne dà un'interpretazione drammatica e scura in cui i colpi di timpano sembrano il battito di un cuore affaticato, e quando la voce si incupisce nella dichiarazione d'amore per Parigi d'inverno, con l'aria che vortica di polvere di pioggia, è come se si aggravasse di cristalli di ghiaccio, mentre quando dice che le stagioni non le importano, purché ci sia il suo amore, e il canto dovrebbe risollevarsi, non si risolleva ma va ancora più giù, come se l'amato che è là, a Parigi, non le mettesse le ali al cuore ma una macina al collo, perché l'amore può essere tanto elevazione quanto sprofondo.

«Senti che voce che ha» mi dice mio padre, e io che so che nel dopoguerra è stato a lungo a Parigi per riprendersi dalle sue tragedie, mi faccio l'idea che Parigi sia questa sorta di gemito, sia l'inverno e l'autunno, mentre la primavera e l'estate abbiano avuto per lui il volto della Costa Azzurra, dove l'hanno mandato subito dopo la ritirata di Russia, a Bandol sur mer.

Mi ha ripetuto sempre che l'acqua del mare purifica, che rimargina ogni cosa, e credo che proprio quello intendesse, ogni genere di ferita, fuori e dentro. Ogni volta che mi procuro un taglio, mi dice solo: «Buttati a mare.»

Quando ho remato troppo e mi si aprono i calli sulle mani mi dice: «Fatti gli impacchi di alcol», oppure, ancora: «Buttati a mare.» Purificare significa bruciare. Se non fa male non libera. Questo m'insegna, che è bello bruciare e che il mare guarisce perché è acqua che brucia. Per sempre mi farà amare il dolore della carne sana. Forse crede che mi sarà utile quando la carne soffrirà e basta, senza esultanza.

Torna dalla Russia ridotto a uno scheletro e con una brutta lacerazione al ginocchio, che non guarisce; ma arriva a Bandol e facendosi il bagno tutti i giorni la piaga si secca.

Da ragazzo immagino ogni sua sofferenza concentrata in questa ferita al ginocchio, mi sembra di vedere spurgare nell'acqua salata una nube di pus e poco alla volta l'infezione asciugarsi, diventare cicatrice bianca. L'idea della guarigione per me è questa.

Mio padre è Filottete, abbandonato dai Greci sull'isola di Lemno. Anche lui ha una ferita ostinata, sul piede, una piaga putrefatta che imbarazza i compagni.

In realtà più volte nel nostro salone si è ballato, e Angela è stata felice e mi ha invitato con un semplice gesto di seduzione che avrei visto fare ad altre donne.

Chissà poi dopo che è successo, a lei, a noi, forse niente di speciale, solo l'ordinario disfacimento delle nostre vite.

Ogni domenica a pranzo mia sorella raduna la sua famiglia in casa della Talpa per restituirle ancora una volta quel calore conviviale, quel senso di riunione attorno al cibo che è l'unica forma di socialità che conosce.

Se non ha dormito da lei, arriva presto al mattino con la spesa e cucina sottomettendosi a farsi dare tutte le indicazioni, anche se non ne avrebbe bisogno, e lasciandosi docilmente rimproverare per le omissioni e le varianti non ammesse che secondo Angela rovinerebbero l'autenticità delle ricette.

La Talpa siede a capotavola in mezzo ai cuscini impilati secondo le sue disposizioni e accompagna la preparazione dei piatti e il pasto con un moto incessante delle mandibole, un ruminare a vuoto che è come un pensiero circolare che ritorna sempre da dove parte, un rovello inesauribile, l'infinito rimasticare della sua esistenza.

I passaggi dallo stato di atarassia, nel quale la sua mente galleggia in uno sciroppo plumbeo, alle esplosioni di rabbia sono sempre più rapidi.

Io di solito li raggiungo per il caffè o il dolce, accompagnato da uno dei miei figli, estratto a sorte con lo stesso spirito con cui si sceglievano i fanciulli ateniesi da portare in pasto al Minotauro.

I figli di mia sorella, che con Angela hanno passato numerose estati, sono più abituati a fronteggiare i suoi cambi d'umore, sanno come gestirne i furori e addirittura disinnescarli. Hanno quella confidenza dei domatori di belve che non li mette al riparo in assoluto dall'attacco, ma li fa essere preparati, naturali ed efficienti nel momento in cui le cose precipitano. I miei invece sono diffidenti, Angela dice di amarli e proclama di avere otto nipoti come il massimo risultato raggiunto dalla sua vita – a differenza delle sue cugine che ne hanno molti meno, e come sempre ne fa una questione di numero, di quantità, un dato materiale – ma non è capace di parole, di gesti che manifestino i suoi sentimenti al di là della loro affermazione. Alla fine la sua tragedia è questa, non essere capace di dimostrare l'amore. E forse è anche la mia.

I miei figli con lei si sentono in uno stato di perenne allarme, non gli viene istintivo baciarla, dirle una parola, farle una carezza, come fanno con l'altra nonna, con la quale hanno un rapporto normale. Lo stesso che è mancato a me, un rapporto normale.

Non sa dimostrare l'amore e non sa farsi amare.

L'amore è il cruccio di tutti, ma sempre nel senso delle forme assolute: quella, puramente attiva, dell'amare, e l'altra, perfettamente passiva, dell'essere amati.

Del dimostrare amore nel modo più giusto e del farsi amare, cioè dei modi del sentimento, non della sua essenza, non si preoccupa nessuno. Gentilezza e tenerezza sembrano l'elemosina, la declinazione degradata delle passioni.

Ad amare come viene sono buoni tutti, e anche chi ama senza essere riamato trova consolazione in questo sacrificio, ma chi è incapace di risvegliare attorno a sé le forme minori dell'amore conduce una vita aspra e non sa perché.

«Comme staie?»

«Buono. Aggio cacato, e sto buono.» Seduta a capotavola, mi fissa con un'aria di sfida che non raccolgo. «M' e' purtato 'o liquore?»

«Eccolo qua, bevi.»

È un liquore al caffè fatto in casa, regalo natalizio di una lontana parente che ogni anno ce ne omaggia una bottiglietta che si va ad aggiungere alle altre, tutte intatte dopo aver assaggiato un sorso della prima e averla trovata imbevibile al punto da lasciare che una corolla di cristalli di zucchero, più ermetica di una morsa, la sigillasse per sempre. Adesso quei reperti destinati all'eternità di una dispensa, come le ampolle del corredo funebre di un faraone, hanno trovato una cliente e appagano la naturale soddisfazione di smaltire una cosa che si poteva solo buttare.

La Talpa non mangia quasi più niente, ma vuole alcol. Chiede vino, protestando che le spetta, e mia sorella, che assieme a me si sta spartendo l'inesauribile ricchezza del suo accompagnamento, non deve farglielo mancare. Ogni tanto una badante, giustificandosi, intimidita, entra da noi chiedendo una bottiglia per la nonna che urla che vuole il vino. Oppure reclama liquori dolci, che scola con l'ingordigia delle fauci prive di denti e ormai inadatte anche a ospitare la dentiera per il dimagrimento delle guance e il ritrarsi delle gengive e però sempre più efficienti nell'atto della suzione, non quella carnosa dei poppanti concentrati a ingurgitare il latte che li nutre, ma quella secca dei vecchi cannaruti che con lo zucchero dell'alcol s'inebriano per stordirsi lungo la via che conduce alla fine.

Dopo pranzo si assopisce nella poltrona telecomandata e così, sul capo addormentato, esposto alla luce e non immerso nelle lenzuola, sulla mascella che non mastica più e sopra gli occhi chiusi che non scrutano intorno sospettosi, affiorano fermi e duri, scolpiti da una superiore indifferenza, i tratti della morte.

La poltrona elettrica ultima arrivata, il grande armadio con tutti gli abiti e i cassetti con i suoi cimeli – l'album con le foto del matrimonio e di noi bambini e ragazzi, quelle della madre, le copie ingiallite dei giornali dove io pubblicavo i miei primi articoli –, il letto matrimoniale laccato di rosso che avevamo al mare e le parla delle sue notti lontane, uno specchio Kartell proveniente dal mio primo appartamento a Milano... Passo in rassegna i mobili di questa stanza e prima di pensare alla fine che faranno, a che cosa diventerà, a come si trasformerà, quest'abitazione, senza di lei, mi torna in mente una delle poche volte in cui ho visto la sensibilità di Angela affiorare come il relitto di un'insospettabile imbarcazione antica dal letto di un fiume in secca. Questa casa l'ha trovata lei venendo a Milano apposta per mettere a frutto le sue capacità di intenditrice d'immobili perché è figlia di muratore e non ha fatto altro nella sua vita che comprare case o sognare di farlo. Aveva appuntamenti tutti i giorni ed era felice, ma una sera la vidi improvvisamente triste: «So' stata a vedé 'na casa 'e 'na vecchia... ch'era appena morta... L'hanno messa in vendita i figli e ce stevano ancora tutt' 'e mobili adinto... Tutt' 'e mobili 'e 'sta povera vecchia... M'ha fatto 'na pena... Ma pecché? Me so' misa scuorno... comme si fosse trasuta comm' a 'na ladra... Ce stevano tutte 'e ccose soie, ancora là, comme si essa fosse appena asciuta... M'ha fatto 'na pena... 'na pena... Puverella... Che brutta cosa è 'a morte...»

Passa sempre più tempo distesa e mio cognato Eduardo Avolio viene a farle dei riti. Lo trovo ai piedi del letto che disegna figure nell'aria e traccia gesti dal basso verso l'alto o circolari, come se richiamasse energia e la convogliasse, o come se cercasse di spingere in una direzione un'intera batteria di forze centrifughe, contrarie, una frotta di spiriti riottosi.

«Adesso riposa. Dice che ha visto un'ombra, forse non era nessuno, una coperta sulla poltrona... Ma io credo che qualcosa in realtà abbia visto... Io credo che si sta preparando. Più ti avvicini dall'altra parte, più vedi le cose dell'altra parte... Eh sì, è accussì. Lei, vedi, non si è evoluta proprio, hai capito? Anzi, per certi versi è andata indietro... La sua anima è buia! Uh, mamma mia... Adesso io potrei cercare di capire quando succede, ma non so se me lo dicono...»

«Edua', ma tu ti puoi fare anticipare qualcosa dagli spiriti? È una cosa difficile?»

«Eh... Ci posso provare... Mi vado a concentrare nella mia stanza, poi avimma vedé... Non è facile, non è facile per niente...»

«Io mi chiamo Angela Izzo.

«Sono nata a Cautano, un piccolo paese in provincia di Benevento.

«Discendo dagli antichi Sanniti e appartengo alla razza degli sgherri.

«A me me piace:

«Il peperoncino

«La frittura di pesce, alghe e cecenielli

«I panzerotti e le paste crisciute

«L'aglio e olio, e la cipolla

«Gli spaghetti a vongole

«Il ballo
«'O pecorino
«I gamberi, le alici e le triglie
«Le cozze
«La pizza
«La lingua latina
«Il colore giallo.»

Fa fatica a mangiare, vuole solo la pizza. La chiede alle cinque del pomeriggio.

«Voglio 'a pizza!» urla.

«Dove te la vado a prendere? Gigino ha il forno spento, sono le cinque.»

«Voglio 'a pizza! Fuori da Gigino sta scritto "consegna a domicilio"!»

«Ma sono le cinque!»

«Sta scritto "consegna a domicilio"! "Consegna a domiciliooo"!»

Gigino esce dalla penombra dietro il forno scivolando a fianco dell'*Apoxyómenos*, l'atleta che si deterge con lo strigile. Ero sicuro che non ci fosse, che al massimo avrei trovato qualcuno della sua numerosa squadra di pizzaioli e aiuto pizzaioli, invece c'è soltanto lui.

«Scusa, Gigì, ma mia madre vuole una pizza adesso, che ti devo dire? Immagino che il forno sia spento...»

«No» dice infilando con la pala un ceppo in fondo e ravvivando la fiamma, «è ancora tiepido. Si può fare.»

«Mi devi scusare. Lo sai com'è mia madre.»

«Per vostra madre questo e altro.» Poi aggiunge a bassa voce, come se tirasse fuori l'ordinazione dal deposito della sua memoria di pizzaiolo che l'ossessione per l'arte non ha scalfito: «Una marinara con le acciughe e l'olio piccante, ben cotta.»

Per un attimo penso che è la stessa pizza che ordinerei anch'io.

Mi chiedo che cosa pensa mentre giace sul letto di traverso, le cannule dell'ossigeno piantate nelle narici, gli occhi chiusi, il capo sempre avvolto da lenzuola e asciugamani, come se sentisse il bisogno di proteggersi da qualcosa, una ridda di fantasmi, un'incursione di nanilli, o dalla naturale luttuosità di tanti sogni.

«Aggio fatto nu suonno...»

«Che hai sognato?»

«Eh...»

«Un sogno bello o brutto?»

«Confuso.»

«Chi c'era?»

«Tutte quante.»

«Tua madre.»

«Eh...»

«Tuo marito?»

«Sì.»

«Che succedeva?»

«Eh... 'o fatto è luongo...»

«Prova.»

«Sto cercando 'e muorti e nun 'e trovo...»

Molte volte mi ha detto di aver sognato mio padre, in mezzo al mare, che remava su una barca. Lei cercava di salire e lui le faceva segno di no: «Non devi venire qua sopra, non è ancora il momento, tornatene a riva.» «Significa che aggia stà ancora nu poco ccà» concludeva lei.

Adesso è un po' che questo sogno non lo racconta.

Ci siamo sempre chiesti dove vanno i morti, anche quando lasciano opere e azioni che gli sopravvivono e un ricordo che si tramanda. Ma dove vanno a finire i sogni dei morti? La ricchezza dei sogni sognati da tutti coloro che hanno vissuto e sono scomparsi, quei sogni più vasti, più complessi delle loro vite e delle loro opere, tutta quella infinita, confusa materia, subito dimenticata dagli stessi che l'hanno generata, tutta l'inconscia bolla, prodotta dall'umanità, di fantastiche e irrequiete immagini scoppiate all'alba, diverse per ognuno e ugualmente intricate, che fine avrà fatto?

Il cardiologo calabrese che è venuto a visitarla le ha detto: «Signora Angela, se non fate le trasfusioni, lo sapete che succede? Che morite. Se volete vivere ancora un po' dovete fare le trasfusioni.»

L'ha spaventata, per la prima volta.

Adesso sta seduta di fronte a me, avvolta in uno scialle, due cuscini dietro e uno davanti per non poggiare direttamente il tronco scarnito e le due ossa ricoperte di pelle escoriata che sono le sue braccia sul duro del tavolo, e trema.

Non si capisce se trema perché ha freddo – a maggio il riscaldamento lo spengono, ma questa è una primavera lenta, umida e piovosa, e fa più freddo dentro casa che fuori – o perché ha paura.

«Adesso ha capito finalmente che deve fare le trasfusioni, le facciamo in day hospital» dice mia sorella.

«Non voglio dormire in ospedale» protesta lei debolmente, e trema.

«Non devi dormire in ospedale. Ti accompagna l'ambulanza e ti riporta indietro.»

Annuisce e trema.

Abbassa il capo sul tavolo e lo nasconde nelle braccia, come mi mettevo io in classe alle elementari quando mi venivano gli attacchi di emicrania.

Ha un'aria smarrita, uno stupore che le addolcisce i tratti.

Trema in maniera incontrollata, come se il tremito fosse indipendente da lei.

«Mettile una canzone napoletana» dice mia sorella. «'A Ta', vuoi sentire una canzone? Quale canzone vuoi sentire?»

Non risponde e io sto per metterle una canzone dei tempi suoi, ma poi faccio un'altra cosa.

Napule è mille culure,
Napule è mille paure.

Lei continua a tremare e ha uno sguardo vuoto e perso, che non riconosce.

Non è una canzone dei tempi suoi, non parla della sua giovinezza.

Mia sorella, che sta lavando i piatti, s'interrompe di colpo e mi fissa.

Napule è nu sole amaro,
Napule è addore 'e mare.

Io mi alzo e attraverso la stanza andando verso la finestra come dovessi controllare qualcosa tra le piante del giardino, perché non voglio che mi veda se piango.

È notte, mia sorella chiama e dice che Angela non respira. È inevitabile che sia così, che queste cose succedano in orari estremi, nel pieno del buio o all'alba.

Salgo ancora sul letto. Ha il capo avvolto in asciugamani, sciarpe, lenzuola, la testa coperta come le vecchie del suo paese, fasciata, nascosta, come una creatura che si rintana nella terra.

«Che faccio? Chiamo l'ambulanza?»

«Sì, chiama l'ambulanza.»

Non le tengo la mano stando di fianco al letto, come dovrei fare, forse, ma sto sopra il letto matrimoniale con le ginocchia, con i piedi, stropicciando il talamo come se calpestassi un'aiuola, maldestro fino al fondo, fino all'ultimo istante di questo rapporto malnato, carezzando il poco di volto che affiora tra i tessuti, frugando tra le parole sconnesse che farfuglia, in mezzo alle quali a fatica distinguo congedo, benedizioni, lacerti di preghiere. Distinguo che dice: «Io nun so' cattiva, io voglio bene a tutte quante...»

La portano via efficienti, in un silenzio rotto solo dal tremolio metallico dei bordi della barella mentre scendono i gradini verso la luce blu che sciabola muta, come un insetto notturno che non rimbalza nel sole ma fila diretto al suo destino nell'oscurità.

Non voleva finire in ospedale e là è finita.

E neanche in reparto, stavolta: s'è fermata in pronto soccorso, il porto di mare dove i letti sono barelle messe come capita, allineate dove si è riusciti a mantenere un ordine, e di traverso, o sparse, come barche sparpagliate in un golfo dalla mareggiata, con i malati che vi si aggrappano come sopra a zattere. Alcuni, sdraiati, fissano la parete con lo sguardo vuoto, altri, come il giovane extracomunitario che mi scruta, si guardano intorno con avidità nervosa, in attesa di qualcuno che gli dia il via libera per andarsene. E ce ne sono altri ancora rassegnati ad aspettare ore, giorni, come stessero seduti sulla soglia della capanna di un villaggio africano.

Mi hanno spiegato dov'è, ma non mi aspettavo questo. Un dedalo di corridoi e sale una dentro l'altra.

Affretto il passo perché ci sono molte più stanze e tante più persone di quelle che immaginavo, quando avvisto i paraventi che escludono la zattera di Angela dalla vista dei vivi.

È un'isola nell'unico ambiente vuoto, attorno non c'è niente e nessuno, sembra la mobilia superstite raccolta al centro di un appartamento sbaraccato, un armadio, una specchiera, un divano lasciati là in vista, in attesa dell'ultimo passaggio degli addetti allo sgombero.

È difesa dai séparé da tutti i lati ed è coperta da un lenzuolo, non le hanno chiuso la bocca che è spalancata, protesa.

È lo spada sul banco della pescheria.

Non ha il gladio osseo, ma è come se lo stringesse, come se lo puntasse diritto davanti a sé in quel suo grido congelato.

Il titolare dell'impresa di pompe funebri mette in colonna le cifre delle spese per il funerale partendo dai pochi euro delle imposte di registro per l'atto di morte alle centinaia per la bara, «perché bisogna avere rispetto per la mamma» e non si può metterla in un legno da quattro soldi, anche se deve bruciare. Che poi, se il legno fa schifo, brucia pure male.

È un uomo del Nord, alto, grosso, unto, con la giacca e la camicia a righe stazzonate e una cravatta dozzinale col nodo spesso e allentato. È perfetto nel suo ruolo, sembra l'impresario delle pompe funebri di un film americano. Ed è un popolano del Nord assolutamente identico a un popolano del Sud: diverse le intonazioni dell'italiano, ma cerimoniose e gaglioffe uguali.

A me è simpatico, ad Angela sarebbe piaciuto: 'o Nord e 'o Sud che, nella probabilità dell'imbroglio e nella certezza della morte, si danno la mano presentandosi con la stessa identica faccia italiana.

Una voce della spesa è «vestizione e preparazione della salma».

Mia sorella è andata, all'alba, alla morgue, prima che chiudessero la bara.

Mi ha detto: «Sono andata, l'ho vista. Sapessi com'era bellina. L'hanno preparata così bene...»

Anche questo appuntamento con lei, «bellina», l'ho perso.

Angela non è bellina, è tutto ma non bellina, può essere stata tutto tranne che bellina. È la mia madre senza tenerezza, la mia madre senza grazia, la mia madre di rabbia e furia. Ma per mia sorella è bellina ed è giusto così, perché non siamo tutti uguali. È per questo che ci scorniamo, per questo ci danniamo, per questo continuiamo a esistere, perché non siamo tutti uguali.

Angela avrebbe preferito l'urlo silenzioso del pesce spada a una grazia leziosa, a un trucco che non le apparteneva.

La testa mozza dello spada, il trofeo più impressionante sul banco marmoreo della pescheria del grottino di Lorenzo.

Lu pisci, il re dello Stretto, uno dei simboli del Sud, che svetta sulle spigole inarcate, sulle pigne di cozze, sulle ghirlande strappate di alghe che incorniciano le creature del mare, l'unico che protesta per l'ingiustizia della sua morte.

Mi hanno detto che sono un uomo ferito.

Può essere, ma tutti siamo uomini e donne segnati da qualche lacerazione che non fa più troppo male perché, anche se non ci siamo nati, ce la portiamo addosso da sempre.

Qualcun altro mi dice: «Tua madre ti è servita, perché ti ha abituato a resistere alla vita.» Il carattere si forma per opposizione ai genitori e chissà se ai nostri figli, abituati a padri e madri comprensivi, disponibili al confronto e a non nascondere le proprie fragilità, non sarà mancato alla fine qualcosa, quel conflitto che li avrebbe resi più duri, più adatti all'esistenza.

Può essere, ognuno paga un prezzo, ma se è stato troppo salato o equo di solito non basta tutta una vita a stabilirlo.

Alla fine, quando diceva «Io nun voglio essere confrontata cu' nisciuno», Angela aveva ragione. Non perché il suo orgoglio avesse un senso, ma perché senza senso è il confronto tra gli individui e le generazioni. Ognuno vive quello che vive com'è stato preparato a viverlo, da se stesso, dai suoi tempi e dal suo destino, e confrontare quello che si sta vivendo con quel che si sarebbe potuto vivere modificando un parametro o un altro è un esercizio veramente vano.

Le ceneri di Angela sono arrivate a Napoli, come voleva, e le hanno messe vicino ai resti di mio padre.

Lo schiattamuorto ha detto alle mie sorelle che lui si è mummificato per il clima secco dell'avello. Io però mi ricordo che quando lo sfossarono ci rivelarono che «per l'umidità» la testa si era staccata.

Ma anche quella volta non c'ero, non sono mai andato al

cimitero a trovare mio padre, non mi è mai piaciuta l'idea di leggere il suo nome su un cassetto in alto in un colombario.

Il culto dei morti dalla mia generazione in poi è cambiato, al cimitero noi ci andiamo meno dei nostri padri. O non ci andiamo affatto.

Io ci sono sempre andato solo da bambino, accompagnando mio padre o mia nonna. Non che i loro morti non se li portassero dentro anch'essi, ma avevano bisogno di visitarli, di mettere fiori, di accendere lumi, di commissionare lavori nelle cappelle come nelle seconde case, di controllare i conti con i costi della pulizia, di un'incisione da ravvivare perché s'era sbiadita, delle tessere di un mosaico di angeli da sostituire perché s'erano staccate...

Questo bisogno noi lo sentiamo meno, anche se ci sono eccezioni. Ho conosciuto una ragazza che ogni settimana andava sulla tomba di un padre mancato troppo presto e portava fiori freschi e sciacquava la lapide e l'accudiva con efficienza e rabbia.

Un cugino di mio padre, quello che disse «Sai, io sono convinto che quella ragazza così diversa e così difficile lui l'abbia amata», adesso ha osservato: «Ho pensato a tuo padre, quando s'è visto arrivare l'urna... Avrà ditto: "Tu ccà staie? Aggio fernuto 'e stà quieto..."»

Passa 'a vita e nun ce n'accurgimmo...

Ma che ne ho saputo io di lei per tutti gli anni della mia adolescenza e giovinezza e della sua maturità, quando vivevo la vita mia non incrociando mai la sua se non per casuali collisioni?

Che ne sanno di noi i nostri figli quando non sono più i bambini con gli occhi rivolti a noi e non ancora gli adulti costretti a misurarsi con la nostra decadenza e fine?

Per lungo tempo non diamo vita che a fortuite eclissi, allineandoci una volta ogni tanto come pianeti adusi a orbitare da sóli nello spazio.

Chi è la donna adulta, né ragazza né vecchia, che sorride dalle foto degli anni Settanta e Ottanta vestita di prendisole a fiori, di pantaloni scampanati, di abiti che non ricordo?

È mai stata passabilmente felice? Si è mai acquietata vicino al suo uomo per un ragionevole periodo di pace?

È forse questo tempo della nostra pienezza, il momento buono che è sparito e non può tornare, ciò che ci fa soffrire perché ci lascia dentro la nostalgia della sua scomparsa e ci avvelena il presente con la rabbiosa rimembranza della nostra vita migliore?

Un romanziere non ha cose che non sa perché le inventa, e se sembra che non sappia qualcosa è perché finge.

Un memorialista può ignorare l'attendibilità di ciò che non lo riguarda direttamente perché filtra tutto attraverso i propri occhi, e la preoccupazione più importante per lui è restituire un vivido ritratto dell'anima sua.

Chi vuole tentare di capire una persona vera essendo consapevole che conoscere veramente non è possibile e che la persona reale gli sfuggirà comunque, può provare a raccontarla come il personaggio di un romanzo, che è poi ciò che tutti siamo, alla fine, a patto di trovare uno che in un romanzo ci metta.

Non è la prima volta che scrivo di Angela, che ha attraversato altre mie storie, sempre come un'ombra negativa. Laddove compare sta lì a esprimere qualche forma di disvalore. E di fatto è coprotagonista – assieme a sua madre, soprannominata il Locusto – della parte privata di un libro intitolato *L'abusivo*, in cui una storia di famiglia si alternava al racconto dell'omicidio del giovane giornalista Giancarlo Siani da parte della camorra. L'intento era quello di mostrare come certi meccanismi di violenza, di sopraffazione, di amoralità fossero latenti nelle relazioni private della società meridionale, anche borghese, prima ancora che nella criminalità organizzata.

Non era una relazione automatica e non aveva nessuna

pretesa sociologica, ma io nella mia famiglia, e in qualche altra che frequentavo allora, questo legame lo vedevo.

Non so che cos'avesse potuto capirci mia nonna che aveva già più di novant'anni e la terza elementare, ma pretese di leggere il libro quando uscì e in qualche modo doveva averlo perlomeno scorso, perché mi disse: «Bravo! Sei scritto esattamente le cose precise come stanno! Tutti quanti lo devono sapere quanto è zoccola tua madre!»

Mia nonna, il Locusto, aveva idee confuse sui verbi ausiliari ma convinzioni assai nette su tutto il resto.

Angela invece non mi disse mai niente. Conoscendola, non mi aspettavo che commentasse in alcun modo e infatti non lo fece.

Sarebbe scontato dedurre da quanto ne ho scritto finora che il mio interesse per Angela abbia tutte le caratteristiche della ferita da medicare, e trattandosi di mia madre, sarebbe altrettanto ovvio dedurne implicazioni psicoanalitiche pesanti, ma per poco che sia lecito a un autore intervenire a proposito dell'ermeneutica di se stesso, sarebbe un'interpretazione sbagliata o eccessiva.

Per me non è stata una scrittura liberatoria, non ho cercato nessuna resa dei conti postuma: non è leale battersi coi morti, si lotta contro i vivi, e noi da vivi ci siamo battuti a lungo.

Una cosa però l'ho fatta, ho invitato i lettori a conoscerla, come facevo con gli amici che invitavo a cena per fargli vivere un'esperienza estrema. I più si divertivano, anche se con gli anni l'esperimento era diventato pericoloso.

Scrivendo la sua storia ho reso onore al suo desiderio di recitare una parte anticonformista e scorretta.

Ad Angela non è mai importato minimamente cosa si potesse scrivere di lei. Per lei la cosa che contava era che lo facesse il figlio e che il figlio fosse considerato uno scrittore. Basta.

Che il figlio fosse considerato scrittore scrivendo di lei

le era sufficiente per inorgoglirla. E se lo avesse fatto dicendone male, questo non la toccava per nulla.

Ho capito che questa era la sua forma d'amore. Una forma sbagliata, ma temo che tutti gli amori siano in qualche modo sbagliati.

A lei poi dello scrittore interessava solo il ruolo sociale, il fatto che – sia pure con tutte le limitazioni del caso e dell'epoca – la figura dello scrittore conservasse quel minimo di prestigio che le avrebbe consentito di dire con tono di vanto «Mio figlio fa 'o scrittore», esattamente come suo padre non era un manovale ma un costruttore e i parenti di mia nonna si distinguevano dal resto dei cafoni per essere «artigianato».

A questo riconoscimento del figlio avrebbe sacrificato volentieri il suo ruolo di madre e quanto bene lo avesse interpretato. L'unico dubbio che la tormentava era la fondatezza di quell'ipotetico vanto, l'incertezza che la spingeva a chiedermi: «Ma famme capì, ma tu sì importante o nun cunte nu cazzo? Ma tu sì scrittore o no?»

Un enigma che, per sostanziale indifferenza verso il tema in sé, non ha mai neppure provato a sciogliere da sola e che io, sia per dubbi miei sia per sadismo, ho lasciato sempre nel vago.

Una cosa però è certa: Angela ha messo, nel voler essere personaggio, la stessa determinazione che altri mettono nel voler essere autori.

Per essere personaggio ha forzato i toni, ha calcato la mano, ha esagerato abdicando a ogni delicatezza, pestando con strepito ogni passo sul palcoscenico della vita.

Non ha lasciato l'ultima parola a nessuno, a nessuno voleva essere paragonata, ma non si è mai opposta al fatto che la raccontassi come volevo io.

Si è ribellata a tutto, ma, per essere e rimanere fino in fondo personaggio, mai all'arbitrio di un autore che la storia la racconta come vuole lui. Tanto, la letteratura sfiora la verità solo quando lo scrittore dice, alla fine, il contrario di quello che voleva dire all'inizio.

Ma questo lei non lo sapeva. Ai corsi di Filologia e romanzo dei tempi suoi, questo non lo insegnavano.

Il bene e il male per Angela non s'incarnano negli individui e nel loro operato.

Forse, il bene e il male per lei non esistono.

Bene e male sono forze che calano sull'uomo dall'alto, non provengono da lui. Sono come il potere, cui l'individuo è soggetto. L'individuo è servo, e come un servo può solo cercare d'imbrogliare il padrone, anzi deve farlo. Può essere negligente, riottoso, infido, anzi deve esserlo, e in questa inaffidabilità c'è la sua ribellione, il suo orgoglio d'individuo, la sua fierezza di animale non addomesticabile fino in fondo.

Uno scrittore napoletano mi raccontò che un giorno sua madre aveva visto l'altro suo figlio assai preoccupato, e gli aveva chiesto che cos'avesse. Il giovane le aveva confessato di aver messo incinta una ragazza. La madre con molta naturalezza lo confortò: «E tu dici ca nun è 'o tuoio...»

Non credo che mia madre e quella di colui che mi raccontò questa storia avessero molti altri punti di contatto, ma quando alludevo all'analogia tra l'amoralità di certe famiglie e quella delle organizzazioni criminali mi riferivo a episodi simili.

Uno solo è il fine dell'essere umano secondo questa visione: vivere, fino all'ultimo, finché si può, a qualsiasi prezzo.

È la greve immanenza che Angela mi ha trasmesso, senza neppure lo schermo di una fede formale, e quindi io non sono credente, ma il giudizio finale, se esiste, ho sempre pensato che potesse essere come la licenza liceale dei suoi racconti.

Troppe volte l'ho sentita, questa storia, per non immaginare una commissione di santi con un san Pietro a fare da membro interno, un commissario che non giudicherà niente perché nelle nostre singole, infime vite, soprattutto se considerate nell'immensità della storia, alla fine c'è veramente poco da giudicare, ma le chiederà: «Come si chiama lei, signorina? Izzo Angela? E da dove verrà questo suo nome? Angela, certo, da *angello*, "annunciare", e Izzo forse da *Ypsos*, "altezza"? Con un nome così, signorina, lei deve farci un bell'esame...»

Estranea alla «*mater dulcissima*» di Quasimodo, e ancora più estranea a quella di Ungaretti, che si erge come una statua davanti all'Eterno e oserà guardare il figlio solo quando lo saprà perdonato delle sue colpe:

E solo quando m'avrà perdonato
Ti verrà desiderio di guardarmi.

Figuriamoci.

Giudicare chi? Perdonare che?

L'etica, la morale, che cosa sono? Chi le ha mai viste? L'Eterno sarà come il capo della commissione che gestisce le pratiche dell'accompagnamento. Imperscrutabile, certo, ma non inavvicinabile e tanto meno incorruttibile: c'è qualcuno che lo conosce? qualcuno che può arrivare fino a Lui?

Non certo per dissolversi in Lui, ma per un'assai più semplice raccomandazione, si capisce.

Angela comincerà il suo esame dicendo che è nata in un piccolo paese in provincia di Benevento e che l'ha operata il professore Monaldi, quello che ha dato il nome all'ospedale pneumologico di Napoli, e dirà che il sudario che indossa non è quello che avrebbe voluto, perché lei è vanitosa, e comincerà a parlare ininterrottamente, e allora i membri della commissione sacra si guarderanno tra loro interdetti, un santo alzerà gli occhi al cielo, se già non è rappresentato in questo modo, un altro allargherà le braccia, se già non è ritratto in una posa benedicente.

La lasceranno passare in mezzo ai beati, per disperazione.

Settembre. Chissà perché non le sopporto più le temperature elevate a settembre, forse perché in città ti colgono all'improvviso con certi picchi bollenti che infiammano il sangue di un calore malato. O forse è solo perché invecchio. Ma non era così al mare quando ci restavamo fino alla fine del mese perché le scuole riaprivano a ottobre. Allora avevamo tutto il tempo di essere presenti davanti all'estate che finisce e, come ogni cosa quando finisce, si riaccendeva in una vampa illusoria che però non ci prendeva a tradimento mentre eravamo occupati in altro, e allora noi l'accoglievamo con gratitudine sopra la pelle nuda, apprezzandola come un regalo estremo, perché ogni fine va accompagnata, va assorbita lentamente per poter essere accettata.

È un pomeriggio di settembre come quelli di molti anni fa e sono venuto a remare all'Idroscalo. Come allora, mi è sembrato di vedere l'intera estate finire sull'acqua sfumando nella stessa luce polverosa, nella stessa grazia sfocata.

L'Idroscalo, il mare di Milano, come lo chiamano con un eccesso di ottimismo che si attira qualche ironia, è molto disprezzato dai miei conterranei, ma io l'ho rivalutato da tempo, non so se perché mi devo accontentare o perché mi sono abituato, o perché ho affinato la mia percezione della bellezza. Il vecchio padre di una famiglia di amici napoletani che si sono trasferiti da poco a Milano, quando sale a trovarli e sa che sono andati a fare un giro all'Idroscalo, gli domanda: «Allora? Siete andati alla pozza?»

La pozza, certamente, può essere definito una pozza, ma l'Idroscalo un suo fascino semplice ce l'ha, quello dell'acqua che riflette alberi e cielo. All'acqua il più delle volte basta solo questo, riflettere, e il riflesso, ciò che per definizione è inconsistente, è più bello dell'essenza, di quel che dovrebbe restare ma comunque non ce la fa, non permane.

Tornando mi sono chiesto che cosa facesse Angela in quei giorni di settembre di tante estati fa. Non avveniva, in quei pomeriggi di luce sfibrata, che la sua rabbia si placasse?

Non c'entrava niente e non era una risposta a quella domanda, ma così, di colpo, mi tornò in mente che una volta me l'ero portata in Val d'Aosta perché avevo da sbrigare una cosa veloce da quelle parti, ufficialmente di lavoro, e lei mi avrebbe fatto compagnia per le due ore del viaggio in auto.

Ero stato contento di portarcela, non aveva mai visto le grandi montagne e la sua gratitudine mi dava gioia, anche se sapevo che non sarebbe durata.

Era una giornata limpida e andò tutto bene. Le feci fare un giro sulla carrozza-slitta trainata dai cavalli, dove ci si accomodava seduti sotto una coltre di pellicce mentre il mezzo s'inerpicava per un sentiero costeggiato da abeti e da rami che al passaggio ci stillavano addosso le gocce della neve sciolta dal sole di primavera.

Andammo a mangiare il cervo e la polenta in un rifugio e poi, dal momento che mi ero portato anche gli sci e mi piaceva farle vedere che sapevo sciare, prendemmo la funivia e salimmo.

Potevo avere più di quarant'anni ma in quel momento ero ancora il bambino smanioso di mostrare al genitore che ha appreso un'abilità inaudita per noi, cittadini di una metropoli del Sud, gente di mare, di sabbia, di calura e polvere: la capacità di scivolare sulla neve. Era come se volessi dirle: non sono più il figlio che approfitta di quel che si trova davanti, di ciò che gli spetta senza merito e senza iniziativa, sono un adulto che sta vivendo, che ricerca, che è andato a scoprire ciò che non apparteneva al suo mondo e adesso lo condivide con te che al mondo mi ci hai messo.

E però capii subito che l'esibizione non sarebbe stata come la volevo. La primavera troppo avanzata, il pomeriggio e il sole avevano reso il pendio una poltiglia di neve sciolta e pesante come fango bianco dove gli sci si piantavano senza scorrere, faticando a girare attorno a un'infida selva di gobbe. Non solo non riuscivo a disegnare sul fianco della montagna gli arabeschi che avevo in mente, ma ero arrivato in fondo contento di aver salvato le gambe e sperimentando ancora una volta la differenza tra la leggerezza di un'immaginazione e il peso della realtà. Lei, comunque, dall'alto non poteva essersi accorta di nulla, e il mio deludente arrancare nel marciume della stagione avanzata non aveva intaccato una giornata perfetta.

Infatti, quando fummo giù entrambi, disse: «Che bella giornata m'è fatto passà!»

«Hai visto?»

«Comme diceva 'a signora Verde? 'O guaglione mio...»

«Eh...»

«Io e te però nun parimmo mamma e figlio...»

«No? E che parimmo?»

«Nun 'o ssaccio... Nun simmo comme a tutte quante... Nuie nun facimmo vuommeche, ce mannamm' affanculo! Che è? Un rapporto di amore-odio?»

«Eh, chi lo sa... Però hai visto che hai anche preso la funivia senza fare storie? Non ci credevo che la prendevi...»

«Io cu te venesse dappertutto. Tu fusse capace 'e me fà piglià pure l'aereo.»

Ho aperto la porta, ma Nives non ha aspettato davanti, è tornata sul suo uscio, di fronte al nostro, e si regge allo stipite con le gambe allargate per non barcollare, lo sguardo perso.

Qualche giorno fa ha apostrofato i miei figli proferendo minacce smozzicate. Loro hanno detto che sembrava la Talpa.

Adesso però è tranquilla e smarrita.

«Non trovo il cellulare» mormora, «suona ma non lo trovo.»

Si è fermata anche un'altra condomina appena uscita dall'ascensore. «Che succede, Nives? Che hai?» le domanda sollecita dandole il braccio.

Lei ripete: «Non trovo il cellulare, continua a suonare.»

Entriamo seguendo la scia di questa cantilena di toni lunghi e flebili come un lamento, che non si capisce da dove venga.

«Dove lo posi di solito, Nives? Dove lo tieni?»

Lei indica una zuppiera di ceramica, piena di vecchie prese per la corrente, di rocchetti e di nastri sfibrati.

Vacilla, si appoggia alle porte.

«Ce la fai? Tieniti a me, ce la fai a sederti, Nives? Vuoi che chiamiamo qualcuno, tuo figlio?»

Sostenuta dalla donna, prova a mettersi in poltrona, ma non è vero che sembra la Talpa: è mite e vuota, è come deve essere un'anziana stordita.

Il cellulare ha smesso di suonare.

«Aspetta, Nives, faccio il caffè. Il signore adesso chiama tuo figlio, forse era lui che ti cercava. Lo chiamiamo dal fisso.»

La vicina mi detta il numero, finalmente posso rendermi utile in qualcosa.

«Buongiorno, mi scusi, sono il vicino di casa di sua madre. Sono in casa da lei... No, tutto bene... La signora non trova il cellulare, mi sembra solo un po' confusa...»

«Sì, lo so, non si preoccupi. Fa così ogni mattina. Tra pochi minuti dovrebbe arrivare la ragazza che l'assiste; lei sa quello che si deve fare, non c'è da preoccuparsi.»

«Va bene. Allora aspettiamo che arrivi, giusto?»

«Mah, guardi, potete anche andare. È tutto sotto controllo. Sa com'è, in questi casi...»

«Sì» rispondo, «so com'è...»

So com'è, e so che si fa presto a dimenticare.

Nota

Il napoletano di queste pagine è semplificato per esigenze di leggibilità. Le regole ortografiche cui attenermi mi sono state suggerite dal professor Nicola De Blasi, ordinario di Storia della lingua italiana e di Dialettologia presso l'Università di Napoli Federico II. A Nicola, uomo la cui gentilezza è pari solo alla dottrina dello studioso, sono profondamente grato. Se qualche inesattezza fosse rimasta è tutta responsabilità mia. Del resto, nelle discipline più rigorose e filologiche sono sempre stato scarso, come confesso anche qui da qualche parte.

Stampato da
Grafica Veneta S.p.A., Trebaseleghe (PD)
per conto di Marsilio Editori® in Venezia

EDIZIONE	ANNO
13 12 11 10 9 8 7 6 5 4	2024 2025 2026 2027 2028